PLAYLIST

Per Josh

SERA DEL BALLO

La macchina accosta al marciapiede e salto giù prima che l'addetto al parcheggio possa aprirmi lo sportello. Ho una fretta pazzesca e non m'importa che si veda.

Da sola corro su per i gradini e da sola attraverso il vasto atrio deserto dell'albergo ed entro nella sala da ballo illuminata a festa. Al soffitto sono appesi fili di luci sfavillanti e i tavoli sono coperti da tovaglie bianche. La stanza è piena di gente che conosco da anni. Ma non mi sono mai sentita così sola come in questo momento, mentre faccio il mio ingresso al ballo dell'ultimo anno.

È tutta colpa mia, naturalmente. Certo, è stato un ragazzo a spezzarmi il cuore, ma la colpa è soltanto mia. Sono stata io a infrangere una promessa. Cammino comunque a testa alta, perché ho un motivo per essere qui. Ho un grandioso gesto romantico da compiere, un discorso epico da pronunciare, un cuore pieno di rimpianti da far sanguinare a morte sul linoleum consumato. Scruto la pista da ballo e lo vedo fermo da un lato, a ondeggiare nel modo in cui fanno i ragazzi quando non vogliono (o non sanno) ballare. Non sta cercando me, ma è normale, visto che è con un'altra. È proprio accanto a lui, e hanno le dita intrecciate.

Questa sera niente sarà facile.

AUTUNNO

UNO

Anche se in piedi sul mio nuovo portico davanti a casa sono perfettamente visibile, il mio indesiderato autista annuncia il proprio arrivo con un sonoro colpo di clacson, così forte da penetrare oltre i Damned che mi suonano in cuffia.

Oliver Flagg è il tipo di ragazzo che ama gli ingressi teatrali.

Aspetto che il suo bestione succhiabenzina si fermi del tutto prima di spegnere la musica e avviarmi senza entusiasmo. Qualsiasi cosa Oliver stesse ascoltando – sento solo batteria e chitarre – si interrompe di botto al mio arrivo. Anche se, con il mio metro e sessantotto o quasi, sono perfettamente nella norma, per salire devo praticamente fare un salto con la rincorsa, tanto questa macchina è mostruosa, ma alla fine eccomi qui, cintura allacciata e zaino in grembo. Pronta ad arrivare al più presto alla fine di questa corsa, e anche alla fine dell'ultimo anno di scuola.

«Sei in anticipo di dieci minuti» faccio notare a Oliver. Solo perché le nostre mamme sono amiche per la pelle non significa che dobbiamo esserlo anche noi.

«Però eri pronta» obietta tranquillo. «Aspettavi in veranda tutta in ghingheri per il primo giorno di scuola.»

Dal momento che indosso una delle mie tenute standard – jeans, scarpe da tennis, canottiera nera sopra una bianca – so che vuole essere faceto. E so anche che probabilmente non capirebbe la parola "faceto".

«Ascoltavo musica. Abbracciavo la *solitudine.*»

«Be', ora puoi abbracciare la compagnia.» Mi scocca il suo sorriso brevettato da atleta sexy e superpopolare e subito dopo esce in retromarcia su Callaway Lane. «E poi, il primo giorno di scuola è praticamente obbligatorio arrivare in anticipo. Questi sono i nostri giorni di gloria, Rafferty.»

«Giorni di gloria.» Quelle parole mi escono di bocca senza il minimo entusiasmo. Per quanto mi riguarda, il liceo è semplicemente qualcosa da finire al più presto. Non ho alcun bisogno di crogiolarmi nelle sue tradizioni sdolcinate.

Ma lui è Oliver Flagg. Lui ci sguazza nell'esibizionismo. Si crogiola nella frivolezza. Se c'è anche solo una remotissima possibilità che qualcosa comporti una raccolta firme o uno striscione da appendere o un compagno da far vestire da uccello (la mascotte della nostra scuola è un pettirosso), lui non può mancare.

Per dirla in parole povere… lui quelle stronzate le adora.

Io invece le detesto.

Le detesto *sul serio.*

Arriviamo a Plymouth e procediamo rombando verso ovest in un silenzio teso, mentre pascoli e aceri e fattorie ci scorrono di fianco. È pazzesco che a soli venti minuti dalla città ci sia tutta questa campagna.

Mi ravvio i capelli con le dita. Non sono proprio castani e nemmeno proprio biondi, non proprio lisci ma nemmeno proprio ricci. Non sono proprio niente... proprio come me.

Mi metto il lucidalabbra. Mi dimeno sul sedile e, senza volerlo, faccio sbattere fra loro una decina di bottigliette di plastica vuote ai miei piedi. Alla fine non ce la faccio più e sbotto quello che stiamo pensando tutti e due: «Stammi a sentire, lo capisco benissimo. Non è che le nostre mamme ci abbiano consultati quando se ne sono uscite con questo piano». Oliver mi scocca un'occhiata senza fare commenti, perciò continuo: «Va benissimo così, so che hai di meglio da fare». Le sue sopracciglia si incontrano nel mezzo. «Accompagnami solo un altro paio di volte così non avranno niente da ridire e poi ci inventeremo una scusa. Diremo che hai gli allenamenti e io prenderò l'autobus.»

Questa volta le sopracciglia di Oliver schizzano decisamente in su. «Allenamenti?»

«A lanciare o a calciare o a dribblare o a qualsiasi altra cosa tu faccia. Dico davvero, non c'è problema.»

Le labbra di Oliver si piegano in un mezzo sorriso. «*Ehm*... ecco, io mi alleno a dribblare dopo la scuola. Per me non è un problema accompagnarti al mattino.»

«E per me non è un problema prendere l'autobus.»

«Solo che con l'autobus ci metti un'ora e mezzo. Prima di arrivare a scuola fa tutto il giro.»

Ha ragione, ma io detesto essere la sua buona azione. «So

che hai accumulato una certa fama da bravo ragazzo, ma davvero, non c'è bisogno che passi a prendermi. È sproporzionato. È eccessivo.» Un po' in ritardo, mi viene in mente che magari Oliver non è in grado di tenere dietro al mio lessico ricercato, perciò faccio retromarcia in modo che mi capisca. «È troppo.»

«Non mi dispiace.»

Mi sposto di nuovo per osservarlo di profilo. Nella nostra classe ci sono ragazze che farebbero a cambio con me in un lampo. Sono tipe che sbavano dietro all'abbronzatura e ai muscoli e agli occhi color cioccolato (ho sentito Zoe Smith definirli "occhi da portarsi a letto"), ma questa roba non fa per me. A me interessa solo il cervello, nient'altro. «Certo che ti dispiace. Chi avrebbe voglia di assumersi la responsabilità di portare a scuola un'altra persona tutti i santi giorni?»

Oliver sbuffa una risatina. «Tu e tua madre siete venute a stare a cinque minuti da casa mia e vi passo letteralmente davanti.» Provo una fitta di gratitudine nel sentirgli usare il termine "letteralmente" in maniera corretta. «Perciò datti una calmata, Rafferty. Passare a prenderti non è 'sto gran fastidio.»

È una cosa carina da dire e l'apprezzo davvero, ma ciò non mi impedisce di essere… *me*. «Ma… non lo trovi un po' strano?»

«No, finché non ne hai parlato tu no.» Di nuovo quella risata mentre superiamo un semaforo verde e imbocchiamo la superstrada diretti ad Ann Arbor. «Sai una cosa? Facciamo come fanno gli altri.»

Non ho (letteralmente) idea di che cosa stia parlando, perciò aspetto.

«Va bene, comincio io. Chi è il tuo coordinatore di classe?»

Oh, adesso ho capito. Conversazione. D'accordo, ci posso provare. «Vinton. E il tuo?»

«La Webb. L'ho avuta al secondo anno. È in gamba.»

Passo in rassegna altri argomenti nella mia testa e finalmente torno all'unica cosa che Oliver e io abbiamo in comune: la scuola. «Che materie opzionali pensi di scegliere?»

«Fotografia e scienze domestiche.»

Mio malgrado sono divertita. «Con "scienze domestiche" intendi "economia domestica"?»

Oliver si stringe nelle spalle. «In realtà è un corso di cucina, però se preferisci usare un termine più antiquato, fa' pure.»

«È solo che sono sorpresa.» Le teste di legno come lui di solito scelgono materie tipo grugnito. O sollevamento pesi. O tecniche di intimidazione alle matricole.

«E io sono altrettanto sorpreso dalla tua misoginia» ribatte.

«E io invece adesso sono sorpresa che tu conosca la parola "misoginia".»

Oliver mi strizza uno di quei suoi occhi castani da portarsi a letto. «La vita non è tutta una serie di grandiose epifanie rivelatrici?»

Oh! Uno sportivo dotato di vocabolario.

Uno *sportivario*, per così dire.

«Se vuoi sapere la verità, seguo il corso solo per via di questa scemenza con Theo» mi spiega poi. «Abbiamo fatto una scommessa e ho perso. E adesso mi tocca seguire scienze domestiche.»

«Che genere di scommessa?»

«Oh, una cosa stupida da maschi.»

Mi appoggio allo schienale di pelle. A essere sincera, anche se tecnicamente conosco Oliver da quando siamo nati, non è che lo conosca per davvero. Non ci siamo più frequentati dai tempi dell'asilo, quando ci siamo sposati sotto il castello per arrampicarsi in una cerimonia celebrata da Shaun Banerjee. La nostra relazione si è consumata con un bacio appiccicoso per essere annullata poche ore dopo, quando abbiamo bisticciato a disegno. Ed è culminata con noi due nell'ufficio della direttrice, sgocciolanti pittura blu, in attesa che le nostre mamme ci venissero a portare un cambio di vestiti.

Chi avrebbe detto che da allora Oliver si sarebbe diplomato in risposte evasive?

«Come sta Itch?» mi chiede tutt'a un tratto.

Quella domanda mi coglie un po' di sorpresa. Intanto non avevo idea che sapesse di Itch, e poi non so come rispondergli. «Bene» finisco per borbottare, perché *potrebbe* essere vero.

Forse.

Speriamo.

Itch – altrimenti noto come Adam Markovich – è il mio ragazzo... forse. Prima di andare in Florida per l'estate, aveva detto che sarebbe stata una follia restarcene seduti ad aspettarci e che dovevamo essere liberi di vedere altra gente. Gli avevo risposto che ero d'accordo – cioè, che cos'altro avrei potuto dire? – e avevo immaginato che quello fosse l'inizio della fine. Poi Itch mi aveva chiamato o messaggiato quasi tutti i giorni, perciò davo per scontato che non fosse uscito con nessun'altra. Ma del resto, quando il Quattro Luglio avevo baciato Ethan Erickson non è che avessi messo i manifesti, perciò era possibile che anche Itch mi avesse tradita.

Dal momento che niente di tutto questo è di pubblico dominio, non sono sicura del perché Oliver me lo chieda. Mi giro verso di lui. «E tu come fai a sapere con chi esco?»

«Non è che viva sotto un sasso.»

«No, solo sotto un casco.»

«Tu e lui vi tenete per mano a scuola.»

Oh, cavoli. Sono scioccata che qualcuno al di fuori della mia ristretta cerchia sociale abbia idea di quello che faccio con le mani. «Non mi sembra una di quelle cose a cui *tu* faresti caso.»

Oliver scuote la testa. «Tu sai chi è la mia ragazza, giusto?»

Be', ma davvero? «Ainsley Powell.» La sua faccia compiaciuta mi fa venire voglia di difendermi. «Ma è una cosa che sanno tutti.»

«Ehi, bella, siamo all'ultimo anno. Ormai tutti conoscono tutti.»

Mi sposto di nuovo cercando di trovare una posizione comoda. Questa macchina è così grande che non arrivo quasi a vedere fuori dal finestrino. «Giusto, ultimo anno.»

Prendiamo l'uscita per Main Street, che da questa parte ha una serie di distributori sparsi, depositi di materassi e cartelloni pubblicitari di mutui che si stanno staccando. Avverto, più che vederla, l'occhiata di Oliver. «Ma non sei neppure un pochino eccitata?» mi chiede.

«No.»

«Questo è il nostro ultimo anno. *Ci siamo.*»

Uh! «Mi spiace farti cadere dalla tua nuvoletta rosa, ma non conta niente» ribatto. «Non è la vita vera.»

«Ma è *meglio* della vita vera!» esclama Oliver. «Il liceo spiana la strada alla vita vera.»

Questa volta sono io a ridere. «Ma ti prego! Niente di quello che facciamo adesso conta qualcosa.»

Lui mi guarda a bocca aperta. «Mi prendi in giro?»

«Certo che no. Pensaci.» Mi volto per guardarlo meglio. «Nel mondo reale, nel grande schema della *vita*, quest'anno non conterà un accidenti di niente. Queste sono le amicizie che non durano e le scelte che non contano. Tutte queste cose per cui ci danniamo adesso, tipo chi sarà eletto capoclasse e se questo fine settimana vinceremo la partita... be', verrà un momento in cui non ci *ricorderemo* neppure che ci importavano. Fra esattamente trecentosessantacinque giorni da oggi, indossare la giacca della tua squadra o l'anello della tua scuola ti farà sembrare il re degli sfigati.»

Oliver sbatte gli occhi. «Cavoli, ma sei davvero triste.»

«Non sono triste, sono realistica.» E sto parlando sul serio.

Non che odi la mia vita o sia infelice, è solo che so come funziona il mondo. Non ho bisogno di fare finta.

Andiamo avanti in silenzio per qualche altro minuto finché, quando superiamo il cartello che annuncia che siamo arrivati ad Ann Arbor, decido che è meglio aggiustare un po' le cose. Dopotutto, anche se viaggiare con Oliver Flagg non è una mia scelta, a quanto pare nel prossimo futuro ci troveremo ad affrontare questi incontri di prima mattina cinque giorni la settimana. «Non è che voglia fare la stronza» gli dico. «Certo, al liceo ci si può divertire. Sto solo dicendo che non dovremmo fare finta che significhi più di quello che è.»

Oliver non ribatte. Continua a guidare finché non compaiono le prime case di mattoni che poi si fanno sempre più ravvicinate. Quasi un chilometro dopo il cartello arriviamo a quello che finalmente assomiglia al centro città, con ristoranti, banche, palazzi a quattro piani e negozi con i tendoni per ripararsi dal sole. Dura solo per qualche manciata di isolati e poi attraversiamo Madison e il quartiere universitario, dove le case sono più grandi, i prati più verdi e le macchine più lucide.

Oliver rimane in silenzio anche quando passiamo davanti allo stadio e a un campo da golf. Torna a parlare solo mentre varchiamo il cancello della Robin High ed entriamo nel parcheggio riservato agli studenti dell'ultimo anno. «Per la cronaca, non penso che tu sia una stronza.»

«Grazie.» Non è che mi importi davvero quello che Sua

Maestà pensa di me, però la mamma mi ha educata a rispondere in modo gentile.

Oliver manovra il suo bestione in uno spazio fra due berline più vecchie, quindi spegne il motore e si volta a guardarmi. «Però mi dispiace molto per te.»

«Essere dispiaciuto per me è da presuntuosi» gli faccio notare.

«Darmi del presuntuoso è da presuntuosi!» ribatte lui con un sorriso, però credo che dica sul serio. «Ascolta, June...»

Oh, eccolo lì, il mio nome di battesimo. Adesso vuole davvero che gli presti attenzione.

«Per essere una scuola, la nostra non è niente male. Però invece di apprezzarlo, tu non desideri altro che uscirne. Tutte queste cose che secondo te sono stupide in realtà sono importanti. Tutto quello che facciamo è *importante.*»

Lo fisso. Quell'atteggiamento di superiorità è fastidioso, ma chi poteva immaginare che Oliver fosse in grado di tirar fuori un discorso così intellettuale? Di appassionarsi per qualcosa che non ha niente a che fare con un pallone o un punteggio? Non devo necessariamente trovarmi d'accordo con lui sull'importanza dell'adolescenza, ma forse queste mattine si riveleranno più interessanti di quanto non avessi creduto inizialmente.

Sto appunto per dirglielo quando un pesante tonfo sul tettuccio della macchina mi fa sobbalzare. Theo Nizzola – autoproclamatosi l'idolo delle donne della Robin High (solo che lui tralascia di nominare le "donne") – fa capolino accanto al finestrino del guidatore. «Superticolo!» Dà un'altra botta alla macchina. «Avanti, fuori di lì!»

«*Superticolo?*» Pronuncio questa parola con un tono che non maschera il mio disprezzo.

L'occhiata che mi scocca Oliver potrebbe essere di scusa. «È una parola composta da super e... Vuol dire che mi considera il suo miglior amico... alla stregua dei suoi...»

«Ho afferrato. Grazie del passaggio.» Apro lo sportello e scendo un po' a fatica, sperando di potermela filare in fretta, ma ovviamente Theo fa subito il giro con il suo passo da orso per bloccarmi la strada.

«Hafferty, che mi racconti?»

Sì, sa come mi chiamo di cognome. E no, non lo pronuncia mai nel modo giusto.

«Niente di che, Theo.»

Si avvicina e stende in fuori i braccioni. Dalle ascelle mi arriva una zaffata di deodorante. «Perché non mi dai un bell'abbraccio del buongiorno?» Ruota il bacino in un modo che qualcuno da qualche parte deve trovare sexy.

Lo guardo dritto negli occhi. «Perché sei rozzo e anche un po' stupido.»

Theo rovescia la testa all'indietro e scoppia in una risata. Fa sempre così. Questa ormai è la nostra tradizione. Fa approcci disgustosi, io lo respingo e lui ride sguaiatamente. Ed è anche uno dei motivi principali per cui non venero Oliver come fanno le altre ragazze. In fin dei conti, è pur sempre uno che si circonda di bifolchi. Cioè, insomma: superticolo?

Theo mi regala un ultimo balletto pelvico proprio mentre Oliver fa il giro della macchina e gli rifila un pugno sul braccio. «Piantala, idiota.» Mi saluta con un cenno del capo. «Ci si vede domani, Rafferty.»

«Fantastico.» Rallento per mettere un po' di distanza fra di noi. Non voglio cominciare l'anno scolastico con questi due deficienti.

L'ingresso della scuola ha lo stesso odore che aveva all'inizio dell'anno scorso: di prodotti di bellezza, sneakers nuove e ormoni.

Dio, quanto siamo prevedibili!

Mi schiaccio nella folla – di quando in quando guardo qualcuno negli occhi o scambio un sorriso – e sono quasi arrivata alla scala quando sento chiamare il mio nome dall'altra parte dell'atrio. È Shaun, che viene saltellando verso di me come una gazzella e intanto sventola freneticamente il braccio avanti e indietro.

Adoro quel ragazzo.

Shaun mi stringe in un grosso abbraccio che termina goffamente, mandandogli di traverso gli occhiali contro una delle mie tempie. Si tira indietro per risistemarli e io osservo il suo look da primo giorno di scuola: elegante ma sobrio, dalla polo alle Oxford. «Shopping compulsivo?» gli chiedo.

«Lo sai quello che provo per la Banana.»

Il doppio senso mi strappa un gemito, ma prima di poter ribattere con qualcosa di arguto, Shaun mi tira di lato e mi spinge contro il muro. È quello che farebbe un ragazzo etero se volesse fare una pomiciatina rapida prima di andare in classe.

«No, dico davvero!» Il suo tono è serissimo. «Come stai e ti adoro e tutto il resto, ma prima stammi a sentire.» Fa una pausa teatrale e poi spara: «Ho conosciuto una persona».

«Al campo studio?»

«Non prendermi in giro. Ammira.» Shaun tira fuori il cellulare e comincia a scorrere la galleria. Inclina lo schermo verso di me e vedo la foto di un tizio superpalestrato in posa vicino a una piscina. Indossa un paio di shorts kaki arrotolati e nient'altro. Sembra che sia…

«Non è *davvero* un modello di Banana Republic, vero?»

Shaun scuote la testa soddisfatto. «No, ma quanto hai ragione? Si chiama Kirk. Non è straordinario?»

Gli do una pacca sul braccio. «Quello che è straordinario è che sento parlare di lui soltanto adesso!»

Shaun mi scocca un'occhiata di finta indignazione. «Le notizie importanti non dovrebbero essere comunicate per SMS!»

Cerco di ricordarmi che cosa mi aveva raccontato del programma estivo di economia della Rutgers a cui si era iscritto. «Ma non siete stati lì solo per una settimana?»

«Sei giorni, ma sta' a sentire: dopo ho detto ai miei che andavo a trovare mio cugino Wajidali a Syracuse, e Kirk ha detto che andava da sua sorella nel Queens.»

Sento le mie sopracciglia schizzare in alto e sparire sotto la frangetta. «E invece dove siete andati?»

«In un ostello della gioventù gay a Manhattan.» Shaun abbassa la voce. «Tecnicamente, a Chelsea. E tecnicamente, non tanto gay quanto piuttosto gay-friendly, però...» Fa un gran respiro. «Mi ha cambiato la vita, June. Sono innamorato.»

Gli prendo il telefono per studiare di nuovo la foto. Non ci sono dubbi: l'amico di Shaun è sexy da morire. «Potrei innamorarmi perfino *io*.»

«*Lo so*, non è vero?» Ci scambiamo un sorrisone e poi Shaun chiede quello che sapevo avrebbe chiesto. «Hai già visto Itch?»

Gli faccio segno di no.

«E non gli hai detto...?» Shaun fa una faccia da cospiratore, che è l'espressione in codice per i venti minuti che ho passato dietro il minimarket con la lingua di Ethan Erickson in bocca. Scuoto di nuovo la testa e Shaun annuisce la sua approvazione. «Bene. Non è una notizia così importante da condividere con lui.»

«Spero che tu abbia ragione.»

Suona la prima campanella e Shaun intreccia il braccio al mio. «È l'ora di dare il via al nostro ultimo anno.»

Lascio che mi guidi su per la scala fino al primo piano, dove ci separiamo per andare alla ricerca dei nostri armadietti. Il mio è a metà corridoio e – come tutti gli altri armadietti dei ragazzi dell'ultimo anno – dipinto di blu. Ci hanno detto che è lo stesso colore delle uova di pettirosso, ma sospetto che quelli veri abbiano più macchioline e meno scalfitture nella vernice. Ci ficco dentro il mio zaino, sbatto l'anta, giro la combinazione, mi volto...

E vedo Itch.

Serpeggia tra la folla verso di me, come in una scena alla fine di un film d'amore. Il suo ciuffo di capelli quasi ricci è più lungo dell'ultima volta che l'ho visto, e la pelle è abbrustolita dal sole. Si avvicina tenendo gli occhi nocciola incollati ai miei e per un secondo appena provo lo stesso tuffo al cuore dell'anno scorso, quando abbiamo cominciato a uscire insieme. E poi eccolo qui, e prima che possa anche solo pensarci, mi stringe fra le braccia e io inclino la testa all'indietro. La sua bocca è morbida e dolce e familiare. Quando ci separiamo, fa quel suo sorriso pigro e un po' scaltro.

«Mi sei mancata» mi dice.

E io scelgo di credergli.

Lily e Darbs hanno già tirato fuori il pranzo e stanno mangiando quando arrivo al settore ovest delle gradinate, più o meno a metà altezza. Non al centro, perché sottintenderebbe predominio sociale, e non in prima fila, perché equivarrebbe a iscriversi al Circolo degli Sfigati. Ci sediamo di lato, ma abbastanza distanti da far capire che quello è il nostro posto.

Perlomeno, facciamo gruppo a sé.

Lily mi saluta solo quando mi lascio cadere al suo fianco – ci siamo già viste all'inizio delle lezioni e poi a inglese – ma

Darbs strilla e schizza in piedi per abbracciarmi. «June! Cavoli, è tutto il *giorno* che ti cerco!»

Confrontiamo gli orari del trimestre e scopriamo che abbiamo spagnolo insieme subito dopo pranzo, e questo la manda in un delirio di felicità in cui continua ad abbracciarmi. Non riesco a trattenermi dal toccarle la coda che le arriva alle spalle, attualmente di un viola scuro con un rosa shocking sottostante. Io i capelli non me li tingerei mai, ma quelli di Darbs li adoro.

Quando ci separiamo, ci racconta della ragazza nuova che fa inglese con lei. Si chiama Yana Pace, porta una minuscola croce d'oro al collo e decisamente, senza alcun dubbio, le ha mandato dei *segnali*. Lily e io ci scambiamo un'occhiata sopra i panini. Con Darbs è sempre così: grosse cotte, grosse delusioni. È dura essere una cristiana bisessuale. Le lesbiche non la vogliono e neppure i Soldati di Dio della scuola.

Lily e Darbs sono divertite dalla storia del mio nuovo autista. «E com'è l'interno della sua macchina?» mi chiede Darbs. «Trabocca di cheerleader e lattine?»

«Completamente» rispondo. «Le cheerleader stanno tutte ammassate sul sedile di dietro e io sono costretta ad appoggiare i piedi su un barilotto di birra.»

Darbs annuisce come se mi credesse. «Perlomeno ha un suo perché.»

«Oh, ha un perché *eccome*» conviene Lily. «Ma di che cosa diavolo *parlate*?»

«Sto cercando di evitare ogni eccesso di conversazione.»

«Ottima idea» si complimenta Darbs.

La mensa doveva essere piena zeppa, perché abbiamo quasi finito il pranzo quando sulle gradinate arriva Shaun con il vassoio. Itch lo segue a larghe falcate. Lily la fa lunga perché Shaun si degna di sedersi con noi il primo giorno di scuola. Alza al cielo le braccia scure, tonificate in maniera quasi impossibile da tutta la pratica con il violino. «Ci ha benedette con la sua presenza! Siamo state degnate da sua altezza reale… ahi!»

Shaun le tira un dreadlock e le dice di darci un taglio. «Che cosa posso farci se sono troppo figo? Mi adorano tutti!»

«Da quando in qua i camaleonti sono fighi?» chiede Itch. Lui e io la pensiamo allo stesso modo sulle gerarchie scolastiche: sono solo cavolate senza senso.

«Ma i camaleonti *cambiano* colore» dice Shaun sistemandosi il colletto della polo a righe. «Io fluttuo di gruppo in gruppo perché i miei colori sono costanti ma intensi. Io sono un arcobaleno.»

«Tu sei un cliché» lo prendo in giro. Mi rifila una gomitata, ma so che lui sa che sto scherzando. Kshaunish "Shaun" Banerjie può essere considerata la persona meno stereotipata del nostro liceo.

Itch alza una mano e Lily gli punta un dito contro. «La parola al signor Markovich.»

«La tradizione più stupida del liceo: sparate.»

Non ho neppure bisogno di pensarci. «Il ballo di fine anno.»

Mi guadagno un'occhiata imbronciata da parte di Darbs. «Ma il ballo è così *romantico*!»

«Il ballo è una *boiata*» obietta Lily.

«Non vedo l'ora che arrivi» li informo. «Ma solo perché a quel punto sarà tutto finito. È l'ultima tradizione stupida del liceo prima che inizi la vita vera.»

«Dovresti andarci con uno spirito d'ironia» mi dice Darbs.

«Io non ci vado per niente. Non se ne parla proprio.» Un po' in ritardo, mi rendo conto che prima avrei dovuto verificare se anche il mio ragazzo la pensa così, ma Itch sta già assentendo. «Il ballo è stupido, però non è la cosa più stupida. Riprova.»

«La settimana di orientamento?» azzarda Shaun.

«Non la fanno più da anni» protesta Itch.

«Vero, però era la cosa più stupida che si potesse pensare. Ho sentito di quel tizio che ha perso un dito del piede per i geloni.»

«Che schifo!» Tutti gli buttiamo addosso i tovaglioli.

«Oh, ci sono!» saltella Darbs. «La mascotte che deposita un uovo a centrocampo durante l'intervallo.»

Scoppiamo a ridere, perché è davvero una delle cose più ridicole della nostra scuola, ma non è ancora quello che ha in mente Itch. «Sì, sì, sono tutte cose stupide, ma non sono ancora stupide quanto la stupidissima goliardata dell'ultimo anno.»

Tutti gli anni gli allievi dell'ultimo anno organizzano uno scherzo ovvio e disgustoso, tipo appendere una foto del preside al grosso acero o riempire di sabbia il marciapiede davanti alla scuola il giorno del diploma. Tutte cose solitamente illegali e sempre distruttive.

Itch ci dice che stanno già facendo progetti per quest'anno. «Non conosco ancora i dettagli, ma pare che ci sia di mezzo una mucca, il secondo piano e dei lassativi.»

«Uh!» Darbs fa una smorfia come se sentisse già puzza di letame.

«Lo so, lo so» dice Itch. «È solo settembre e gli sfigati stanno già pensando a queste scemenze. Ma fatevi una vita!»

«Io continuo a pensare che il ballo di fine anno sia peggio» insisto.

«E chi è che organizza lo scherzo?» chiede Shaun.

«Tu chi pensi?» ribatte Itch.

«Gli atleti» rispondono all'unisono Lily e Shaun.

Mi sento pizzicare di fastidio. «E chi altri?» Così come Theo pensa che sia una bella cosa sventolarmi sotto il naso il bacino, i suoi compari trovano normalissimo assumere il controllo di una tradizione senza senso che – per quanto stupida – dovrebbe rappresentare tutta la comunità. Credono di essere i *padroni* della scuola. «Come se loro *contassero* più di noi o qualcosa del genere» osservo ad alta voce.

«Idioti» conviene Lily.

Itch si china su di me per baciarmi. Darbs fa un finto conato. «Prendetevi una stanza da qualche parte.»

«Non ci serve una stanza, il mondo è la nostra stanza» le dico.

E questa volta i conati li fanno tutti.

♫

Itch mi lascia in fondo al vialetto. Lo invito a entrare, ma quando vede la macchina della mamma dice di no. Non è un fan delle chiacchiere di cortesia, che è il massimo che pensa di poter scambiare con i genitori della sua ragazza.

O in questo caso, con la mamma.

Sento l'odore di aglio prima ancora di aprire la zanzariera. Diventa più forte e intenso mentre mi faccio strada oltre mucchi di assi impilate, ordinatamente appoggiate contro le pareti spoglie. Anche se abitiamo in questa casa da un mese, sembra che abbiamo appena traslocato. La mamma sta ristrutturando questo posto da quasi un anno, da quando il nonno è morto e ce lo ha lasciato in eredità, ma non ha ancora finito. Quest'estate ha deciso che non aveva senso continuare a pagare due abitazioni, e che, dal momento che i lavori all'impianto idraulico erano finiti, potevamo trasferirci subito. Sono sicura che dal punto di vista finanziario sia stata una scelta oculata, però ha complicato la mia vita personale. Prima prendevo un autobus urbano e arrivavo a scuola in dieci minuti, oppure mi dava uno strappo lei mentre andava all'università del Michigan, dove è professore associato di arte. Ora invece ha lezione più presto e abitiamo più lontano, per cui mi tocca beccarmi Oliver Flagg tutte le mattine.

Trovo la mamma ai fornelli, sta mescolando il sugo in una pentola. Una bandana ricamata le tiene i capelli castani scostati dalle guance arrossate per il calore. Quando entro in cucina si volta verso di me. «June! Assaggi?»

Estrae dalla pentola il cucchiaio di legno e, prima di porgermelo, lo picchietta contro il bordo. E ovviamente è divino. Tutto quello che cucina la mamma è divino, a eccezione delle cose che preparava nel breve periodo in cui faceva esperimenti con i porri. Li metteva dappertutto, perfino nei biscotti.

«I pomodori sono di Quinny» mi informa. «Il suo orto ne produce in continuazione, e dal momento che prima dell'estate prossima il nostro non ne farà granché... Com'è andata la giornata?»

È così che parla mia madre. Passa da un argomento all'altro senza perdere un colpo. Credo che anche il suo cervello debba essere fatto in quel modo, una trapunta patchwork di idee e domande e pensieri. La mia è più lineare. Dal punto A al punto B. Direzioni chiare, concentrazione. La mamma dice che non sa come lei e mio padre siano riusciti a produrre una figlia così brillantemente cervellona, ma che gliene è riconoscente.

Credo che sia *l'unica* ragione per cui gli è riconoscente.

«Tutto bene. Più che altro l'abbiamo passata a ritirare i libri e a sentirci dire che cosa si aspettano da noi. Mi sa che il calcolo infinitesimale sarà tosto.»

«Te la caverai. In matematica sei bravissima e... i tuoi amici?»

«Darbs ha una cotta. A Lily hanno concesso due ore di esonero speciale per fare pratica di violino. Shaun ha tre corsi con me.»

«Insomma, tutto come al solito» commenta la mamma sorridendo. «E Itch?»

«Bene, mi ha portata a casa lui.»

«Oh, be'... Ehi, a proposito, com'è andata questa mattina con Oliver?» Esito un solo istante, ma la mamma è bravissima a intuire. «Non ti piace?»

«Va benissimo, mamma, andiamo d'accordo.»

«Ho un'idea» mi dice in quel suo modo supercasuale che so che vuol dire che non le è venuto in mente adesso. Era un po' che pensava come dirmelo. La vedo abbassare la fiamma e dare un'altra rimescolata alla salsa. «Sabato pomeriggio sono occupata con l'atelier, ma al mattino sono libera. Magari potremmo fare un po' di pratica di guida.»

Il cuore mi si ferma un istante. Il panico mi si gonfia in fondo alla gola. Faccio quello che faccio sempre – prendo un gran respiro e aspetto a espellerlo, sprofondando sotto le onde perché la sensazione possa passarmi sopra – e poi ricaccio giù il panico. «Non posso, ho già fatto dei programmi con Itch» le dico con un tono altrettanto casuale.

Non è vero, ma la mamma non lo sa.

O forse sì.

DUE

«Niente mucche!» insisto con Oliver dal mio lato del bestione con cui stiamo percorrendo Main Street. Discutiamo da dieci minuti buoni e non sto facendo progressi. E poi ho la sensazione di scivolare sempre più giù, in questa macchina così stramaledettamente enorme. Decido di cambiare tattica e mi isso mentre adotto una voce più calma. «Non voglio che voi ragazzi vi facciate male.»

Oliver sbuffa esasperato. «Non è mica un toro» mi fa notare. «Stiamo parlando di una vacca. Sono grosse e tonte e producono latte.»

«Esattamente come voi, eccettuata la cosa del latte.» Non può certo prendersela con me per avere centrato la pallina, visto che me l'ha servita su un piatto d'argento.

«Non le faremo mica *male*» mi dice Oliver.

«Oh, davvero? Somministrarle farmaci fatti per l'uomo solo per divertire un gruppo di ragazzi iper-pompati non le farà male?»

Oliver toglie la mano dal volante e lentamente – mooooolto lentamente – flette il bicipite. Mi guarda di sottecchi. «Quindi ne deduco che tu mi consideri iper-pompato.»

Non è che stia *cercando* di sbirciare i suoi muscoli, ma è che sono proprio lì, si tendono sotto la manica della sua T-shirt. «Non è divertente.»

«Be', un po' sì.»

Alzo gli occhi al cielo e poi, dal momento che Oliver è concentrato sulla strada e non mi ha visto, mi sporgo oltre il centro del sedile per entrare nel suo campo visivo e li alzo di nuovo. In maniera teatrale.

Scoppia a ridere. «*Tu* sei divertente, non lo sapevo.» Provo una piccola fitta di soddisfazione all'idea di avere stupito Oliver allo stesso modo in cui lui mi ha sorpreso ieri con il suo vocabolario. «Niente è inciso nella roccia. Sono sicuro che possiamo farci venire in mente qualcosa che non comporti l'uso di farmaci o alimentazione forzata.»

«Non capisco che bisogno ci sia di farvi venire in mente qualcosa.»

«Eccoci di nuovo.» Mi scocca un'occhiata prima di tornare a guardare la strada. «La tua mancanza di spirito scolastico è...»

«Lo so, lo so. È triste.»

«*Davvero* tristissima. Dimmi una cosa, Rafferty. Che tipo ti scherzo troveresti appropriato?»

«Nessuno!» Le braccia mi scattano in aria da sole. «Non voglio essere coinvolta in nessunissima goliardata! È un modo inutile di lasciare un'eredità. *Non* è un'eredità!»

«Perché il liceo non è il posto in cui lasciare eredità» commenta Oliver sprezzante, facendomi il verso. «Perché niente di quello che facciamo adesso è importante.»

«Prendimi in giro finché ti pare, ma qui stiamo solo aspettando che cominci la vita vera.»

«Ma questi sono i ricordi che ti porterai nella vita vera! I raduni prepartita e le feste e il ballo di fine anno…»

«Oh, il ballo di fine anno poi è il peggio del peggio» lo interrompo. «È l'apoteosi di tutto quello che non va nel liceo. Un ballo costoso con brutta musica che mette le ragazze nella posizione subalterna di sperare di ricevere un invito da un ragazzo.»

«E tu che cosa ne pensi?»

«Lo detesto!» esplodo, e lui scoppia a ridere.

«Sì, l'ho capito. D'accordo, le tradizioni sono stupide. Benissimo, ammetto che la tua opinione ha un senso, anche se non sono d'accordo. Ma che mi dici del tuo ragazzo? Lui conta, giusto?»

«Itch? Sì, ma non ho mica intenzione di *sposarlo*.»

«E se invece lo facessi?» Oliver svolta davanti alla scuola ed entra nel parcheggio.

«Non succederà!»

«Ma se invece succedesse?» Oliver si sta accalorando. «Se fosse destino e tu non riuscissi neppure a guardare al di là della tua versione di quello che conta? Che tristezza!»

Un ragazzo più piccolo con la custodia di un trombone scende dal marciapiede davanti a noi e Oliver pesta i freni con un po' troppa energia. «Fa' attenzione!» esclamo.

«Sto facendo attenzione.» Aspetta che il ragazzino attraversi.

«Io faccio attenzione a tutto. Custodisco con cura ogni singolo istante, perché so che tutto quello che facciamo qui conta. Deve contare, perché altrimenti che senso ha, June?»

Ecco, ci risiamo. Di nuovo il nome di battesimo.

Oliver accelera, attraversiamo il parcheggio e ci fermiamo.

Mi volto a guardarlo. «Lo sai che cos'è veramente triste? Fare finta che sia triste.» Salto giù e sbatto la portiera. Beccati questa, Oliver: l'ultima parola l'ho avuta io.

Solo che Oliver è un atleta con riflessi fulminei, il che significa che prima che riesca a fare dieci passi, me lo ritrovo al mio fianco. «Non ho finito...»

Sbotto in un gemito. «Ma che cosa devo fare per mettere fine a questa conversazione?»

Mi prende per un braccio e mi costringe a voltarmi e a guardarlo in faccia. Quegli occhi castani un po' troppo accesi scrutano seriamente i miei. «Dimmi che sai che qualcosa, una cosa qualsiasi di quest'anno, conterà!»

Lo guardo e mi accorgo che i bordi esterni delle sue iridi sono scuri. Sono grigi, quasi neri, addirittura. Quasi uguali alle pupille. Ancora una volta sono acutamente consapevole di tutte le ragazze che in questo momento vorrebbero stare nella presa salda delle dita di Oliver Flagg, guardare il suo viso tremendamente stupendo. Sto per buttargli un osso, dargli appena un briciolo di ragione, quando veniamo interrotti dalla voce che meno gradisco al mondo.

«Ma Ainsley lo sa che al mattino ti fai la Rafferty?» Ovviamente è Theo, e ovviamente sta venendo verso di noi con quel suo passo pesante e quel suo sorriso beffardo.

«Ainsley sa che accompagno June a scuola» risponde Oliver tranquillo.

«Sì, ma perché?»

«Perché le serve un passaggio.»

«Ehi, io sono qui, eh?» ricordo a entrambi, e poi accelero ancora un po'. Non ho la minima voglia di affrontare l'argomento con questi due. Non cercano di venirmi dietro, ma prima di essere troppo lontana sento la domanda di Theo.

«Ma perché non può guidare lei?»

Idioti.

A parte la prima ora con il coordinatore di classe, Itch e io non abbiamo lezioni in comune, però alla terza siamo nello stesso edificio, perciò possiamo vederci a ricreazione. Fra le altre ore non abbiamo praticamente tempo, ma fra la seconda e la terza abbiamo ben dieci minuti. Dovremmo approfittarne per andare in bagno o per fare merenda – evitando se possibile le schifezze – ma la maggior parte di noi sfrutta questo momento per socializzare. Come l'anno scorso, Itch e io lo passiamo stretti a baciarci nella tromba della scala.

«Quando posso passare da te?» mi chiede.

«Potevi farlo ieri, ma hai preferito di no.»

Mi infila la punta del dito sotto l'orlo della T-shirt e io lo spingo via. «Questo è un luogo dedicato all'istruzione. Tra queste sacre mura non sono consentite… tresche.»

«L'istruzione è sopravvalutata» ribatte chinandosi per un altro bacio.

Glielo concedo per un attimo, poi mi tiro indietro, incapace di scrollarmi dalla mente la conversazione mattutina con Oliver. «Tu credi che qualcosa di quello che facciamo qui conti?»

Itch mi guarda perplesso. «In che senso?»

«Questo» rispondo allargando il braccio tutto attorno. «La scuola. Le tradizioni. Noi.»

Le sue labbra si piegano all'insù e noto una strisciolina di puntini scuri sul lato sinistro della bocca che ha dimenticato di radere. «Ti dico una cosa. Questo week-end vengo da te e ti faccio *vedere* io che cosa conta.»

E questa volta, quando mi bacia, lo fa con la lingua.

Sto andando alla terza ora – fisica – quando mi sento spintonare da dietro. È Oliver. «Che fai, corri a raccogliere tutte quelle nozioni non essenziali che apprenderemo oggi?»

«Sono qui solo per prendere una A.»

«Solo una A?» Mi sorride così lo spintono a mia volta, visto che a quanto pare non è più arrabbiato per la nostra discussione.

«Facciamo una A+.»

Oliver sembra sul punto di ribattere, ma poi fra noi si infila Ainsley Powell e la nostra conversazione finisce. Si alza in punta di piedi per baciarlo prima di regalarmi un sorriso radioso. «Ciao, June.»

Ainsley odora di pesche d'estate e i suoi capelli, folti e ricci e selvaggi, hanno il colore della sabbia. I suoi grandi occhi smeraldo guardano i miei, e anche se sono dolorosamente etero, mi viene quasi voglia di baciarla anch'io perché è troppo stupenda. Invece riesco solo a sorridere e a dirle: «Ciao», prima di dirigermi a un tavolo di laboratorio, in prima fila.

Itch pensa che io sia matta a seguire ben *due* corsi di scienze all'ultimo anno, quando invece dovrei tirare un po' il freno, ma questo è l'unico vagamente impegnativo. Scienze ambientali, che facevo già l'anno scorso, è troppo interessante. E poi, per via della collaborazione della scuola con l'università del Michigan, mi fa guadagnare crediti per il college.

Fisica è un'altra cosa. Oggi, per esempio, è dura stare dietro a quello che la professoressa Nelson sta spiegando delle sottodiscipline della meccanica, perché non faccio altro che ripetermi le cose che avrei dovuto dire a Oliver. Scocco un'occhiata furtiva verso il fondo dell'aula, dove è seduto con Ainsley. Si tengono per mano e Oliver mi fissa.

Mi giro immediatamente e comincio a scribacchiare appunti sulla meccanica della traslazione e sulla meccanica dell'oscillazione e sulla meccanica della rotazione finché non mi rendo conto dell'ironia della cosa: sto facendo una cosa in modo letteralmente meccanico.

E comunque, perché l'ho guardato?

TRE

L'indomani mattina salgo sulla macchina di Oliver con una missione da compiere. «Ho un'idea» lo informo, prendendo una bottiglietta vuota dal sedile del passeggero per buttarla su quello di dietro, mentre lui esce dal vialetto di casa mia. «Un modo per rendere il viaggio molto più sopportabile.»

«Giochiamo alle venti domande?»

«No.»

«A indovinare le targhe?»

«Quello è un gioco per bambini piccoli.»

«Non prenderla nel verso sbagliato, ma non è che tu sia così cresciuta.»

Mi raddrizzo un po', anche se sono al cento per cento di statura normale. È Oliver ad avere una prospettiva distorta, perché lui è troppo alto. Esattamente come la sua ragazza.

«Abbiamo affrontato la cosa nel modo sbagliato» continuo. Volto lo zaino che ho in grembo per poter aprire la tasca davanti. «Ovviamente abbiamo tutti e due convinzioni radicate a sostegno delle nostre personali filosofie di vita.»

«Eh?»

«Quello che voglio dire…» inizio, ma lui mi interrompe.

«Sto scherzando, ho capito benissimo.» Scuote la testa e non so dire se sia divertito o seccato.

Vabbè.

«Non credo che questi viaggi mattutini debbano essere… così.»

«Così come?»

«Tutti litigiosi e aspri.»

Oliver inclina la testa di lato. «Pensavo che facessimo conversazione.»

«Io credo…» Cerco le parole per spiegare con precisione il mio pensiero. «Credo che siamo molto diversi e che non vediamo il mondo allo stesso modo, e va benissimo. Però non è neppure un motivo per cominciare ogni giornata in maniera così deprimente.» Oliver continua a tenere gli occhi sulla strada. «Ho una soluzione.» Tiro fuori il cellulare dallo zaino. «Dopo un breve scambio di convenevoli nel vialetto di casa mia, possiamo ascoltare musica.»

«Musica.»

«Ad alto volume.»

«Ad alto volume?»

«*Molto* alto.»

Oliver ci pensa su, poi annuisce. «Se è quello che vuoi.»

«Sì.»

«Allora va bene.»

«Ottimo.»

«Fantastico.»

Soddisfatta, faccio scorrere la playlist che ho preparato ieri sera dopo avere avuto questo brillantissimo colpo di genio pacificatore. Credo di essere dell'umore di qualcosa di classico – i Clash o magari un po' di Ramones – ma poi adocchio gli Alesana e so che è quello che ci vuole. Tasto la console alla ricerca del cavo per il collegamento agli altoparlanti, come nella macchina della mamma, ma non lo vedo. Apro lo scomparto centrale e lo trovo vuoto. «Ma, ma dov'è il tuo...»

Purtroppo il resto della frase è soffocato da un torrente di accordi di pianoforte. Le mie mani lasciano cadere il cellulare e salgono a tapparmi le orecchie. «E questo da dove viene? Come...» Mi interrompo mentre una voce maschile pulsa attraverso gli altoparlanti del bestione. È grave e appassionata e fortissima e... «Che cos'è, Bon Jovi?»

«I Survivor!» grida Oliver coprendo le parole.

«Ma è tremendo!» gli urlo cercando freneticamente sul cruscotto il modo per spegnerlo.

Oliver brandisce il suo cellulare. «Collegamento wireless!» urla.

«Mi sta uccidendo! Abbassa, spegni! Fallo...» La canzone si interrompe bruscamente. «...smettere!» Mi schiarisco la voce. «Grazie. Nessuna offesa, eh, ma era pessimo.»

Oliver sorride come per uno scherzo enorme. «È chiaro che non sai apprezzare la buona musica.»

«Ma che cosa sei, una bambina di dodici anni?»

«È pop rock, June. Spaccavano.»

Sbarro gli occhi. «Ma che cosa sei, una bambina di dodici anni *degli anni Ottanta*?»

Scoppia a ridere e non riesco a trovarci niente di divertente perché sono troppo scioccata che a Oliver Flagg – *Oliver Flagg!* – piacciano queste ballate pop tremende.

Mi batte con la mano sul ginocchio nudo. «Non preoccuparti. Non tutto rientra nelle tue caselline ordinate.»

Spalanco la bocca. «E questo che cosa vorrebbe dire?»

Ma lui non fa una piega. «Tu che genere di musica ascolti? Fammi sentire.»

«Non so come collegarmi al tuo stereo» gli faccio notare, ancora offesa.

«Basta che fai partire il cellulare.»

«Ok…» e tocco il display. Non è così forte, perché non è collegato agli altoparlanti, ma il mio telefonino se la cava bene. La batteria in apertura mi riecheggia veloce nelle orecchie spazzando via la banalità pulsante dell'orrenda musica di Oliver.

Sì!

Così ci siamo.

Al mio fianco, la mano destra di Oliver si stacca dal volante, atterra sullo scomparto in mezzo a noi e apre lo sportello per frugarci dentro.

È ancora vuoto.

Ci fermiamo a un semaforo rosso e lui si sporge su di me per aprire il vano portaoggetti, pieno zeppo di fazzoletti e bustine di ketchup.

«Che cosa stai cercando?» gli chiedo sopra la musica.

«Un'aspirina!» urla lui. «Questa roba mi sta trapanando il cervello.»

Lo fulmino con un'occhiata, poi tocco il display e spengo. Il semaforo scatta sul verde e ripartiamo. «Molto divertente» gli dico. «Sei davvero spiritoso.»

«No, la spiritosa sei *tu*» ribatte con un altro dei suoi sorrisi. «Che cos'era questa robaccia punk?»

«*Punk?*» Lui non capisce niente ma proprio *niente* di che cosa sia la buona musica... o anche i buoni amici... o qualsiasi cosa di buono. «Sono gli Alesana. Pop-metal del North Carolina, e sono straordinari.»

«Straordinariamente pallosi» ribatte Oliver. «Mi fanno male le orecchie. Mi fanno male *all'anima*!»

«Fanno una musica dura, ma è proprio questo il punto. Significa qualcosa. È *reale*...»

«Realmente orribile. Ma dove la trovi roba del genere?»

«Me l'ha fatta conoscere mio padre.»

Oliver sembra sorpreso. «Tuo *padre* ascolta musica punk?»

Era ovvio che sarebbe sembrato strano a qualcuno che si veste e vive come tutti gli altri. «Sì, mi ha insegnato a non fermarmi alla superficie delle cose» gli dico. «Trovare la musica mainstream è facile, non c'è neppure bisogno di cercarla. È lì, te la sbattono continuamente in faccia, alla radio e alla televisione. Non c'è niente da pensare. Non c'è niente da *scoprire*.»

«Dici cose senza senso» fa Oliver. «Prova ad andare sotto

la superficie della *mia* musica. Guarda un po' più a fondo, sii un po' meno ovvia e vedrai che cosa c'è sotto.»

«Sotto?» Praticamente esplodo. «Non c'è niente sotto. La tua musica è artefatta e banale da far schifo!» Gli punto un dito contro. «E lo capisco benissimo.»

«Che cosa?» Non sembra ancora arrabbiato, solo divertito.

«Che a te piaccia una cosa del genere. È artefatta, è confezionata.»

Oliver serra le labbra. Adesso non sembra più divertito. Andiamo avanti per qualche minuto, poi decreta: «Forse dopotutto è meglio se non sentiamo musica».

«Benissimo, soffriremo in silenzio.»

La mattina dopo il punteggio è il seguente:

Sofferenza: 1. Silenzio: 0.

Non siamo neppure ancora arrivati alla superstrada e Oliver ha già emesso (quasi) ogni suono umano possibile. Ha cominciato mugolando e poi è passato a fischiare. Dopo un po' si è messo a schioccare la lingua. È andato avanti così per un minuto buono e ora sta canticchiando sottovoce una di quelle ballate pop.

Non sono sicura del perché voglia torturarmi, però è chiaro che si sta divertendo. Chiudo gli occhi e respiro lentamente. Dentro con il naso, fuori con la bocca.

Sento uno schiocco e apro le palpebre di scatto. Oliver si sta facendo scrocchiare le nocche, una per una. Arriva all'ultima e mi guarda. Io sono furente e lui sorride.

Un sorriso enorme.

Potrei ucciderlo.

Chiudo di nuovo gli occhi e mi appoggio allo schienale cercando di visualizzarmi in un qualsiasi posto tranne lì. Su una montagna innevata. In un deserto di notte. Su una spiaggia assolata.

Sento rumore di mascelle e non riesco a trattenermi dallo sbirciare Oliver. Sta masticando un chewing-gum. Con la bocca aperta. Lo fulmino e decido che non mi servono né la montagna, né il deserto, né la spiaggia. Potrei essere felice benissimo anche in un pozzo di carboni ardenti, purché con me non ci fosse Oliver.

Lui tira fuori dal pacchetto un secondo chewing-gum e se lo ficca in bocca. Mastica. Mi guarda di sottecchi, poi ne aggiunge un altro. E un altro. E un altro.

Mi sta seriamente uccidendo.

Nel pacchetto avanza una gomma. Oliver me la porge, una falsa offerta di generosità. Gliela strappo di mano e me la ficco nello zaino. Non voglio il suo stupido chewing-gum, ma di sicuro non glielo voglio sentire in bocca.

E questo lo spinge soltanto a sorridere ancora di più prima di riportare lo sguardo sulla strada.

Oliver mastica. Fa una bolla. La fa scoppiare e si gratta la gomma dal labbro superiore e poi se la ficca di nuovo in bocca.

Mi volto a guardare fuori dal finestrino.

Grazie a Dio è venerdì.

♫

Anche se so già che il nostro pianeta è unico nel sistema solare, che è quasi magico il modo in cui abbiamo acqua e ossigeno e creature che si sono evolute da organismi unicellulari, quando a scienze ambientali il professor Hollis ci guida attraverso il processo della sua creazione, continuo a sentirmi sbigottita. Dal momento che siamo solo in dodici, avanziamo speditamente e abbiamo un mucchio di tempo a disposizione per domande e approfondimenti. Prima della fine dell'ora arriviamo in fondo all'era proterozoica.

Sto andando verso la scala dove mi aspetta Itch, quando sento una voce roca urlare il nome di Oliver dall'aula di scienze domestiche. Suppongo che se un corso contiene la parola "scienze" nel nome o fa uso di fiamme libere, sia lì che lo mette la scuola.

Rallento per far passare i ragazzi che escono alla spicciolata dalla porta. Oliver è fermo alla cattedra della signora Alhambra, che gli agita un dito contro. «Voi atleti siete tutti uguali.» Oliver incurva le spalle e strascica i piedi. Non dice niente. «Siete convinti di non dover lavorare. Pensate di potervi fare strada nella vita grazie al vostro fisico» continua. «Be', qui non funziona così. Per essere promossi a scienze domestiche vi serve un cervello. E dovete *usarlo*!»

«Ed è quello che...»

«Il sale non è il sapore. È l'esaltatore di sapidità.» La professoressa Alhambra solleva una ciotola di plastica rossa – tipo quelle che si comprano per i picnic – e gliela scuote sotto il naso. «Con questa finirai per far venire un attacco di cuore a qualcuno!» La ciotola e il suo contenuto finiscono nel bidone della spazzatura con un sonoro *tump*.

«Sì, prof» dice Oliver. Trae un sospiro e si volta verso di me.

Io distolgo immediatamente lo sguardo e proseguo per il corridoio accelerando il passo. Se questo fosse il primo giorno di scuola, probabilmente mi schiererei subito dalla parte dalla professoressa Alhambra, e invece no. Certo, Oliver si circonda di muscoli e caschi, ma questo non vuol dire che sia proprio uguale a quegli scimmioni. A me sembra diverso.

Perlomeno, *un po'* diverso.

Tre minuti dopo sono nella tromba delle scale con Itch, le cui mani stanno di nuovo cercando di farsi strada sotto l'orlo della mia maglietta. Lo bacio prima di ritrarmi. «Devo andare in classe.»

Un'ombra gli oscura il volto. «Abbiamo ancora tempo.»

«Non voglio fare tardi a fisica.»

«Tu e i tuoi modi da brava ragazza» mormora.

Gli arruffo i capelli ispidi. «Non sono *sempre* una brava ragazza. Vieni comunque domani pomeriggio?»

«Tua madre sarà ancora fuori?»

«Per quanto ne so, sì.»

«Allora vengo.» Mi posa sulle labbra un ultimo bacio, poi imbocca la scala. «Ci si vede a pranzo» mi dice voltandosi.

Quando suona la campanella e Oliver si precipita dentro all'ultimo secondo, io sono già seduta. Con lo sguardo fisso sulla lavagna e le mani intrecciate compitamente in grembo davanti a me, lo vedo uscire dalla mia visione periferica. La professoressa Nelson si alza dalla cattedra e ci chiede di tirare fuori i libri. C'è un fruscio di carta e lo scricchiolio di seggiole mentre tutti obbediscono. Questa volta non ho bisogno di azzardare un'occhiata dietro di me per avere la conferma che Oliver mi sta guardando. Dopotutto so che quando è arrivato al suo tavolo di laboratorio ha trovato qualcosa posato proprio al centro.

Qualcosa che ci ho messo io.

Un'offerta di pace.

O meglio, un *pezzetto* di offerta.

È l'ultimo chewing-gum di Oliver. Quello che mi ha dato questa mattina.

«Mi sbagliavo a proposito della goliardata» dice Itch. Siamo seduti al nostro posto sulle gradinate – ci siamo tutti tranne Shaun, che mangia sul palco con il gruppo di teatro – e osserviamo quello che succede in campo. «La tradizione più stupida della nostra scuola è questa.»

Non posso che concordare con lui.

«È la tradizione più stupida di *qualsiasi* scuola» dice Lily.

Darbs e io annuiamo con vigore mentre, al centro della gradinata, un centinaio di studenti dell'ultimo anno festeggia alzando i pugni in aria. I giocatori di football prossimi al diploma fanno marciare cinque ragazzi più piccoli in mezzo al campo per quella che viene affettuosamente chiamata "la tosatura": quando i giocatori più anziani tagliano i capelli alle nuovissime reclute della squadra, che quest'anno sono tutti studenti del secondo anno.

Hanno sistemato una fila di sedie e le cheerleader danno prova della loro utilità suprema sistemando accanto a ognuna un secchio di acqua saponata. Ainsley fa sedere su una seggiola uno del secondo anno e poi gli spreme una spugna sulla testa. L'acqua gli cola sui capelli scurendogli la camicia. La risata di Ainsley arriva fin quassù. Ha un suono acuto e dolce e argentino. Perfino la vittima ride con lei.

«Dio, quanto lo detesto» sbotta Lily.

«LSDC» aggiunge Darbs.

«Che cosa?» chiede Lily.

«Lo Spettacolo Deve Continuare, voglio introdurre l'uso della sigla» le dice Darbs.

Non riesco a togliere gli occhi di dosso alle matricole. «Guarda, fanno i lecchini perfino mentre li umiliano.»

«Devono essere sportivi» fa notare Itch.

«Altrimenti è peggio» concludo.

C'è anche Oliver, ovviamente. Osserva Theo accompagnare con passo militare il ragazzo più piccolo del gruppo fino a una seggiola e farlo sedere. Quando Theo lo chiama con un gesto, Oliver accorre e tuffa la mano nel secchio più vicino.

«Non usano neppure acqua calda» commenta Darbs. «È gelida.»

«Be', vediamo il lato positivo: oggi fa caldo» osserva Itch.

«Qui di lati positivi non ce n'è proprio nessuno.» Guardo Theo tendere la mano a Oliver, che gli porge una bomboletta di schiuma da barba. Theo si piazza a gambe divaricate alle spalle della sua vittima. Scuote la bomboletta davanti all'inguine in maniera molto suggestiva.

«No» esclama Lily.

«Ti prego, no» le fa eco Darbs.

Theo emette un gemito teatrale e spruzza la schiuma sulla testa della matricola. Al mio fianco, Itch finge un conato.

«Che schifo» esclamo. Sono disgustata dal modo in cui tutti accettano passivamente questa umiliazione pubblica. Vorrei correre laggiù, strappare la bomboletta di mano a Theo e ficcargliela in bocca, ma sono abbastanza sveglia da sapere che non servirebbe a niente. Non salverebbe il ragazzo e non interromperebbe il rito. Servirebbe solo a metterci in imbarazzo tutti e due.

Altro che "Oliver è diverso".

Oliver porge a Theo un qualche strumento per rasare quella testa sventurata. Theo parte da sopra le orecchie e – ringraziando Dio almeno per questo – procede lentamente, in modo da non tagliarlo. Tutti gli altri sembrano menare fendenti alle teste delle loro vittime, ma è come se Theo avesse una specie di piano.

«Lui è un artista» dice Itch. «È Claude Monet.»

«È Claude Minchiet» lo correggo io.

«È Ficasso» mi fa eco Lily.

«È Leonardo da...» La voce di Darbs si spegne. «Cavoli, ne avevo una e l'ho persa.»

Theo si avvicina al centro della testa mentre dal pubblico si levano fischi. Lily e io capiamo quello che ha in mente nello stesso momento.

«Oh!» dice Lily mentre io faccio un verso disgustato.

Itch scuote la testa. «Starà scherzando!»

«Che cosa? *Che cosa c'è?*» Darbs scruta il prato sotto di noi.

Itch le dà di gomito. «June aveva trovato il nome più giusto.»

«Che cosa...» Darbs fissa la vittima di Theo e finalmente capisce. «Ohh...»

In effetti, Theo aveva un piano. Sta diventando orribilmente chiaro che sta disegnando sulla testa dell'ignara vittima la sagoma di un pene con i testicoli.

Adesso basta, non posso restare a guardare! Ficco la seconda metà del panino nell'incarto riciclabile e balzo in piedi. «Me ne vado in biblioteca.»

Immagino che sia il movimento improvviso ad attrarre l'attenzione di Oliver, perché a un tratto alza lo sguardo verso di me. Sono troppo lontana per poter vedere la sua espressione, però sta decisamente guardando me che guardo lui.

Di sicuro basta solo la mia postura per fargli intuire quanto sia arrabbiata.

Mi chino a baciare Itch. «Posso riportarti a casa io» dice.

«Avviserò la mamma di non passare a prendermi.» Mi tiro su e mi metto lo zaino in spalla. So che non dovrei, ma mi giro un'ultima volta a guardare il campo.

Oliver ha preso il posto di Theo dietro la matricola.

Me ne sto andando. Voglio andarmene. Devo andarmene.

Eppure non lo faccio.

Resto e fisso Oliver tenere il rasoio sopra la testa del ragazzo. È una dimostrazione di forza. Un gesto da vero idiota. Il pubblico è sfrenato, applaude e pesta i piedi mentre lui sposta la mano prima da una parte, poi dall'altra. Si sta scaldando. Sta giocando con i suoi fan.

Mi sento male.

Oliver porta il rasoio sul lato della testa del ragazzo e con un gesto deliberato lo fa scorrere in linea retta, dal davanti al dietro. Vedo lo sguardo sulla faccia di Theo quando Oliver cambia rapidamente lato e ripete il movimento.

Gli angoli della mia bocca si sollevano da soli.

Oliver ha trasformato quella che era la sagoma di genitali maschili in una semplice… cresta. Ha castrato il disegno originale.

Ha neutralizzato Theo.

Il ruggito indignato di Theo arriva fino a noi. Il mio sorriso si allarga. In mezzo al campo, Oliver restituisce il rasoio a Theo prima di dare il cinque alla matricola.

L'occhiata che mi lancia potrebbe essere un'offerta di pace, come la mia gomma da masticare, oppure delle scuse.

In ogni caso, le accetto.

QUATTRO

Durante tutta la chiacchierata con mia madre, Itch soffre. Avrei potuto dirgli di venire più tardi, ma ha passato tutta un'estate in Florida a non parlare con la mamma della sua ragazza, dieci minuti di educata conversazione non lo uccideranno.

«Scommetto che i tuoi nonni saranno stati entusiasti di averti con loro» gli dice la mamma.

«Sì.»

«Li aiuti in giardino o in casa o… Cucini?» La mamma inclina la testa come un passerotto curioso.

Rispondo io per lui: «Fa dolci. Come si chiamavano quelle cose, Itch? Quei pasticcini?»

«*Kiflice.*» Scocca un'occhiata alla mamma. «In sostanza sono dei croissant serbi.»

«Che carino!» esclama lei. «Magari potremmo scambiarci le ricette… June, hai visto dove ho messo i campioni di pittura?»

Salta da un argomento all'altro così in fretta che ci metto un secondo a starle dietro e mi rendo conto che stanno bussando alla porta. «Credo che siano sulla credenza.»

«È arrivato Cash» annuncia la mamma.

Itch mi guarda e articola la parola: «*Cash?*»

«È il suo costruttore edile» spiego a voce alta.

«È un mio *amico*» mi corregge la mamma, e poi grida: «Avanti!»

Un paio di minuti dopo, il costruttore edile Cash ci ha salutati, ha trovato i campioni di pittura e ha depositato la mamma sul sedile del passeggero del suo vecchio pick-up color stucco. («Fatto proprio qui in Michigan!» mi ha detto la prima volta che ci siamo visti.) Itch e io salutiamo dalla veranda mentre se ne vanno in una nuvola di polvere. Non appena la nuvola si dissolve, Itch mi attira a sé per baciarmi.

So che alcuni genitori non lascerebbero la figlia sola in casa con un ragazzo, per via delle malattie a trasmissione sessuale e delle gravidanze adolescenziali e tutta quella roba lì, ma mia madre ha una strategia diversa. La sua arma preferita è la conversazione. Mi parla del sesso tutte le volte che può.

E intendo *tutte le sante volte*.

La mamma dice che spetta a me prendermi cura del mio corpo e che quello che ne faccio è affar mio. Mi ha fatto il "discorsetto" molto prima che toccasse a qualcuna delle mie amiche e mi ha pure messo una scatola di profilattici nel cassetto del comodino prima ancora che avessi mai baciato un ragazzo (a parte Oliver all'asilo). Lei crede che sia meglio averli prima che troppo tardi. Anche se a quanto pare esiste anche un *troppo* prima, perché quando è venuto il momento in cui quei profilattici mi servivano, verso la fine dell'anno scorso, erano scaduti.

Per fortuna Itch ne aveva di suoi.

Detto questo, non è che la mamma mi permetta di passare la notte con Itch o niente del genere, un paio d'ore durante il giorno in una casa vuota sono il massimo a cui posso aspirare. Non è proprio una hippy totale.

Itch e io portiamo sul pavimento del soggiorno due trapunte e un mucchio di cuscini per farci una specie di nido, e poi lui si mette a trafficare con il telecomando finché non trova un film horror. Sappiamo tutti e due che non lo guarderemo, ma è così che abbiamo sempre dato il via alle nostre interazioni fisiche: facendo finta di fare qualcosa di meno intimo.

«Che cosa ne pensi della casa?» gli chiedo dopo avere tolto il volume al film.

«È bella. Molto più grande dell'altra.»

«Sì, ho addirittura un bagno tutto per me.»

«Però è uno schifo che sia così lontana.»

«Sono solo venti minuti da scuola.»

«Ma trenta da me» ribatte, ricordandomi che mi vuole vicina, che la mia vicinanza è una cosa da desiderare. Il modo in cui mi vuole mi fa sentire degna di essere voluta. Mi fa venire voglia di volerlo. Sto cominciando a tirarlo verso di me quando dice qualcos'altro. «E adesso devi viaggiare tutte le mattine con quell'idiota.»

All'improvviso sento il bisogno di proteggere Oliver, provo il desiderio di difenderlo. Dopotutto, c'è stata la cosa della cresta. «Non è così male.» Itch fa quel suo sbuffo che vuol dire che non ci crede. «No, dico sul serio. Non penso che sia tutto muscoli e niente cervello come quegli altri. È decisamente più sveglio di quanto pensassi.»

«Oh, davvero.» Il modo in cui lo dice non è una domanda. «Perché non è che lo abbia visto frequentare i corsi avanzati.»

«Io nei corsi avanzati non ho visto neppure te.» Lo bacio sul collo in modo che capisca che è una battuta. Non risponde, perché è più interessato a rotolarsi su di me e a *non* guardare il film.

Ecco come gli adolescenti si creano una cattiva fama.

CINQUE

Questa volta quando salgo in macchina è Oliver a propormi una sua idea. «Sulla musica abbiamo opinioni diverse, giusto?»

«Direi proprio di sì.»

«E anche su quello che rappresenta qualcosa di *significativo* nella nostra vita di liceali.»

«Theo lo sa che quando non è con te usi questi paroloni?» Oliver mi lancia una cartina di gomma da masticare e io mi tiro indietro strillando. «Dico sul serio, ma che cosa ci *trovi* in quel cretino?»

«Siamo amici dalle medie» mi spiega. «Abbiamo dei trascorsi.»

«Il nostro Paese ha dei trascorsi in cui negava i diritti delle donne e consentiva il fumo sugli aerei e i matrimoni fra consanguinei, ma non significa che queste cose siano ammissibili anche adesso.»

«Vuoi sentire il mio colpo di genio o no?» Oliver sblocca il cellulare e me lo porge.

Lo prendo fingendomi trepidante e picchietto lo schermo: la sua APP musicale è aperta. Al centro c'è un'iconcina intitolata *Playlist dell'alba*. «Tutto quello che vedo è un nome sdolcinato.»

«Aprila.»

Lo faccio, ma è vuota, il che non ha senso. «Sto aspettando una spiegazione.»

«Questa è la soluzione a tutti i nostri problemi. Questo è il premio in palio per chi dei due dimostrerà che la sua filosofia di vita è quella giusta.»

«È una playlist» osservo.

«Esatto.»

«Ma ti sei fumato qualcosa?»

Oliver scuote la testa. «Il mio corpo è un santuario consacrato al campo di football.»

«Ti prego, non mi farai di nuovo vedere i muscoli?»

E invece sì.

«Questa sarà la nostra playlist del mattino» continua. «L'ascolteremo andando a scuola.»

«Ma in questa playlist di canzoni non ce ne sono. È vuota.»

«E questa è la parte dove si vede che sono un genio.»

«Questa è la parte che trovo più difficile credere.»

«Ascolta e impara.»

«Che noia» borbotto, ma aspetto che mi spieghi.

«Tu credi che il liceo non importi. Io so che non è così.» Oliver mi dà una lieve pacca sul braccio. «Ogni volta che uno dei due riuscirà a trovare una ragione per sostenere il proprio argomento di questa conversazione...»

«Dicesi tesi.»

«Come ti pare. Comunque, potrà aggiungere una canzone alla playlist. Poi le possiamo ascoltare al mattino in ordine casuale. Più vittorie per te significa più musica punk nella playlist.»

Sono scettica. «Ma la tesi...»

«Argomento.»

«È soggettiva. Non ci sono risposte definitive. È ovvio che io troverò dei modi brillanti per dimostrare che ho ragione...» E qui Oliver sbuffa. «...ma non significa necessariamente che tu la penserai allo stesso modo.»

«Il nostro sarà un accordo fra gentiluomini.»

Questa volta a sbuffare sono io. «Tu frequenti gente che rasa *parti* anatomiche maschili sulla testa degli altri. Non ti definirei esattamente un gentiluomo.»

Mi scocca un'occhiata di finta indignazione. «Io sono un gentiluomo fatto e finito. Però d'accordo, troveremo qualcuno che sappia essere obiettivo.»

«Io propongo Itch» butto lì.

«Allora io propongo Ainsley.»

Sospiro. «Per ovvie ragioni la mia risposta è no.»

«E per ovvie ragioni la mia risposta è la stessa.»

Torno a guardare il suo cellulare. È un'idea divertente, glielo concedo. Mette un po' di competizione alla nostra routine mattutina. Rimugino sui dettagli. «Ho qualche regola da aggiungere.»

«Spara.»

«Non tentarmi.» Sollevo un dito. «Le prove possono essere presentate solo a scuola e durante l'orario di lezione. Dalla campanella d'inizio a quella di chiusura. Non voglio che tu mi mandi messaggi da ubriaco nel cuore della notte.»

«E le partite di football? O i balli scolastici? I raduni prepartita?»

«Approvati.» È una concessione facile, visto che è impossibile che mi trovi in una di queste occasioni. «Se saremo tutti e due presenti a uno di questi eventi legati alla scuola, potranno essere considerati un terreno valido per presentare una prova.»

«Anch'io ho una regola da aggiungere» dice Oliver. «Una sola canzone al giorno. Non voglio essere sopraffatto dalla tua musica punk.» Gli sorrido. «Che c'è?»

«Tu credi che vincerò io.»

«Nei tuoi sogni, Rafferty.»

Aspetto Oliver fuori dall'aula di scienze domestiche. Sembra sorpreso di vedermi. «Che succede?»

«Oh, niente, solo questo: il college.»

Lui non capisce. «Il college?»

«Il college. Le lezioni sono più difficili. I rapporti più importanti.»

«È soggettivo.»

«E poi puoi bere al bar senza doverti nascondere. Quello che voglio dire è che tutto quello che succede adesso succederà *di nuovo* anche al college, ma sarà più grande e più bello. Non capisci? Il college stesso annulla l'importanza del liceo... Che c'è?»

Oliver scuote la testa. «Non farai sul serio? E questa sarebbe la tua battuta d'apertura?»

«Ma è valida!»

«È debole.»

Gli scocco un'occhiata fulminante. «Hai detto che saresti stato un gentiluomo.»

«Ci serve un giudice.»

«Un giudice imparziale» gli ricordo.

«Chiederò in giro. Però ricordati: la tua prima prova non è ancora stata convalidata.» Si allontana.

«Non Theo!» gli urlo dietro e lui si volta a salutarmi.

A pranzo, Darbs ci delizia con i dettagli sulla nuova ragazza, Yana, e sul segnale inequivocabile che le manda. «Sono i capelli» dice a Itch, Lily e me.

Sono sicura che la confusione sulle facce degli altri rispecchi apertamente la mia. Mi frugo nella memoria. «È bionda, giusto?»

«Biondo miele» dice Darbs con aria sognante. «Biondo dorato. Capelli lunghi e lisci, ma non troppo lisci. Un po' ingarbugliati, come se fosse stata in spiaggia, stesa al sole...» La sua voce si spegne. Lily e io ci scambiamo un'occhiata. Darbs si scuote dal suo sogno a occhi aperti. «Però è successo questo: oggi è venuta a inglese e si è seduta in un posto nuovo. Ci sono un mucchio di sedie libere – un mucchio, ve lo assicuro – ma lei non ha scelto quella in terza fila vicino alla finestra, dove è andata tutte le altre volte. No, ha girato a sinistra, oltre gli scaffali, ed è venuta a sedersi proprio davanti a me.»

«Non è possibile che volesse semplicemente sedersi in un posto diverso?» chiede Itch con la bocca piena di pizza. Gli rifilo una gomitata nelle costole. «Che c'è? È una domanda sensata.»

«E tu sei un sensatissimo idiota» lo informa Darbs. «Lo ha fatto apposta di venire a sedersi vicino a me, l'ho capito benissimo.»

Pensiamo tutti la stessa cosa, ma a fare la domanda sono io. «E come?»

«Sono contenta che tu me l'abbia chiesto» ribatte Darbs. «Non ci siamo guardate negli occhi...»

«Ah!» fa Itch.

«Chiudi il becco» lo zittisce Lily. «Vai avanti, Darbs.»

«...però subito dopo che si è seduta, ha mosso un po' la testa per scrollare i capelli. Capite, per attirare la mia attenzione.»

Darbs è decisamente un po' pazza, però è anche mia amica. Merita rispetto. «E poi?»

«Al polso ha cinque elastici. Ha tolto quello viola...» E Darbs si indica i capelli indaco. «Quello viola, capite?»

«Aspetta» la interrompe Itch. «Se lei era seduta davanti a te con la faccia in avanti, tu come hai fatto a vedere?»

Darbs gli scocca un'occhiata solenne. «Si è girata sulla seggiola. Appena un po' di traverso.»

Rimaniamo tutti seduti in silenzio per un attimo, finché Lily osserva: «Ti sei sporta in avanti, vero? Hai allungato il collo?»

«D'accordo.» Darbs fa spallucce. «Ho allungato il collo,

come vi pare. Comunque, ha portato le mani ai capelli e lo ha fatto lentamente, in maniera sexy. Ha tirato su i capelli e si è fatta la coda, e indovinate un po'?» Darbs fa una pausa teatrale.

«Che cosa?» Questa volta Lily e io facciamo la domanda insieme. Itch si limita a scuotere la testa.

«Avrà quattro o forse anche cinque ciocche di capelli tinti sotto le altre.»

«Di viola?» chiedo.

«Be'... di blu» risponde Darbs. «Però è un blu *scuro*. Blu *indaco*. Nell'arcobaleno sta vicino al violetto.» Porta indietro la schiena e si mette a braccia conserte. «Ve lo garantisco, mi manda segnali.»

«Ti manda segnali» conveniamo Lily e io.

«Che cavolo...» dice Itch.

Mi volto per sgridarlo, perché è troppo *maleducato*, ma vedo che non sta parlando con noi. Sta guardando qualcosa.

È Shaun, che sta salendo le gradinate diretto verso di noi, il che sarebbe perfettamente normale, se non che dietro di lui c'è Oliver.

Con un vassoio.

Per non so quale ragione sento un lieve calore pizzicarmi il collo e le guance. Chino la testa e do un morso al panino per camuffare la mia (ridicola) reazione.

Perfino gli sfigati in prima fila osservano curiosi Shaun e Oliver sedersi con noi. Shaun fa un saluto generale al gruppo, ma Oliver saluta uno per uno singolarmente per nome, tranne Darbs. A lei tende la mano. «Sono Oliver. Non credo che ci siamo mai parlati prima.»

Lei non gli prende la mano. «So chi sei.»

Lui abbassa il braccio. Il tempo sembra fermarsi mentre loro rimangono immobili a fissarsi. Mi sorprendo a chiedermi se anche Darbs abbia notato il cerchietto grigio che gli contorna le iridi.

Lei si indica la testa. «Ti piacciono i miei capelli?»

Lui la scruta attentamente. «Forti. L'anno scorso erano verdi, giusto?»

«Turchesi.» Darbs gli porge un sacchetto. «Patatine?»

«Grazie.» Oliver ne prende una e il momento passa.

Shaun si schiarisce la voce. «Avete finito di pisciare sulle gradinate?»

«Io sì» dice Darbs.

«Anch'io» fa Oliver.

«A me non scappa» interviene Lily.

Itch e io non diciamo niente.

Shaun mi indica con la mano. «Oliver mi ha chiesto di fare da arbitro in una scommessa fra lui e June.»

Sento due cose: lo sguardo di Itch e le mie guance che avvampano di nuovo.

«June, accetti Shaun come giudice imparziale?» mi chiede Oliver.

«È solo un gioco, e certo, Shaun va benissimo.»

Shaun ricorda a tutti il nostro accordo per il passaggio a

scuola. Lily scuote la testa. «No, dico davvero, ma di che cosa parlate?»

«Non lo fanno, ecco il perché del gioco» spiega Shaun. Poi si volta verso di me. «E comunque, quand'è che prenderai la patente?»

Non sono preparata a rispondere a questa domanda, perciò dico la prima cosa che mi viene in mente. «Ci penserò.»

«Quando?» insiste Itch.

«Quando sarò pronta» ribatto seccata. «Tanto la macchina non ce l'ho mica.»

«Ma se hai lavorato a quel negozio bio per tutta l'estate!» esclama Lily. «Devi pur avere messo da parte qualcosa.»

«Confessa... l'hai speso tutto in prostituti» scherza Oliver.

«E in droghe» convengo.

Lily, Darbs e Shaun scoppiano a ridere. Itch no. «Dovresti prenderla» insiste invece.

«Ehi, è solo una patente» fa spallucce Oliver.

Shaun batte fragorosamente le mani e tutti taciamo per prestargli ascolto. Spiega il gioco e io espongo la mia prima prova, come ho fatto questa mattina fuori dall'aula di scienze domestiche.

Shaun ci rimugina su. Riflette. Si strofina il mento e fa: «*Uhmmm!*» finché non gli do un calcio negli stinchi. «Ahi!»

«E dai! La pausa pranzo è quasi finita!»

Shaun fa un gran respiro. «D'accordo, ho concluso la mia delibera.»

«Ci dica tutto, Maestro» dice Lily.

«Stai scherzando?» le chiedo.

«Scusa.» Poi mi sorride. «E dai, è divertente.»

Shaun si schiarisce la voce. «Prima dovete riconoscere che tutte le decisioni del giudice sono definitive. Una volta pronunciato il verdetto, non saranno consentiti contraddittori.»

«D'accordo» dice Oliver.

«D'accordo» confermo.

«Nel caso June Rafferty contro Oliver Flagg, mi dichiaro in favore di...» Tutti aspettiamo mentre Shaun fa qualche altro schiarimento di gola e scuotimento di testa. «...Oliver Flagg.»

«Che cosa?» Quello che mi esce dalla bocca è uno strido rauco. «Ma tu dovresti essere amico *mio*!»

«Sono stato chiamato in causa come giudice imparziale» mi ricorda Shaun. «Ed è opinione di questo venerabile giudice che sia una semplice follia pensare che qualcosa che si ripeterà in futuro neghi quanto avviene nel presente. Domani pranzerò, ma ciò non vuol dire che non abbia pranzato oggi.»

«Non ha tutti i torti» osserva Lily.

So che ha ragione, ma è troppo irritante. Cerco comunque di difendermi: «Ma il pranzo di domani potrebbe essere migliore di quello di oggi. Potrei avere più soldi. Potrei procurarmi ingredienti migliori».

«Oppure no» ribatte Shaun. «Potresti ritrovarti in mensa a mangiare un'insalata avvizzita o spaghetti scotti.»

«Non succederà.»

«Ma potrebbe. E inoltre» continua «a quanto ne so, Oliver ha una prova sua da sottoporre.»

Socchiudo gli occhi e giro la testa di scatto per fulminare Oliver. «Ah, davvero?»

«Be', certo. E devo ringraziare te per questo» mi dice con il più dolce dei sorrisi. «Quello che hai detto del college mi ha davvero colpito. Hai ragione, sai? Al college succederanno davvero tutte quelle cose fortissime. Ma lo sai che cos'è a decidere in quale college andrai?» mi chiede sporgendosi verso di me.

Incurvo le spalle e so di essere appena stata sconfitta. «Il liceo.»

Oliver non dice niente, si limita a levare le mani in aria e comincia a schioccare le dita e a muovere le spalle seguendo una musica immaginaria.

«Non hai ritmo» ringhio.

«Non è così male» osserva Lily, cominciando a schioccare le dita pure lei. Darbs sorride e si unisce a loro. E anche Shaun.

«Siete pessimi» li informo mentre in lontananza suona la campanella.

Oliver si alza continuando a schioccare le dita. «Foreigner» dice saltando giù un gradino. «Poison.» E ne salta un altro. «Warrant.»

«Ma che stai facendo?» chiedo esasperata.

«Ti sta torturando» mi spiega Itch. «Sono tutti nomi di band da quattro soldi.»

Sotto di noi, Oliver fa diversi salti di fila continuando a esclamare parole incomprensibili a ogni gradino. «Whitesnake!

Starship! Night Ranger!» Arriva in fondo e si volta a guardarmi. «Bad English!» urla prima di incamminarsi verso la scuola.

Scuoto la testa e mi volto verso Itch. «Odio la mia vita.»

«E fai bene.»

SEI

Quando esco sul portico di legno, il bestione è già parcheggiato nel mio vialetto e Oliver è fuori che mi aspetta. Mi vede e si precipita ad aprirmi cerimoniosamente la portiera del passeggero. «Il tuo cocchio ti aspetta. Il tuo dolce, dolcissimo cocchio musicale.»

Arranco verso di lui cercando di non sorridere alla ridicolaggine della scena. «Smettila» gli intimo mentre lui sprofonda in un inchino indicando il mio sedile con un gesto del braccio.

Infilo in macchina lo zaino e sto per arrampicarmi come faccio sempre, quando sento la mano di Oliver sul gomito. È calda e, nel punto in cui mi tocca, la pelle diventa ancora più calda. So che dobbiamo già esserci toccati prima – a parte il bacio all'asilo – perché di sicuro ci saremo scontrati nei corridoi o ci saremo sfiorati in mensa.

Eppure sembra la prima volta.

Siamo fermi al cartello di stop di Plymouth quando Oliver si volta verso di me con un sorriso enorme.

«È il momento, giusto?» gli chiedo.

«Oh, sì. È il momento.»

E allora gli altoparlanti sparano la musica, ammesso che si possa chiamarla così. Non esagero quando dico che è la ballata pop più brutta, più superbamente melensa, più esageratamente sdolcinata, più ridicolmente super romantica che abbia mai avuto la dolorosa sventura di onorare la Terra della sua presenza. E già questo sarebbe abbastanza grave, se non fosse che subito dopo scopro che Oliver conosce le parole.

Tutte.

E le canta.

Con sentimento.

Quando finalmente la canzone arriva al *bridge* – che è solo un miglioramento marginale, data l'assenza di parole zuccherose – urlo a Oliver per coprire il rumore della chitarra elettrica. «Ogni parte di me che abbia saputo raggiungere la sofisticazione, qualsiasi minuscolo frammento del mio essere che abbia compreso qualcosa di più grande e in qualche modo si sia elevato al di sopra delle masse incolte...»

«Sì?» mi urla di rimando Oliver.

«Be', in questo preciso istante quel pezzo scintillante di me è lentamente soffocato da questo inarrestabile torrente di sentimentalismo.»

Oliver alza un dito. «Aspetta!»

«Che cosa?»

L'assolo di chitarra sale in un crescendo melodrammatico. «Questo!» grida... e poi riprende il coro, agitando un braccio e guardandomi con gli occhi sgranati ogni volta che ci fermiamo.

La canzone – con il fastidioso titolo di *When It Matters* – si ripete per un totale di sei volte e mezzo prima che arriviamo a scuola.

Oliver non ha saltato una parola.

So di dover aspettare il suono della campanella prima di poter inchiodare Oliver con una prova, ma anche se entriamo a scuola insieme, lo perdo di vista prima di arrivare nell'aula dell'appello... o forse è lui a seminarmi. Lo cerco più tardi, e poi ancora dopo la seconda ora, ma è sfuggente come Itch quando in giro c'è mia madre.

Comunque, visto che facciamo fisica insieme non potrà nascondersi per sempre.

Di nuovo, Oliver entra in classe proprio al suono della campanella. Mentre passa davanti al mio banco cerco di prendergli un braccio, ma non si volta neppure a guardarmi.

Merda!

No.

Mi giro e aspetto che si sieda e tiri fuori le sue cose. Quando rialza lo sguardo e mi trova a osservarlo, arrossisce. Io sorrido e sollevo un foglietto piegato. Non potrà continuare a evitarmi per sempre.

Qualche minuto dopo la professoressa Nelson sta spiegando i principi della termodinamica e il mio biglietto indietreggia furtivamente per la classe – passando da un compagno all'altro – in direzione di Oliver Flagg.

Caro Oliver,

1. I miei genitori si sono conosciuti al college.

2. I tuoi genitori si sono conosciuti al college.

Cordialmente,

June

È semplice.

È facile.

Presumo che tutti e quattro i nostri genitori abbiano avuto relazioni con altre persone durante il liceo – anche se solo a livello di cotte o flirt – e, guarda caso, tutti e quattro hanno finito per rompere.

Sì, immagino che si possa dire che è un *esempio* più che una *prova*, ma ai fini del nostro piccolo gioco dovrebbe andare bene lo stesso.

Qualsiasi cosa pur di ridurre il numero di volte che mi toccherà sentire quella boiata di *When It Matters*.

Prevedo già che Oliver metterà in discussione la validità della mia prova, considerato che i miei hanno finito per divorziare, però ho pensato di ribattere con il fatto che sono rimasti insieme abbastanza a lungo da procreare, e questa è una delle cose più importanti e stravolgenti che due individui possano fare insieme.

Siamo verso la fine della lezione e la professoressa Nelson sta scrivendo alla lavagna un fiume di simboli, quando sul mio banco atterra un foglietto dall'aria familiare.

Approvato

Cara Oliver,

1. I miei genitori si sono conosciuti al college.

2. <u>I tuoi</u> genitori si sono conosciuti al college.

Cordialmente,

June

+1 canzone

Cara June,

1. Hai una calligrafia inquietantemente perfetta. Come un serial killer.

2. Mio zio Matthew ha conosciuto sua moglie Ellie al liceo. E anche i nostri vicini Anna e Brian. Ci sono persone che <u>incontrano</u> presto la loro anima gemella, e non puoi ignorarlo.

Ancora più cordialmente,

Oliver

Oh, cavoli. Immagino che non si possa discutere… intendo la seconda parte. Dal momento che Oliver si sta comportando correttamente e non si appella a Shaun per qualcosa che chiaramente non richiede alcun giudizio, prendo la matita e scrivo la risposta (con la mia calligrafia inquietantemente perfetta).

Approvato

Cara Oliver,

1. I miei genitori si sono conosciuti al college.

2. <u>I tuoi</u> genitori si sono conosciuti al college.

Cordialmente,

June

+1 canzone

Cara June,

1. Hai una calligrafia inquietantemente perfetta. Come un serial killer. **Idiota!!**

2. Mio zio Matthew ha conosciuto sua moglie Ellie al liceo. E anche i nostri vicini Anna e Brian. Ci sono persone che incontrano presto la loro anima gemella, e non puoi ignorarlo.

Ancora più cordialmente,

+1 canzone ← *Oliver*

Quando suona la campanella, mi volto per vedere se Oliver ha apprezzato appieno i miei ultimi commenti, ma lui sta già andando verso la porta. Ainsley invece sta guardando me. Per nessuna ragione che abbia una qualche parvenza di senso, sento un'improvvisa fitta di rimorso, come se stessi facendo qualcosa di sbagliato.

Ma non è così.

Lily si vede con il suo maestro privato di musica, Darbs sta alle costole di Yana, la nuova, e Shaun è nella stanza dell'annuario scolastico, perciò Itch e io ci godiamo un raro pranzo a due. E per "pranzo" intendo "seduta di sbaciucchiamento".

Itch siede con i piedi sul gradino di sotto e io gli sto semicoricata in grembo, perciò lui non deve fare altro che inclinarsi appena per raggiungermi la faccia. Fa troppo caldo ed è troppo umido per amoreggiare sulle gradinate metalliche, ma noi lo facciamo lo stesso. Le gambe di Itch sono calde e appiccicose sotto la mia schiena, e sento i piedi arrostire al sole nelle scarpe da tennis nere, ma è una cosa molto familiare e pubblica e facile, un po' come il nostro rapporto. Ho un lampo di rimorso ripensando al ragazzo che ho baciato quest'estate, ma lo scaccio in fretta. Itch non ha chiesto niente, perciò io non gliel'ho detto. Non è che stia mentendo.

Sento un ticchettio e una vibrazione sotto di me. Itch scosta la bocca dalla mia e lancia uno sbuffo disgustato. «Questa diventerà una cosa regolare?»

Mi raddrizzo. Il ticchettio è il rumore di tacchi alti che scendono la gradinata, e la persona che li indossa è Ainsley Powell. È chiaro che sta venendo verso di noi, perché nelle vicinanze non c'è nessun altro, e poi i suoi occhi così luminosamente verdi sono fissi su di noi.

«Io me la batto» dice Itch accennando ad alzarsi, ma io gli blocco un polso e lo ritiro giù.

«Non essere maleducato» sibilo.

Lui torna a sedersi mentre Ainsley arriva alla nostra fila. «Ehi, ragazzi» dice con una voce che non so come ma è fatta allo stesso tempo per urlare grida di incitamento in stadi affollati e bisbigliare poesie all'orecchio di corteggiatori adoranti.

Mi irrigidisco. È venuta per attaccare briga con me? Sono quasi certa che potrebbe avere la meglio fisicamente – è più alta e probabilmente più forte, con la pratica da cheerleader – ma d'altro canto ha quei tacchi alti… Forse riuscirei a farla cadere. «Che c'è, Ainsley?» le chiedo con la massima noncuranza.

Indica con un gesto la fila davanti a noi. «Posso?»

«Ma certo» acconsento garbatamente.

«È un Paese libero» interviene Itch, e gli mollo una gomitata.

Ainsley si abbassa sedendosi in maniera aggraziata come se fosse una piuma di pavone che volteggia a terra. «Venite alla partita d'esordio?»

«Alla partita di football?» Mi esce dalla bocca con un tono incredulo. Sta cercando di capire dove schierare la sua banda di malvagie accolite ponpon-munite per darmele di santa ragione? Oppure mi sta avvertendo di tenermi alla larga, sta avanzando pretese su qualsiasi attività legata allo sport... qualsiasi cosa che riguardi Oliver?

Itch risponde per me: «Noi non partecipiamo a manifestazioni violente».

Ainsley posa su di lui gli occhioni con le ciglia scure. «Ma il liceo *è* una manifestazione violenta.»

Itch sembra sorpreso della risposta. «Te lo concedo.»

Ainsley mi picchietta su un ginocchio. «Dovreste venire.»

«Perché?»

«È la prima partita della stagione. Vogliamo avere una bella folla che faccia il tifo per la nostra squadra.»

Non so spiegarmi perché, eppure credo che questo invito nasconda qualcosa di più del semplice spirito scolastico, ma che mi prenda un colpo se riesco a capire che cos'ha in mente. «Forse» le concedo.

«Dopo ci sarà un falò. Se volete vi diamo un passaggio.»

«Di chi stai parlando?» chiede Itch.

«Ma di Oliver e me.»

«Tipo un doppio appuntamento?» chiedo, e vedo che il sorriso di Ainsley si allarga ancora di più.

«Sì, appunto.»

Immagino che Itch e io dovessimo avere il nostro primo litigio prima o poi. Solo, non pensavo che sarebbe successo nella corsia di un minimarket.

Sono lì, con le mani sui fianchi, a guardarlo passare in rassegna un espositore di patatine. «Non ti ammazzerebbe» gli dico. «Non ti fermerebbe letteralmente il cuore e la circolazione arteriosa.»

«Potrebbe, non puoi saperlo.»

«È una partita. Una festa.»

Itch scoppia a ridere e il suono è fragile, come se rischiasse di spezzarsi cadendo a terra. «È così che si comincia» mi dice. «Una partita, una festa, una sbronza. E poi a un tratto ti ritrovi a partecipare alle loro scemenze e devi fare quello che vogliono loro.»

«Nessuno ha parlato di fare quello che vuole qualcun altro. È football, non schiavismo.»

«Vedi se riesci a convincerti.» Itch prende un sacchetto arancione. «C'è un motivo se non facciamo parte del gregge, June. Non perché siamo secchioni e neppure perché crediamo in una specie di antiquata gerarchia di popolarità.»

«Non ho mai detto…»

«È perché noi siamo meglio di così.» Itch si scosta e con un braccio mi cinge le spalle, che per la tensione sono più alte del dovuto. «*Tu sei* migliore.»

Mi bacia e lo lascio fare.

Lo lascio sempre fare.

SETTE

Il sole è a malapena sorto e all'ingresso ci sono già due tizi che stanno installando una cassapanca. Li saluto con un cenno del capo e proseguo fino in cucina, scansando un mucchio di scatoloni e attrezzi sparsi sul pavimento.

Trovo la mamma e Cash appollaiati sugli sgabelli a sorseggiare caffè. Quando entro, Cash si alza. «Scusa per il rumore e il disordine.»

«No, non fa niente. La ringhiera è venuta bene.»

«Grazie.» Si rivolge alla mamma: «Ci si vede stasera?»

«Sì!» Lo dice a voce un po' troppo alta, poi si volta verso di me. «Omelette?»

Oh-oh!

Annuisco e la vedo incominciare a tirare fuori gli ingredienti. «Quanto ci vorrà per finire tutto?» chiedo.

«L'ingresso dovrebbe essere pronto questa settimana. Poi tocca al mio studio. Cash deve rifare il cartongesso e mettere la pavimentazione nuova. E poi… Scusa il disordine, tesoro. A volte bisogna buttare all'aria tutto per mettere a posto.»

«Che osservazione profonda» le dico, e lei scoppia a ridere. Mi rendo conto che la mamma non è per niente in disordine, anzi, ha un lucidalabbra corallo e un paio di orecchini a cerchio, per cui le faccio la domanda ovvia: «Mamma, esci con Cash?»

Lei arrossisce. «No!» La guardo sospettosa e lei posa la spatola. «Siamo solo amici.»

«Amici» ripeto.

«E nello spirito di *amicizia*, questa sera verrà a cena.»

Questa volta lo dico ad alta voce: «*Oh-oh!*»

«Mettiti a sedere» mi dice. Però arrossisce di nuovo, e adesso ha anche gli occhi che luccicano.

La scuola è chiusa da tre ore e io sono ancora nell'ingresso. Ho già risistemato l'armadietto e letto tutto quello che ci ha dato la prof di inglese per il fine settimana. Ora sono seduta sull'ultimo gradino a farmi le treccine. E aspetto.

Quando il cellulare vibra – *alleluia!* – leggo l'SMS della mamma:

almeno altri 45 min
scusa
ancora in riunione
capo dipart rompe coi bilanci
peccato tu sia troppo giovane x comprare vino
tvb

Maledizione.

Se lo avessi saputo in anticipo, avrei potuto chiedere un passaggio a Itch attirandolo con la promessa di una casa vuota. O magari mi avrebbe portata Shaun. O Lily, o Darbs. *Qualcuno.* Se almeno fosse lunedì, non sarebbe così brutto, ma di venerdì? È finita la settimana e non vedo l'ora di andarmene di qui.

Mi viene in mente che forse Shaun non è ancora andato via. Non risponde ai messaggi, ma è proprio da lui non controllare il cellulare. E lo tiene sempre sul silenzioso, anche quando non è in classe.

Esco nel parcheggio degli studenti. C'è ancora qualche macchina, ma quella di Shaun non la vedo. Arrivo fino in fondo per controllare se, per caso, non sia dall'altra parte, magari nascosta dietro un bestione succhiabenzina… come quello di Oliver, laggiù, al centro, dove parcheggia sempre, e…

Oliver! È un'idea nuova. Non avevo neppure pensato a lui. Non mi era neppure passato per la testa di chiedere a lui un passaggio a casa. Oliver non è il tipo da filarsela al suono della campanella. Dopo la scuola è sempre in giro a lanciare-calciare-dribblare. Mi dirigo al bestione succhiabenzina tirando fuori il cellulare per mandargli un messaggio e lo centro in pieno.

Oliver mi prende per le braccia. «Ehi, messaggiare mentre si cammina non è per niente sicuro.»

«Stavo scrivendo a *te*» lo informo.

«Oh. Davvero?» I suoi occhi mi fissano divertiti e a un tratto mi ricordo di avere tutte quelle stupide treccine.

«Stai andando a casa?»

«Sì, ti serve un passaggio?»

«Sì, grazie.»

Fa un gesto verso la macchina e un minuto dopo sono sul sedile del passeggero e cerco senza successo di lisciarmi i capelli, che adesso sono impazziti per l'elettricità statica. «Fra parentesi, perché sei ancora qui?»

«Dopo l'allenamento mi sono dovuto fermare a parlare con il coach.»

Lo studio attentamente. Oliver non ha il suo solito modo di fare spigliato e sicuro di sé. È seduto al volante, leggermente curvo e con un'espressione un po' smarrita. «Tutto bene?»

«Sì.» Però continuo a guardarlo e non ha per niente l'aria di stare bene. Anzi, ora che ci penso, anche questa mattina mi sembrava giù. Si rende conto che lo osservo. «Il coach è incazzato perché la settimana prossima salterò due allenamenti.»

«Cioè, non dovresti saltarne mai neppure uno?» Mi pare eccessivo.

«No, decisamente no. Soprattutto non a inizio stagione. Dovremmo essere concentrati.»

«Ma è solo un gioco!» Non appena queste parole mi escono di bocca, vorrei che non lo avessero fatto.

«Sembri proprio mio padre.»

Andiamo avanti in silenzio per qualche minuto prima che gli chieda: «E perché devi saltare l'allenamento?»

«Oh, questa ti piacerà un sacco. Devo andare in banca con mio zio Alex. Dovrebbe iniziarmi alle delizie della finanza.»

«Ma è *terribile*!» Di nuovo, rimpiango immediatamente di averlo detto, ma questa volta Oliver scoppia a ridere.

«Grazie tante. Sì, è *davvero* terribile.» Poi il suo sorriso si spegne. «I miei genitori non vengono neppure a vedere la partita venerdì. Mio padre ha una cena di lavoro.»

«E tua madre?»

«Lei non perde mai le cene di lavoro di papà. Quei due sono una squadra.»

Cerco di trovare qualcosa di rassicurante da dirgli. «L'anno prossimo non sarai costretto a saltare gli allenamenti, se non lo vorrai.»

Oliver mi scocca un'occhiata. «Senza offesa, ma davvero tu di football non ne capisci un accidente.» Ci fermiamo a un incrocio e lui mi guarda dritto negli occhi. «Vado bene per il liceo, June, ma non per il college.»

Faccio un verso che è una specie di *pfff*. «Ma per favore! Sono sicura che con le palle ci sai fare.» Arrossisco alla sfortunata scelta di parole e mi affretto a rimediare: «Intendevo dire con il pallone da football».

Oliver sorride, ma il suo è un sorriso triste. «Nessun problema. Io non sono come te. Per alcuni, la discesa inizia prima di altri.»

Lo fisso senza sapere bene che cosa rispondere. È la cosa più dolorosa che gli abbia mai sentito dire, e sento che dovrei ricambiare con qualcosa di altrettanto aperto e sincero.

Però non sono così coraggiosa.

Dietro di noi suona un clacson che ci fa sobbalzare. «*Oops*» esclama Oliver premendo l'acceleratore.

Per il resto del tragitto procediamo in silenzio. Oliver non avvia la playlist e io non gli chiedo di farlo. Quando sento la ghiaia del mio vialetto scricchiolare sotto le gomme, vedo il furgone di Cash davanti a noi e Cash in carne e ossa scendere i gradini del portico. Agita un braccio e immagino che mi stia salutando, ma poi lo rifà e capisco che vuole che lo raggiungiamo.

«E quello chi è?» mi chiede Oliver.

«Il costruttore edile e non-ragazzo della mamma.»

Presento Cash a Oliver, e Cash gli chiede se può dargli una mano con una cosa. «Credevo che i miei uomini sarebbero stati ancora qui, ma sono già andati via per il fine settimana.» Punta un pollice verso il furgone. «Per scaricare un generatore bisogna essere in due.»

«Come minimo» conviene Oliver, e lo segue verso il camion sfilandosi la giacca.

Mi rendo conto che in tutto questo il mio ruolo è quello di controllare che non abbiano ghiaia tra i piedi e di tenere aperta la porta, ma a quel punto mi rendo conto di un'altra cosa: Oliver sta per dare un'occhiata ravvicinata a quel caos che è l'interno di casa mia.

«Magari potreste lasciarlo sul portico» propongo.

«No, lo portiamo dentro.» Cash sale sul pianale, spinge un grosso scatolone verso il bordo, poi salta giù e si prepara insieme a Oliver. «Pronto?»

«Pronto» conferma lui, e sollevano.

Corro in veranda e apro la porta, poi resto a guardarli. Anche se lo so che è un cliché, anche se so che è superficiale e ridicolo, i miei occhi sono attratti come una calamita verso le braccia di Oliver. Non è che io sia una di quelle ragazze che si sentono svenire davanti ai muscoli, ma quando i muscoli si gonfiano e si tendono in quel modo dentro una T-shirt attillata, non si può fare a meno di notarli.

Sono un tipo cerebrale, ma non sono mica cerebrolesa.

Cash e Oliver mi passano davanti ed entrano in casa con qualche grugnito e dicendo cose tipo: «Occhio», o: «Ci siamo quasi». Spero che lo posino all'ingresso ed escano subito, e invece Cash insiste per portarlo nello studio della mamma, perciò ovviamente devono attraversare tutta la casa, superare una pila di applique ed evitare una serie di attrezzi sparsi in giro.

«Dirò ai miei uomini di non lasciare più questo casino in cantiere quando smontano» promette Cash, e inorridisco un'altra volta al pensiero che il cantiere incasinato di cui sta parlando è casa mia e che Oliver sia qui a vedere con i suoi occhi tutto lo squallido splendore della mia vita. In fondo, questo è un ragazzo che vive in una delle ville immacolate di Flaggstone Lakes, e che ha due genitori che dormono nello stesso letto tutte le notti.

Mia madre, invece, baratta i suoi quadri in cambio di verdure e ceramiche e lavori di carpenteria. Mio padre fa il cameriere barra attore a New York. Sono una ragazza dell'ultimo anno di liceo che non ha la patente e vivo in una casa che, al momento, è un gigantesco progetto architettonico. Non è esattamente un bastione di normalità e io non sono esattamente entusiasta che Oliver ci sia finito in mezzo.

E invece Oliver ci è esattamente in mezzo. Dopo che lui e Cash hanno sistemato il generatore nella nicchia in cui è destinato a stare, Oliver rientra nell'ingresso e si guarda attorno. Io vedo solo un gran casino e sento odore di segatura, perciò gli scocco il mio sorriso più luminoso. «Grazie tante!» cinguetto nella mia migliore imitazione di Ainsley. «Buon week-end.»

Spalanco la porta di casa, ma Oliver non esce. Anzi, non sono neppure sicura che mi abbia sentito. Sta passando una mano sulla cassapanca, sfiora i pesanti ganci di metallo appesi sopra per le nostre borse. «L'ha fatta lei?» chiede a Cash.

«Sì. Bella, no?»

«Fantastica! È una testiera antica?»

"Antico" è un modo più gentile per dire "vecchio" o "spazzatura che a qualcun altro non serviva più".

«L'ho recuperata da un posto che stavamo demolendo giù a Clinton.»

"Recuperata." Leggi: "Presa dalla discarica".

«È fantastica» ripete Oliver.

«Grazie» dice Cash, evidentemente compiaciuto.

Io invece sono esattamente il contrario di compiaciuta, soprattutto quando Cash indica con un gesto il resto della casa. «Hai voglia di vedere quello che abbiamo fatto alle ringhiere?»

«Sono sicura che Oliver deve andare a casa» mi affretto a

dire, ma di nuovo arrivo troppo tardi, perché Oliver sta già seguendo Cash dietro l'angolo.

Merda.

Quando la mamma è di ritorno, mezz'ora dopo, Cash e Oliver sono già due amiconi, una fratellanza profonda e solida e sincera basata esclusivamente sulla loro comune passione per la ristrutturazione d'interni. Hanno discusso dei vantaggi estetici delle piastrelle in pietra rispetto alla ceramica. Hanno poetizzato su pensili e modanature. Hanno fatto qualunque cosa tranne scegliere nomi per neonati, e non sono neppure sicura che si ricordino ancora della mia presenza.

Che magari è una bella cosa, perché quando mi scorgo nello specchio dell'ingresso, mi sembra di avere una parrucca da clown. Né Cash né Oliver fanno caso quando corro di sopra per raccogliermi i capelli in una coda e mettermi un maglione grigio aderente con i polsini blu. Se abbiamo ospiti per casa, tanto vale che mi renda decente.

La mamma è felice di vedere Oliver. Gli dice quanto è diventato alto – cosa che lui sembra gradire – e gli ricorda anche che un tempo gli ha cambiato i pannolini, cosa che decisamente io *non* gradisco. Tutta la faccenda è davvero troppo imbarazzante e peggiora ancora quando, sottilmente, cerco di spingere Oliver verso la porta, ma lui si ferma in soggiorno per guardare una fila di libri della mamma.

«Sandburg» dice. «Neruda. Rilke. Tua madre ha buon gusto.»

Lo guardo a bocca aperta. «Tu conosci la poesia?»

Si porta una mano sul cuore. «In fondo in fondo, le mie ballate pop sono poesia.»

«In fondo in fondo, le tue ballate pop sono robaccia.»

«Sei una ragazza senz'anima» ribatte lui allegro. «Si dà il caso che io sappia apprezzare le parole messe al posto giusto.»

«Si dà il caso che io abbia un mucchio di parole che saprei esattamente dove mettere» ribatto.

Oliver scoppia a ridere e a un tratto mi rendo conto di quanto mi piaccia il suono della sua risata. «Vado a salutare tua madre e il suo non-ragazzo.»

Lo seguo fino in cucina, dove Cash sta aprendo una bottiglia di vino e la mamma sta spezzettando la rucola. Quando entriamo ci sorridono. Spero che Oliver faccia i suoi saluti educati e poi tolga il disturbo in fretta, invece si blocca e indica qualcosa sulla credenza. «È quello che credo che sia?»

Guardo attorno a lui e vedo che è – oh, fantastico! – un bel pezzo di fungo tutto sporco di terra. Questa giornata non potrebbe essere più umiliante.

Tranne che… sì, potrebbe esserlo, perché Cash solleva il fungo e lo porge a Oliver. «Vuoi sentire?» E con mio immenso orrore, Oliver si avvicina compiacente per *annusare* l'oggetto che il non-ragazzo di mia madre stringe fra le dita.

Oh, mio Dio!

Apro la bocca per protestare o scusarmi o magari cominciare a cantare un'aria d'opera, perché in quel modo forse riuscirei a distrarre tutti da questo spettacolo dell'orrore, ma poi

Oliver mi guarda con un'espressione di pura estasi. «June, devi annusare questo tartufo.»

Tartufo.

So che è qualcosa di culinario e ricercato, ma le mie nozioni finiscono qui. Sono quasi certa di non averne mai assaggiato (o annusato) uno prima. Dal momento che tutti aspettano che faccia qualcosa, mi avvicino e do un'annusata. L'odore è ricco e terroso e per niente sgradevole. «Buono» dico, anche se in realtà sembra tutto tranne che buono.

«Me lo ha dato Abruzzo» annuncia Cash.

«Il ristorante?» chiede Oliver.

«Sì. Gli ho fatto un nuovo banco per la cassa e ho sistemato la pavimentazione esterna.»

A un tratto capisco. Cash campa di baratti come mia madre. Oliver deve pensare che siamo due *zingare*.

«È una cosa fantastica» esclama, e io cerco di non pensare a come racconterà tutta questa esperienza ad Ainsley o a Theo. «Voi siete dei tipi così...»

Bizzarri.

Bohémien.

Strani.

«...autentici» conclude Oliver. «Mi piace.»

E sembra sincero.

Cash scocca un'occhiata a mia madre e fra le loro sopracciglia si svolge una specie di conversazione muta, perché poi lui invita Oliver a fermarsi per cena.

«Sto preparando il risotto» dice mia madre.

«Con scaglie di tartufo» aggiunge Cash.

«Volentieri» risponde Oliver.

Il mio sguardo fa avanti e indietro fra tutti e tre. A quanto pare sono la sola ad andare nel panico.

Contrariamente alle mie aspettative, la cena è un successo enorme. Il risotto al tartufo è una favola, e anche il dolce, una torta alle mele e rabarbaro (preparata, manco a dirlo, dall'amica della mamma, Quinny, dopo un qualche complicato scambio che ha coinvolto mia madre, lei e la loro amica Morgan). Oliver e io parliamo dei test di ammissione al college e di dove vorremmo andare a studiare (io forse a New York, lui non lo sa ancora) e la mamma spiega a Cash che lei e la madre di Oliver sono state compagne di stanza moltissimo tempo fa. Io parlo del mio lavoro come volontaria al negozio bio e la mamma racconta aneddoti buffi sulle scuse che sono capaci di inventarsi i suoi studenti per evitare i compiti. È tutto molto naturale e non riesco a fare a meno di pensare a come sarebbe andata invece la serata se al posto di Oliver ci fosse stato Itch.

In quel caso, avremmo portato i piatti in soggiorno e avremmo mangiato in silenzio guardando un film. E dopo avremmo trovato una scusa per andare in camera mia o a fare un giro in macchina per poter stare da soli. E poi, una volta soli, ancora non avremmo parlato.

Dopo il dolce la mamma e Cash vanno di sopra per discutere le rifiniture della stanza degli ospiti. Non appena spariscono, Oliver agita su e giù le sopracciglia. «Rifiniture un corno» mi dice, e io gli mollo una sberla. «Lo sai, vero, che vuole cancellare quel "non" dalla sua attuale condizione di "non-ragazzo"?»

«Sì, così sembrerebbe.»

«E a te sta bene?» mi chiede mentre andiamo all'ingresso.

«In che senso?»

«Il fatto che tua madre esca con qualcuno. Ti sta bene?»

Immagino che la sua curiosità sia comprensibile. I suoi genitori stanno insieme da sempre, dai tempi del college, da una qualche festa in cui tutte e due le nostre mamme hanno flirtato con il papà di Oliver – Bryant – e poi lui ha finito per chiedere il numero di telefono alla futura signora Flagg. Da come la mamma racconta la storia, non c'è stata gara: Bryant e Marley erano fatti l'uno per l'altra. Era naturale che finissero insieme.

«E tu e papà?» ho chiesto una volta alla mamma.

«Lui è arrivato dopo. E l'unica cosa che ci è venuta naturale sei stata tu.»

«Mi sta bene» dico a Oliver guardandolo mentre infila le braccia nelle maniche della giacca.

«Bene, perché io trovo che siano una bella coppia» mi dice.

Una parte di me è stupita che abbia voluto sincerarsi di quello che provo. «Sai, mi hai appena chiesto qualcosa sui miei sentimenti.»

«Sono cose che gli amici fanno. Ci si vede lunedì.»

Amici?

Lunedì salto al mio posto, sbatto la portiera e mi giro immediatamente verso Oliver. «Noi due siamo amici?»

Lui mi guarda senza capire. «E questa da dove esce?»

Esce dal fatto che lui fa amicizia con mia madre e il suo non-ragazzo. Esce dal fatto che lui si comporta come se gli importasse qualcosa di me. Esce dal fatto che a me importa qualcosa di lui.

«Tu pensa a rispondere.»

«Be', s-s-s-s-ì, siamo amici.» La sua espressione si piazza più o meno a metà fra il divertito e il perplesso.

«Ottimo.» Allaccio la cintura.

Oliver scuote la testa ed esce dal vialetto. «Ma guarda che sei strana!»

«Il fatto è che io non ho amici sportivi, etero...» Esito un momento e poi cancello la parola "sexy" dall'elenco di aggettivi. «...e popolari. Non mi frega niente delle tradizioni del liceo e non frequento cheerleader e il mio ultimo anno è del tutto diverso da come pensavo sarebbe stato, soprattutto la parte in cui tu e io...»

«Siamo amici.»

«Appunto. Questo.» Piego una gamba sotto di me per mettermi più comoda. «A quanto pare, sei un tipo a posto da frequentare. Sei gentile con mia madre. Persino la tua ragazza sembra OK.»

«A me sembra che sia un'amicizia.»

«Sei una specie di amico gay, solo che sei etero.»

Oliver non capisce. «Oppure potrei essere il tuo amico etero e basta… visto che è quello che sono.»

«È solo che è una cosa che non funziona quasi mai.»

«Perché?»

«Perché non è quasi mai alla pari. Cè sempre uno dei due che vuole farsi l'altro. L'unico modo in cui può funzionare è se uno dei due è schifosamente poco attraente, il che significa che quello schifosamente poco attraente è attratto da quello attraente, ma quello attraente è talmente su un altro livello rispetto a quello schifosamente poco attraente che tutti sanno benissimo che non se ne farà mai niente.» A un tratto mi rendo conto dell'implicazione di quello che ho appena detto. Per fortuna Oliver viene in mio soccorso.

«June Rafferty, tu non corri il benché minimo rischio di essere schifosamente poco attraente.»

Lo dice in modo casuale, però mi lascia senza parole. E allora, perché non so che cos'altro fare, gli restituisco il complimento. «Lo stesso vale per te» gli dico in quella che deve essere l'affermazione più lapalissiana del mondo.

«E quindi non apparteniamo allo stesso ambiente?»

«Sì, esatto, non apparteniamo allo stesso ambiente. Il fatto è che…»

«Credevo che il fatto lo avessi già espresso.»

Fingo di fulminarlo con lo sguardo. «L'*altro* fatto è che posso oggettivamente constatare che tu sei un tipo attraente e...» Come se avesse inserito il pilota automatico, Oliver esibisce i muscoli. «Non farlo.»

«Scusa.»

«Tra i capelli e gli occhi e i muscoli e tutto il resto. Voglio dire, lo capisco. È il fattore Oliver Flagg.»

Mi guarda sorpreso. «Esiste un *fattore* Oliver Flagg?»

«Smettila, non distrarmi. Dunque, tu sei attraente, lo ammettiamo tutti e due, ma dal momento che non sono personalmente attratta da te, la cosa di questa amicizia fra di noi è un po' più fattibile. Più che fattibile. È perfino *desiderabile*, perché tu occupi un ruolo che nella mia vita non riveste nessun altro. Puoi darmi un parere sincero da maschio etero sulle cose.» Oliver aspetta finché non gli agito contro le dita. «Va bene, è il tuo turno.»

Fa una faccia molto solenne. «Devi sapere che esiste una cosa che non farò mai e una situazione in cui non intendo trovarmi.»

«Che cosa?» gli chiedo un po' preoccupata di quello che sta per dire.

«Se mai, e dico mai, dovessi chiedermi se con un certo vestito sembri grassa, l'accordo salta.»

Scoppio a ridere e lui sorride con me. «D'accordo. Prometto di non chiedertelo mai. Dobbiamo pur tracciare un limite da qualche parte.»

«Che ne dici di questo? Se tracciassimo il limite alla verità in generale? Se hai una stupida lite con Itch o se ti fai cadere la pizza sulla camicia o hai del prezzemolo fra i denti o hai un pezzo di carta igienica attaccato alla scarpa, prometto di dirtelo.»

«Com'è che mi troverei in una situazione così imbarazzante?»

Solleva un dito. «È ancora il mio turno.»

«Scusa.»

«Se esagero con le idiozie da spogliatoio, tu prometti di dirmelo.»

«Vuoi dire se ti comporti come Theo?»

Oliver sorride. «Sì, se mi comporto come Theo.»

«Sincerità sempre e completamente. Mi piace.» Gli tendo una mano. «Stringiamoci la mano. Voglio dire, quando siamo fermi a un incrocio, ovviamente.»

Oliver scuote la testa. «No, troppo formale. Diamoci il pugno.»

«Qui stiamo già rasentando l'idiozia da spogliatoio» lo avverto, però allungo un pugno e lui me lo picchia piano con il suo.

«Amici onesti» dice.

«Amici onesti» rispondo, chiedendomi come le nostre cerchie sociali reagiranno a questo nostro strano accordo.

Mi scocca un'occhiata. «Parlami un po' di questo fattore Oliver Flagg.»

«Ma sta' zitto.»

Però quando entriamo nel parcheggio, mi accorgo che c'è un pensiero che lotta per arrivarmi in cima alla testa, un pensiero che continuo a cercare di ricacciare nelle ombre del subconscio. Quando mi stringo la giacca e scendo dalla macchina, devo riconoscerlo perché è proprio lì che cerca di sfuggire in superficie.

È una frase della conversazione che abbiamo appena avuto. Una frase che continua a ripetersi all'infinito nella playlist della mia mente.

È la parte in cui Oliver mi ha detto senza mezzi termini che non mi trova per niente schifosamente poco attraente.

Lo so, lo so.

Bel complimento davvero.

«Francamente, sono scioccato» mi dice Shaun mentre attraversiamo l'atrio.

«Smettila, non è poi *così* scioccante.»

«"Vacui", li hai definiti.» Mi apre una porta per farmi passare. «"Insensati." "Ingiustificati."»

«Va bene, va bene, d'accordo, non sono sempre stata prodiga di complimenti. Dammi un po' di tregua.»

«"Una parata di insicurezza ormonale ammantata di violenza e di cerimoniosità superflua."» Shaun lo dice con le virgolette e tutto quanto.

«Una ragazza avrà pure il diritto di cambiare idea» ribatto. «Soprattutto a proposito di qualcosa di così inconsistente come il football. Mi accompagni alla partita venerdì?»

Shaun fa una gran scena fingendo di pensarci su, ma poi ovviamente dice di sì. «Solo perché non c'è Kirk.»

«Oh, a proposito, e come va fra voi due?» Svoltiamo l'angolo della scuola diretti al parcheggio. «Gli hai parlato?»

«Oh, solo tutti i giorni. Quando sono innamorato faccio sul serio.»

E a quel punto taccio.

OTTO

Ho trovato una tattica nuova per ridurre la tortura della musica orrenda di Oliver: fare conversazione. Ho scoperto che se andando a scuola parliamo, lui abbassa il volume... così quelle atrocità (due canzoni contro la mia sola attualmente nella playlist) quasi non le sento.

«Sei davvero nervoso?» gli chiedo in risposta al suo commento. «Credevo che voialtri viveste per i venerdì sera.»

«Sì, *noialtri* sì» dice sottolineandolo per farmi sapere quello che pensa del fatto che metto tutti gli atleti nello stesso calderone.

Ma siamo onesti: quel calderone li contiene davvero tutti.

«La pressione è comunque alta» spiega poi. «Se perdi palla o una cosa del genere, ci sono letteralmente centinaia di persone a guardarti.»

«Sì, ma se fai gol...»

«Touchdown.»

«...allora tutti ti applaudono.»

«Quella parte non è così male.» Oliver cambia argomento. «Lo sai che domani le nostre mamme escono insieme?»

«Sì, c'è un ristorante nuovo che vogliono provare.»

«Credi che parleranno di noi?»

Quella domanda mi strappa una risata. «Mio Dio, e di che cos'altro vuoi che *possano* parlare?»

«Be', sono sicuro che tua madre è una fucina di argomenti affascinanti. La mia invece... non saprei. Ricette di polpettoni? Il Kinkade originale che le ha comprato mio padre?»

«Tuo padre le ha comprato della chincaglieria?» chiedo.

«Ma che chincaglieria! Kinkade è un artista.»

«Oh!» È un po' imbarazzante. Dopotutto, anche mia madre è un'artista, queste cose dovrei saperle. E poi Oliver ha questo sorriso enorme sulla faccia perché trova troppo divertente la mia scarsa familiarità con lo stile di vita dei ricchi.

Vede il mio sguardo, si allunga e mi dà una pacca sulle gambe. «Non preoccuparti. Se *non* conosci Kinkade ti stimo ancora di più. Nei centri commerciali le sue opere le vendono all'ingrosso. L'arte di tua madre invece è autentica. Niente produzione di massa, niente campagne di marketing. Le sue cose mi piacciono.»

«E tu che cosa ne sai del lavoro di mia madre?»

«Ti rendi conto, vero, che ci conosciamo da quando siamo nati?»

«Penso di sì. È solo che...» Mi fermo a rifletterci. Immagino di sapere anch'io parecchie cose sulla sua famiglia. Sua madre, Marley, è la migliore amica della mia. Suo padre, Bryant, ha sviluppato diversi comprensori residenziali, fra cui lo strafigo Flaggstone Lakes, dove vivono. Suo fratello maggiore, Owen, adesso è al college in North Carolina.

«Che c'è?» mi chiede Oliver.

«Mi sorprende che ti piaccia l'arte di mia madre. Soprattutto considerato il tuo gusto orrendo per la musica.»

Shaun si fa strada con la sua treporte fra schiere di studenti che sventolano giganteschi ditoni di spugna e genitori che brandiscono striscioni disegnati a mano. Troviamo parcheggio e si volta a guardarmi con una faccia serissima. «Tu mi vuoi bene, giusto?»

«Decisamente.»

«Il fatto è questo. Alle partite di football sono diverso da come sono con te, Darbs e Lily.»

«Lo so, lo so. Tu sei un arcobaleno.»

«Oh, un arcobaleno coi fiocchi.» E qui si toglie il berretto e mette in mostra un enorme ciuffo di capelli rossoblu.

Spalanco la bocca. È supremamente orrendo. «Ti prego, dimmi che quella è una parrucca.»

«È una parrucca. Non è fantastica?»

Mi ci vuole un secondo per trovare le parole giuste. «Direi che dimostra senz'altro spirito scolastico.»

«Esatto!» esclama Shaun. «Il venerdì sera ho spirito scolastico.»

Abbasso lo sguardo sulla mia tenuta: una casacca nera su un paio di leggings, sneakers alte. Il mio spirito scolastico è decisamente pari a zero. «Posso sopportarlo.»

Al cancello uno steward sulla ventina mi perquisisce la borsa di tela. «Che cosa stai cercando?» gli chiedo.

«Droga. Alcol.»

«Non ho né l'una né l'altro.»

«Bene.» Mi lascia passare.

Shaun e io dobbiamo seguire la pista di atletica per arrivare alle gradinate. C'è molto più fracasso e molta più gente di quanto immaginassi. La banda è già schierata e suona quello che suppongo sia un inno di battaglia. Ainsley e le altre cheerleader sono allineate sul davanti, saltellano agitando gambe e braccia. Ci facciamo strada fra orde di ragazzini che mangiano hot dog e genitori con cuscini in similpelle e studenti carichi di adrenalina e aspettativa. Tutto odora di popcorn.

Mi lascio guidare da Shaun a un posto al centro. «Wow, ecco come appare il mondo da qui» gli dico, e lui mi rifila una gomitata nelle costole.

«D'accordo, adesso guardami» mi ordina. Obbedisco e i suoi occhi mi scrutano la faccia per diversi secondi. Sembra molto concentrato. «Vedo cuori.»

«Che cosa?» Se Shaun mi diventa etero, dovremo resettare da capo il funzionamento della nostra amicizia.

«Vedo palloncini. Vedo un grazioso uccellino che spiega le ali per spiccare il volo dal nido.»

«Io vedo uno svitato. Ma di che cosa stai parlando?»

«Dell'opera d'arte che sto per dipingerti sulla faccia.» Shaun tira fuori una scatola di pastelli a olio. «Visto che sei qui, tanto vale che tu ci sia fino in fondo.»

Apro la bocca per dire di no – o più probabilmente *Col ca-*

volo! – ma poi mi fermo. Qualcosa nelle trombette e nelle gonnelline delle cheerleader e nel tanfo di popcorn nell'aria mi fa tornare sui miei passi. Sotto di me Oliver sta per esibirsi davanti a tutti, in modo che assistano al suo trionfo o alla sua sconfitta. Davvero mi ucciderebbe mostrargli un po' di sostegno?

«Niente cuori» dico a Shaun. «Niente palloncini e sicuramente niente graziosi uccellini.» Mi indico la guancia destra. *«Forza.»* Poi la sinistra. *«Pettirossi.»*

Sula faccia di Shaun fiorisce un sorriso. «Così si fa. Rosso o blu?»

«Sorprendimi.»

Siamo a metà del terzo quarto e siamo pari con la Lake Erie High. Sono riuscita a capire chi è Oliver (soprattutto perché mi ha detto che avrebbe avuto un numero 2 stampato sulla schiena) e l'ho visto fare corse e prese di ogni tipo. Due dei nostri quattro touchdown sono stati opera sua. Cosa che ha strappato una marea di urla e adulazione dalla nostra parte del campo. L'esibizione della banda durante la pausa ("intervallo", mi ha corretto Shaun) è stata forte e precisa e meritevole di applausi, ed è stato anche sorprendentemente interessante osservare le cheerleader saltare e gridare e lanciarsi vicendevolmente in aria. Ho la giacca sportiva di Shaun (della squadra di tennis), perché si è fatto fresco e anche questo mi dà la sensazione di essere a una strana ma divertente festa in costume.

Non c'è modo di negarlo: mi sto divertendo un sacco.

Dal momento che in realtà non capisco come funziona il gioco, non mi passa per la testa di aspettare la fine di una giocata per confessarlo a Shaun. Gli strattono la camicia e lui si china su di me con gli occhi fissi sul campo. Sulle gradinate tutti cantano e pestano i piedi e applaudono, perciò gli avvicino la bocca all'orecchio. «È divertente!» grido, e poi mi tiro indietro per osservare la sua reazione.

Tranne che lui non si volta verso di me con uno di quei suoi grandissimi sorrisi felici. No, trattiene il fiato e si porta la mano al petto, stretta a pugno.

In quel momento mi rendo conto che tutto attorno a noi, in tutte le file, tutti gli studenti e i loro genitori e anche i bambini piccoli si sono ritratti in un silenzio scioccato. Porto di scatto lo sguardo sul campo e lo punto al centro, dove uno dei giocatori giace a terra in un mucchio scomposto mentre da tutte le parti c'è gente che corre verso di lui.

Oliver.

È allora che trattengo il fiato nel silenzio generale, con qualche secondo di ritardo rispetto a tutti gli altri. Ed è allora che tutte e due le mie mani corrono alla bocca e balzo in piedi. Non so di preciso che cos'abbia in mente – correre giù o chiamare un'ambulanza o che so io – ma prima che possa farlo, una morsa letale mi serra il polso.

Shaun mi tira giù a sedere e mi cinge la vita con un braccio. «Piano» mormora, e fa un gesto veloce ma sottile con una nocca.

Seguo il suo sguardo e vedo Ainsley circondata da un gruppo di cheerleader protettive. È rigida, si stringe il corpo con le braccia, guarda le persone che fanno capannello attorno a Oliver. Una delle sue amiche le massaggia la schiena.

«Giusto» dico a Shaun.

«Lo so.»

E poi il tormento finisce, perché Oliver solleva la testa; lentamente si mette a sedere, si scrolla di dosso quanti lo vogliono aiutare, si tira su e saluta verso la nostra parte del campo, dove le gradinate erompono in un'esplosione di urla e di piedi pestati per festeggiarlo. Ho voglia di piangere, ma non lo faccio perché sotto di noi lo sta già facendo Ainsley. Invece sorrido e applaudo e lascio che le mie lacrime scorrano dai suoi occhi.

Perché è quello il loro posto.

«Non lo avevo capito» mi dice Shaun quando siamo fermi all'ingresso sud del campo ad aspettare Oliver e Ainsley.

«Di che cosa stai parlando?»

Shaun mi scruta, poi si china su di me e mi bacia sulla testa. «Niente.»

La festa è in una fattoria fuori città, vicino a Dexter. Ainsley ha detto che è del cugino di Theo, ma poi ho sentito Zoe dire a qualcuno che il terreno appartiene alla famiglia di Cal Turman, che si è diplomato l'anno scorso, perciò chi può dirlo? Per arrivare qui ho viaggiato per la prima volta sul sedile posteriore del bestione, che ha il pavimento pieno di bottigliette vuote e spazzatura proprio come si poteva immaginare. Subito dopo la partita, Ainsley era molto preoccupata che Oliver bevesse dopo l'incidente, ma a quanto pare lui l'ha rassicurata, perché adesso lei e il suo gruppo tracannano birra davanti a un fuoco acceso nel bel mezzo del nulla.

Shaun e io sediamo insieme su un grosso tronco d'albero, ci dividiamo una birra alla spina e osserviamo parecchie decine dei nostri compagni flirtare e bere e scivolare nel buio per amoreggiare.

«Tu ci vieni sempre a queste feste?» chiedo a Shaun.

«Il falò si fa solo per il primo incontro della stagione» mi spiega. «L'anno scorso c'ero, ma era in un altro posto.»

Rimaniamo seduti in silenzio per un po', bevendo birra a piccoli sorsi. Shaun sa che dopo che Oliver ci avrà riportati a scuola dovrà guidare, e io non ho voglia di dover fare la pipì in un campo di grano: ecco spiegata la nostra moderazione.

Shaun mi dà una pacca con il braccio. «Ehi, tutto a posto?»

«Sì, e tu?»

Fa un gran sospiro. «Mi manca Kirk.»

Mi appoggia la testa sulla spalla e io gli carezzo i folti capelli scuri. «Lo so» mormoro, anche se non è vero. Quando Itch è stato via quest'estate, mi mancava averlo intorno, però non è che mi mancasse *lui*, ammesso che la cosa abbia un senso. Sembra devastante avere il cuore completamente in tilt per una persona sola. Se quella manda tutto all'aria, se non prova la stessa cosa, se la sua vita è troppo indaffarata o complicata o lontana perché tu possa adattartici, allora dentro di te si spezza qualcosa. E anche se guarisce, lascia una cicatrice.

Le cicatrici rimangono sempre.

No, grazie.

Arriva qualcuno con uno stereo portatile e la fumosa aria notturna si riempie di musica pop. A un tratto si sentono i passi di corsa delle cheerleader affollare il tratto di terreno aperto che funge da pista da ballo.

Guardo Oliver e Theo, che stanno di lato a guardare le ragazze piroettare e roteare. Theo indica la prima, poi un'altra, e fa commenti che non sento. Oliver sorride.

Posso solo immaginare.

Mi tolgo la testa di Shaun dalla spalla per chiedergli se pensa che riusciremo a trovare un passaggio da qualcun altro in modo da tornare prima, ma non arrivo a fargli la domanda perché mi guarda raggiante con quel sorriso sdolcinato.

«Che c'è?»

«Dimmi che non ti mancherà tutto questo.» E con un gesto della mano indica la festa. «È questo quello che ricorderemo quando saremo vecchi e noiosi e sedentari.»

Sto per dirgli qualcosa a proposito della percezione e del senno di poi, quando sento il mio nome urlato dalla zona in cui si balla. È Ainsley. Mi sta indicando.

«Non credo di avere scelta, vero?» chiedo a Shaun.

«No.» Mi dà una spintarella. «La vita è più facile se cedi.»

Ainsley mi chiama di nuovo. Mi sfilo la giacca di Shaun e gliela butto in grembo prima di stamparmi un gran sorriso sulla faccia e raggiungere le ballerine con tutto l'entusiasmo che riesco a racimolare. Quando arrivo da Ainsley, lei mi tende una mano. «Telefono, prego.»

«Non c'è campo» le rispondo, e lei ride.

«No, sciocca. Balleremo sulla prossima canzone che hai sul cellulare.»

Nessuno mi aveva parlato di questa splendida tradizione. Scocco un'occhiata a Shaun, ma lui sta passando il dito sul bordo del bicchiere con l'aria malinconica, sicuramente pensa a Kirk.

Merda.

«Su, *avanti*» insiste Ainsley con la mano ancora tesa.

«La mia musica non vi piacerà» le dico mentre tiro il cellulare fuori dalla tasca e lo faccio partire.

«Perché, che cosa ascolti? Justin Bieber?» mi prende in giro.

Magari.

Osservo Ainsley dirigersi impettita all'altoparlante. Odio la mia vita. La canzone che sta andando si interrompe di botto e le cheerleader si fermano a metà ballo con gemiti di protesta. A un tratto la notte sembra scurissima e densa.

Ainsley alza un braccio per attirare l'attenzione. «June Rafferty per la roulette musicale!» grida.

Cala un silenzio carico di aspettativa mentre lei connette il mio cellulare e tocca il display. Passo in rassegna le canzoni nella mente cercando di immaginare l'eventualità peggiore. I Dead Kennedys? Le Sisters of Mercy? Forse avrò fortuna e Ainsley troverà una canzone dei Cure che conoscono tutti.

Quando vedo qualcosa muoversi ai bordi della pista da ballo, non so se provare un moto di sfida o farmi prendere dal panico. È Oliver, che va verso Ainsley con un'espressione assolutamente determinata. Ma prima che la raggiunga, parte la batteria, seguita dagli accordi di chitarra. Sono esuberanti e leggeri, come le cheerleader.

Il gruppo esita mentre tutte guardano la loro leader. Le sopracciglia scure di Ainsley si incurvano. Viene verso di me. «Che roba è?» mi chiede.

Per un attimo penso di dirle che è Justin Bieber, tanto per vedere se ci casca, ma non voglio forzare troppo la mano in un covo di atleti. «Pansy Division.»

«Mai sentiti.»

«Punk queercore di San Francisco.»

C'è una pausa durante la quale le cose potrebbero andare in un modo o nell'altro, ma poi i miei fidati P.D. arrivano al ritornello, specificamente al verso che fa: «*Sex! Sex! Sex! Sex!*», e le labbra di Ainsley si incurvano all'insù in segno di apprezzamento. «Mi piace!» grida, mi prende per il polso e mi trascina al centro della folla.

Colgo di sfuggita Oliver, in piedi a braccia conserte, che ci guarda. Ma prima che possa capire che cosa sta facendo o pensando, mi sento scaraventare nella follia. C'è un'escalation di sobbalzi, le urla si fanno più intense, e contro ogni aspettativa... mi lascio coinvolgere.

E in un attimo ci sono dentro.

Al ritorno, Oliver costringe Ainsley a fare a cambio di posto con Shaun perché io le possa tenere indietro i capelli se dovesse vomitare fuori dal finestrino.

«È lavoro da femmine» dice Shaun dal sedile del passeggero.

«Queste cose non esistono» ribatto automaticamente.

Per fortuna mia (e per quella della vernice del bestione), Ainsley non è per niente in vena di vomitare, anzi, tutto il contrario. «Non immaginavo che fossi così forte!» mi tuba all'orecchio abbracciandomi. «Ti adoro! Oliver, l'adoro!»

«Ottimo.» Lui incrocia il mio sguardo nello specchietto retrovisore. Mi sorride e scuote la testa.

Io ricambio il sorriso prima di restituire l'abbraccio ad Ainsley. «E io adoro te» le assicuro.

«*Saremo così amiche!*»

Le accarezzo il braccio. «Di sicuro.»

Una parte di me ci crede davvero.

GIORNO DEL BALLO

Il bestione parte. So che è inutile cercare di raggiungerlo, ma ci provo lo stesso, corro per tutto il vialetto fino in strada agitando le braccia e urlando.

È l'unico modo che ho per scoprire la verità.

Lo inseguo per un paio di case prima di rallentare e fermarmi con il fiato corto. Non sono sicura se quello che mi copre la faccia sia sudore o lacrime...

E miracolosamente, davanti a me, anche il bestione si ferma. Appoggio le mani sulle ginocchia e cerco di riprendere fiato mentre il macchinone inverte lentamente la marcia e torna da me.

Sta tornando con le risposte. Risposte che già so mi spezzeranno il cuore.

INVERNO

NOVE

Quando scatta la sveglia del mio cellulare, apro gli occhi e trovo la mamma che torreggia sul mio letto. Strillo, e questo la coglie così di sorpresa che strilla anche lei, e poi ci metto un minuto a tirarmi su a sedere e a sfregarmi il sonno dagli occhi prima di capire che cosa sta succedendo. La mamma – già pronta per il lavoro – regge un vassoio di pancake. Sono decorati con fragole fresche a forma di numero diciassette e al centro c'è una candelina.

«Grazie.» Ci soffio sopra. «Quante probabilità ci sono che tu mi abbia preparato anche il caffè?»

«Parecchie» risponde lei abbracciandomi.

«Aspetta, che cosa?» esplode Oliver, uscendo dal mio vialetto. «Com'è che non ne hai diciotto?»

«Lo sai che devo spiegarlo a qualcuno almeno una volta l'anno, vero?»

«Illuminami.»

«Quando mio padre è partito per New York e la mamma ha dovuto riprendere a lavorare, improvvisamente tutti si sono accorti che l'asilo si paga mentre la scuola è gratuita, perciò mi hanno fatto misurare il QI e devo essermela cavata bene, perché mi hanno iscritta un anno prima.»

«E quindi quando ci siamo sposati in quel cortile, di anni ne avevi solo *quattro*?»

Arrossisco. «Te lo ricordi?»

«Oh, mamma, sono un pedofilo!» esclama teatralmente picchiandosi una mano sulla fronte. Si sforza di essere divertente, ma io sono imbarazzata. Per quanto mi riguarda, il nostro matrimonio all'asilo è sempre stato qualcosa di cui vergognarmi un po', un minuscolo elefante nella stanza. Credo che sia perché, tecnicamente, quello è stato il mio primissimo bacio e poi non ne ho ricevuti altri fino ai dodici anni, quando Will Michaels e io ci siamo baciati per scommessa nel capanno degli attrezzi ginnici. Era stato dolce ma melenso, e sebbene ancora oggi nutra una tenerezza nostalgica per Will, dopo di lui non avevo avuto alcun interesse a baciare qualcun altro ancora per un anno.

Invece, se vogliamo dar credito a quello che si dice in giro, Oliver si dava da fare già a dieci anni.

«Che schifo» gli dico, e poi mi accorgo che si è oscurato in volto. «E adesso che c'è?»

«Ma se fai gli anni a novembre, com'è che ti chiami June?»

«È il mese in cui si sono conosciuti i miei.»

«Ohhh!»

«E smettila!»

«Perché? È così dolce!»

«Dico sul serio, smettila.»

«Mi piace. Il tuo nome è carino e dolce e persino denso di significato.»

«*Bla, bla, bla*» dico ad alta voce tappandomi le orecchie con le mani. «Tanto non ti sento!»

Che c'è? Sono un anno avanti a scuola e sono intelligente. Nessuno ha mai detto che fossi anche matura.

Oliver sterza di colpo...

«Che stai facendo?» urlo.

...e usciamo di strada fermandoci sul bordo di un campo. Disturbiamo un cervo, che scappa spaventato verso il bosco con un lampo bianco del codino ritto. Oliver tira il freno a mano e si china su di me. Strillo (per la seconda volta oggi) e mi tiro indietro, ma ovviamente lui ha le braccia più lunghe e mi afferra i polsi. Molto dolcemente, mi scosta le mani dalla testa e mi fissa. Non siamo mai stati così vicini e qualcosa mi induce a smetterla di divincolarmi e a stare zitta.

Oliver fa quel suo sorriso bianco e luminoso dritto nei miei occhi. «Buon compleanno, June.»

E poi mi lascia andare e torna in strada.

All'inizio, mentre sono ancora in corridoio, penso che debba essere l'armadietto di qualcun altro. Quello vicino al mio. In fondo è una scuola grande, non è impossibile che oggi sia anche il compleanno di qualcun altro. Lily e Darbs non sono mai state le tipe da palloncini e festoni, perciò chiaramente questa non è opera loro...

Ma quello è… rossetto?

Qualcuno ha scritto *Buon compleanno, June!!!* sul mio armadietto a lettere scarlatte. E chiunque sia stato, ha anche attaccato dei festoni tutto attorno e ha gonfiato palloncini che ora dondolano sul soffitto. Apro lo sportello di metallo e scopro che devono averci soffiato dentro dei glitter attraverso la fessura, perché tutti i miei libri sono coperti di puntolini colorati.

E già, perché poi pulire sarà un vero spasso.

Resto a guardare questa follia cercando di capire che cosa provo. È una tradizione cui prendono parte anche altri, ma che i miei amici e io abbiamo sempre evitato come qualcosa di pacchiano. Però ora che ce l'ho davanti…

Forse è carina.

Faccio una foto e la mando ai miei genitori. Li rassicura, vedere una prova che la mia vita sociale è emotivamente sana. La mamma è a lezione, ma papà mi risponde all'istante.

tanti auguri, piccola!

E mando la foto – con un messaggio di gratitudine – anche all'unica persona che può avere avuto l'idea di decorarmi l'armadietto.

«Ti dico che non sono stato io» bisbiglia Shaun dall'altra fila durante l'ora di inglese.

«Allora è stata Lily? O Darbs?»

«Spero proprio di no. Nessuna di quelle due stronze ha mai decorato il *mio*, di armadietto.»

Resta una persona sola. Un atto sorprendentemente romantico da parte di qualcuno che, di solito, romantico non lo è per niente.

Quell'idea mi strappa un sorriso.

«No.» Itch mi fa scivolare le mani lungo il torace giù giù fino alla vita. «Non è nel mio stile.»

«E il tuo stile quale sarebbe?» Itch è arrivato in questa scuola a metà dell'anno scorso, per cui l'ho conosciuto solo dopo il mio ultimo compleanno.

Infila le dita nei passanti dei miei jeans e mi tira verso di sé. «Te lo faccio vedere sabato.»

«Buon compleanno!» canticchia Ainsley appena entro nel laboratorio di fisica, e allora capisco.

«Sei stata tu a decorarmi l'armadietto?»

Salta su e mi butta le braccia al collo, e sono acutamente consapevole che tutti i ragazzi etero dell'aula vorrebbero essere al posto mio. Do ad Ainsley una pacca imbarazzata sulla schiena. «Grazie.» È quello che dici quando una persona che conosci appena passa una quantità sconsiderata di tempo per festeggiare il tuo compleanno senza che tu glielo abbia chiesto. È così che deve essere la vita, quando sei amica di una cheerleader.

«Prego!» È raggiante. «È stata una sorpresa? Dai, dopo pranza con noi!»

La situazione sta diventando sempre più strana.

«Alla meridiana?» Ainsley mi guarda come se fossi tonta. Le faccio segno di no. «Pranzo con Itch.»

Non esita neppure un istante. «Porta anche lui!»

«E Lily? E Darbs e Shaun?» le chiedo.

Le sue sopracciglia si abbassano al centro, come hanno fatto al falò quando cercava di venire a capo della mia canzone. «Non credo che ci sia posto per tutti.»

Ovvio.

«Allora pranzo con te domani» le dico, chiedendomi come farò a spiegarlo a tutti gli altri.

«A domani.» Ainsley mi dà un altro rapido abbraccio prima di tornare al suo banco, dove Oliver è già seduto.

E ci guarda con interesse.

Forse.

Aspetto la mamma all'angolo. Appena mi siedo a bordo, lei mi porge un vaso di fiori. Infilo lo zaino fra le ginocchia e il vano portaoggetti per prenderlo. Sto per ringraziarla quando…

«Sono da parte di tuo padre» mi dice. «Dio non voglia che debba chiamarci per avere il nostro nuovo indirizzo.»

«Ce l'ha» le dico.

«Be', allora deve averlo perso, perché li ha mandati all'università da me.»

I fiori – ortensie viola con gigli e rose bianche in un vaso turchese – hanno un profumo delizioso. Inalo il loro aroma. «Li adoro.»

«Tuo padre ha buon gusto, glielo concedo.»

Trovo la minuscola busta sepolta fra i boccioli e la apro. C'è un messaggio, dettato da mio padre e scritto nel bel corsivo inclinato della fiorista:

Piccola,
sei bellissima, brillante e speciale.
Spero che il tuo compleanno sia splendido come meriti.
Ti voglio bene. Mi manchi,

papà

Le parole di mio padre sbocciano calde e luminose dentro di me. Qualcosa cui posso aggrapparmi. Qualcosa da ricordare.

Quando gli mando un SMS per ringraziarlo, lui mi messaggia questo:

non c'è di che. tvb

Quando arriviamo a casa, ci troviamo Cash. Sovrintende una squadra di idraulici e pittori che stanno finendo di lavorare al bagno di sotto. «Buon compleanno!» Mi sorride puntando un dito contro la mamma. «Me l'ha detto.»

La mamma corre in cucina e torna con una pagnotta avvolta nella stagnola. «Rosmarino con semi di lino» dice a Cash.

«Grazie.» Le fa scivolare sul pavimento un sacchetto di carta pieno zeppo di scampoli di stoffa. «Avanzi di tappezzeria.»

Per me è un sollievo che – almeno questa volta – non ci sia in giro nessuno ad assistere a questo strano mondo del baratto in cui viviamo.

Itch mi porta in un ristorante di tapas in centro, dove ordiniamo una schiacciata con gamberetti e funghi rosolati con l'aglio e un tagliere di formaggi. Dopo ci fermiamo in un minimarket per comprare delle mentine (per via dell'aglio) e quando ricordo di essermela spassata con Ethan Erickson proprio lì dietro provo un'altra fitta di rimorso. Ancora una volta mi chiedo se dovrei dirlo a Itch. E ancora una volta, liquido l'idea.

Dopo la sosta per rinfrescarci l'alito, torniamo nella macchina di Itch e lui si dirige verso casa mia, solo che supera la svolta. Gli scocco un'occhiata interrogativa, ma lui mi accarezza una gamba senza darmi spiegazioni. Attraversiamo diversi comuni e finalmente arriviamo in un punto in cui alberi e lampioni si interrompono. Itch svolta su una strada sterrata che seguiamo lentamente finché non vediamo una fila di bulldozer. Svolta di nuovo e proseguiamo ancora più lentamente per un'altra trentina di metri. Finalmente ci fermiamo in mezzo a uno spiazzo deserto, dove Itch spegne il motore e i fari.

«Ma dove siamo?»

«È un terreno da costruzione. Vogliono farci uno di quegli stupidi comprensori, ma per il momento qui...» E fa un gesto per indicare il buio tutto attorno. «...ci siamo solo noi. Possiamo stare finché vogliamo.»

«O fino al mio coprifuoco.» Non abbiamo mai avuto milioni di possibilità di fare sesso. Per me avere una vita sessuale è ancora una novità, mi sta bene se rimane al livello di "una volta ogni tanto".

Itch, invece, preferirebbe farlo succedere più spesso.

Si china sul freno a mano per baciarmi. Io mi sporgo in avanti per andargli incontro, perché è quello che si aspetta, perché è quello che facciamo. Il suo bacio è caldo e lento e familiare. Sto appena incominciando a scaldarmi quando si tira indietro. «Aspetta, quasi dimenticavo.» Apre il vano portaoggetti e ne tira fuori un sacchettino di carta. Me lo posa in grembo perché lo apra. Dentro c'è un paio di cuffie con un fiocco. «Buon compleanno.»

«Grazie.» Ne sfioro la superficie. Sono molto più grosse degli auricolari in dotazione con il mio cellulare.

«Sono professionali.» Itch deve avere intuito la mia perplessità, perché continua la spiegazione: «In modo che tu non sia costretta a dover sentire la robaccia di Oliver andando a scuola». Mi mostra la punta del filo. «Puoi connetterle al cellulare come gli auricolari normali, così puoi ignorarlo e sentire quello che ti pare.»

Sento le mie sopracciglia inarcarsi e per un brevissimo istante penso ad Ainsley. «Mi sembra...»

«Che cosa?»

«Maleducato. Escluderlo in questo modo, voglio dire.»

«È lui quello maleducato» ribatte Itch. «Per non dire sdolcinato. Non mi hai detto che ha messo gli Air Supply nella playlist?»

Quella canzone non ha il minimo senso, glielo concedo. Però...

«Oliver mi fa comunque un favore» gli ricordo. «Non è che sia obbligato ad accompagnarmi a scuola.»

«Ma per piacere» sbuffa Itch. «Non ti dà mica un passaggio per bontà d'animo. È sua madre che lo obbliga.»

Ci penso su, cercando di capire che cosa dire al mio ragazzo. Nonostante quello che Itch pensa di Oliver – un sentimento che prima provavo anch'io – ora so che è un tipo a posto. Alla fine me ne esco con questo: «Ho già accettato l'accordo. Abbiamo questa cosa della playlist. Mettermi le cuffie per sentire la mia musica sarebbe una specie di tradimento».

Tradimento. Come ho fatto quest'estate.

Scaccio quel pensiero.

«Non è tradire, se la scommessa era stupida in partenza» sostiene Itch.

«Non era una scommessa, te l'ho già spiegato.» La mia voce si alza di tono e non cerco di fermarla. Che cavolo, siamo in un terreno da costruzione, non ci sente nessuno. «È un gioco. Una gara.»

«È una scemenza.»

«È divertente» urlo ancora più forte. E quando lo dico mi rendo conto che è vero.

Itch scuote la testa. «Hai una concezione malata del divertimento.»

Mi spingo contro la portiera con le braccia incrociate sul petto. «Perché, la *tua* definizione quale sarebbe? Perché onestamente non ho idea di che cosa tu trovi divertente. Sembra che non ci sia mai niente.»

Itch rimane in silenzio per un po', poi si sporge in avanti e gira la chiave. «Si sta facendo tardi.»

«Comunque apprezzo il regalo.»

Nessuno dei due è sincero.

DIECI

«Stavo ripensando a una cosa che hai detto» mi dice Oliver mentre la sua canzone degli Air Supply va in sottofondo per la seconda volta questa mattina.

«Che dovremmo prestare più attenzione ai cambiamenti climatici?»

«No.»

«Che la gente dovrebbe rivedere il proprio atteggiamento nei confronti degli insetti come cibo, perché mangiare quelli al posto della carne sarebbe meglio per l'ambiente?»

Oliver scoppia a ridere. «No, però non so che cosa darei per vederti mangiare delle larve!»

«Ho detto che è da rivedere, non che voglio ordinare un panino alle larve» gli ricordo.

«Sbruffona.»

«Un passo alla volta» ribatto. «A che cosa stavi pensando?»

«Alla goliardata di quelli dell'ultimo anno.» Oliver aspetta con pazienza che abbia finito di esibirmi in una sfilza di alzate di occhi al cielo accompagnata da una sinfonia di sospiri. «Finito?»

«Ancora uno.» Faccio un ultimo gemito profondo. «D'accordo, ho finito. Di' pure.»

«Basta lassativi.»

«E dovrei applaudire?»

«No.» Oliver mi dà una gomitata nelle costole.

«Ehi!»

«Però dovresti tacere e stare a sentire.»

Taccio e ascolto.

«Theo dice che Jimmy McKay dice che può prendere in prestito una mucca docilissima dalla fattoria dello zio.»

«"Prendere in prestito"» ripeto con una buona dose di scetticismo.

«Non le daremo lassativi e sarà una cosa molto simpatica.»

«Come?»

«In che senso?»

«In che modo pensate di essere simpatici con la mucca docilissima dello zio di Jimmy McKay?»

Oliver ci pensa su. «Le daremo da mangiare qualcosa di buono.»

«Qualcosa di buono.»

«Tipo fieno o alfalfa o… zollette di zucchero? Alle mucche non piacciono le zollette di zucchero?»

«Sono i *cavalli*, quelli che mangiano le zollette di zucchero!» Stringo le labbra. «Vai avanti.»

«C'è questa cosa scientifica per cui le mucche sono capaci di salire le scale ma non di scenderle, perciò tutto quello che dobbiamo fare è far salire la mucca al secondo piano. È molto meglio che darle dei lassativi. Resterà bloccata là a muggire. Scommetto che dovranno annullare le lezioni. Perlomeno al mattino.»

«Ehi, Oliver?»

«Sì?»

«E perché pensi che le mucche non siano capaci di scendere le scale?»

Aggrotta la fronte. «Evoluzione?»

Gli mollo una sberla sui bicipiti (Dio, se sono duri!) e mi esibisco in uno sbuffo che mi fa assomigliare tremendamente a Itch. «È perché hanno paura!»

«E noi non dovremmo spaventare le mucche?»

«È meschino spaventare una mucca, anche se è per una tradizione. Se è per lasciare *un'eredità.*»

«Ma è meschino anche soffocare così le mie speranze e i miei sogni.» Oliver si accascia teatralmente strappandomi una risata.

Rimaniamo in silenzio per un po' mentre dagli altoparlanti del bestione escono le Violent Femmes (la mia unica canzone, ovviamente). «Questa musica fa schifo» dice tranquillo Oliver.

«Senti chi parla.»

Guardo gli alberi che ci sfrecciano al fianco lasciare il posto alle facciate dei negozi. Preferirei dedicarmi al nostro ormai tradizionale duello musicale, o anche continuare la discussione sulla goliardata, ma la mia mente continua a tornare alla conversazione che ho avuto con Itch. O piuttosto, alla conversazione che *non* ho avuto con lui.

«Ho una domanda» annuncio a Oliver.

«Spara.»

«Ipoteticamente parlando, diciamo che una persona e il suo ragazzo hanno deciso di essere liberi di vedersi con qualcun altro durante un certo periodo di tempo. Diciamo in estate, per esempio.»

«Per esempio» mi fa eco Oliver.

«E diciamo che questa ipotetica persona non è che sia esattamente uscita con un altro, ma potrebbe avere – una volta soltanto e con una persona soltanto – fatto qualche...» Esito cercando di capire come continuare. «Qualche *cosa*.»

«Qualche cosa di fisico? Tipo quelle *cose* che di solito fanno due persone che escono insieme?»

«Esatto.» Annuisco e subito mi affretto ad aggiungere: «Ma non *tutte* quelle cose. Neppure buona parte di quelle cose».

«Quante cose, esattamente?»

«Tipo, una soltanto. Magari una e mezzo.»

«Quali cose nello specifico?» insiste Oliver. «Sii precisa. Dammi i dettagli.»

«Stai andando dritto verso Theolandia» lo avverto. Se a chiederlo fosse Darbs o Lily o Shaun, probabilmente scenderei nei particolari, sarebbe normale. Ma l'idea di confessare a Oliver quelle stesse cose non mi sembra per niente giusta e neppure normale. Mi sembra...

Non riesco a capire come mi sembri. Più che altro mi sembra solo che non ho voglia di dirglielo.

«Io sono un detective delle emozioni» mi dice Oliver. «Un

terapeuta. Sostanzialmente sono come un prete... Non ti starà prendendo un altro attacco di alzate di occhi al cielo?»

«Probabilmente sì.» Osservo il suo bel profilo e decido di buttarmi. Voglio un parere da maschio etero sul Caso Itch, e al momento l'unica persona nella mia vita che risponde al requisito sembra essere Oliver. «È successo una volta, con un ragazzo, e non è stato niente di che. Un po' di sbaciucchiamento, tutto lì.»

«Hai detto forse una cosa e mezzo.»

«E va bene, c'è stata un po' di azione sopra la maglietta. Non intendo aggiungere altro.»

«Posso accontentarmi. Vai avanti.»

«Continuo a ripensarci» confesso. «Non al ragazzo, ma a quello che ho fatto. Anche se tecnicamente ero nel pieno diritto di farlo, mi sento...»

«In colpa.» La parola esce in fretta dalla bocca di Oliver. E con autorità.

Ha ragione.

«Sì, immagino che sia così. Mi sento tremendamente in colpa. E non l'ho mai detto a Itch, ma adesso mi chiedo se quando è successo non avrei dovuto farlo. O se non dovrei ancora farlo. Che cosa faresti tu se Ainsley baciasse un altro?»

Oliver stringe le labbra. «Non lo so» dice alla fine. «Tanto per cominciare perché non riesco a immaginare di stringere un accordo del genere. Che senso ha?»

Ha di nuovo ragione, e questo mi tappa la bocca.

Oliver mi dà una pacca affettuosa sul ginocchio. «Dovresti dirglielo.»

«Immagino di sì. Forse. Probabilmente.»

«Dovresti essere onesta con la persona con cui stai, non credi?»

«Lo so» mormoro, anche se in realtà non so più niente.

Quando arriviamo a scuola, prima di aprire la portiera esito. «Ehi, Oliver?»

«Sì?»

«Grazie del passaggio.»

«Quando vuoi, Rafferty.»

«E della chiacchierata.»

Mi sorride. «Non c'è di che.»

Siamo quasi arrivati all'ingresso quando Oliver mi dà di gomito. «Oh, fra parentesi…»

«Fra parentesi che cosa?»

«Fra parentesi, ci sono studi che dimostrano che la popolarità al liceo è un fattore determinante nella sicurezza economica in età adulta. Controlla pure.»

«Che cosa?» Tutta quella conversazione amichevole. Tutto solo per cullarmi in un falso senso di tranquillità.

«Beccati questa, punk!» mi dice. Ma poi sorride e mi dà un'altra gomitata. «Buona giornata.»

Sparisce nella folla e – anche se sono furiosa per la canzone – vederlo andare via mi fa un po' male.

♫

Itch e io siamo seduti sulle altalene del Cherry Hill Park, non lontano da casa mia. Gli ho chiesto di accompagnarmi dopo la scuola e lui ha detto di sì, anche se dal fine settimana le cose fra di noi sono un po' tese. Siamo arrivati fin qui senza scambiarci una parola. Io pensavo a come dirlo, e a quello che avrebbe voluto dire, e anche a quello che *volevo* che volesse dire. Continuavo a ripensare a quello che aveva detto Oliver, di come dovrebbero essere le cose fra noi. Come voglio che siano le cose con Itch?

Nel pomeriggio è sceso un po' di nevischio e adesso è tutto grigio e umido. Quando mi sono seduta, l'altalena era bagnata, ma me ne sono fregata. Ora però rimpiango la mia scelta, visto che la temperatura sta calando e ho i brividi dappertutto.

«E allora, che c'è?» mi chiede Itch.

Sento un nodo di nervosismo stringermi la bocca dello stomaco. Avevo pensato a vari modi per affrontare l'argomento, ma ora li ho dimenticati tutti. «Devo dirti una cosa.»

«Avanti.» La sua voce è più tranquilla del solito.

Ruoto l'altalena per guardarlo in faccia. «Ti ricordi quando hai detto che quest'estate dovevamo essere liberi di vedere qualcun altro?»

«Sì.»

Improvvisamente ho un attacco d'ansia così grave che devo alzarmi dall'altalena. Schiaccio i pollici dentro i guanti, traggo un gran respiro e sputo l'osso: «Ho baciato uno».

Aspetto. Itch affonda i piedi nella ghiaia per fermare la sua altalena. Mi guarda per un momento, un lungo momento durante il quale cerco di decifrare la sua espressione, ma non ci trovo niente. Niente rabbia o tristezza o gelosia. O non lo capisco oppure queste emozioni non ci sono proprio, non saprei dire.

E poi la sua bocca si incurva in un sorriso sghembo. «Tutto qui?» Annuisco e lui si alza e mi mette le mani sulle spalle. «Anch'io, June. È tutto a posto.»

Mi blocco – *che cosa???* – e poi mi tiro indietro. Non sono gelosa, ma sono... non lo so che cosa sono. Sono sorpresa. Sono *qualcosa*. «E lei chi era?»

Tra le sopracciglia di Itch si scava una ruga. «Oh, solo un paio di ragazze della Florida.»

«Un paio?»

«Oh, forse tre. Ma nessuna di loro ha significato niente.»

«Avete fatto sesso?» chiedo, e lui scuote la testa con veemenza.

«Neanche lontanamente. Te l'ho detto, non ha significato niente.»

E devo credergli. Devo capire, perché è quello che ho provato io con Ethan nel parcheggio del minimarket. Non ha significato niente, come se fossero la bocca e le mani di chiunque. Era solo così, per passare il tempo. Per riempire lo spazio. Non è stato giusto e non ne vado fiera... ma è andata così.

Itch cerca di nuovo di stringermi e questa volta lo lascio fare, lascio che mi avvolga fra le braccia e mi accarezzi i capelli. «Non stavamo insieme» mi mormora all'orecchio. «Adesso invece sì. Va tutto bene.»

Annuisco contro il suo petto, sollevata.

E anche – in qualche modo – delusa.

Quando salgo in macchina, Oliver non attacca neppure la playlist. Si limita a partire e poi mi scocca un'occhiata. «Lo hai fatto?»

«Sì.»

«Glielo hai detto?»

«Sì.»

Silenzio per almeno un minuto buono. So che Oliver aspetta che sia io a dire qualcosa, ma in realtà non c'è proprio niente da dire. Alla fine non resiste più. «E com'è andata?»

«Bene.» Mi accoccolo sul sedile e guardo fuori dal finestrino. «È andata bene.»

UNDICI

Itch deve essere riuscito a sgattaiolare via dalla seconda ora un po' in anticipo, perché quando esco da scienze ambientali lo trovo ad aspettarmi in corridoio. «Questo fine settimana i miei vanno fuori città» mi annuncia.

«Per il Ringraziamento?»

«No, subito dopo, venerdì. Puoi dire a tua madre che dormi da Lily?»

Sto per rispondergli quando un San Bernardo grande e grosso sfreccia in corridoio rischiando di travolgerci. È Oliver. Con un grembiule e una ciotola. «Ha funzionato! Non si è afflosciato!» Affonda un cucchiaio e prende un mucchietto di roba marrone. «Soufflé al cioccolato! Eccolo qua!»

Sono consapevolissima di Itch in piedi in silenzio accanto a me, ma apro comunque la bocca per ricevere l'assaggio da Oliver e...

Un paradiso di vellutata dolcezza!

«Wow, ma è incredibile!» esclamo dopo averlo mandato giù.

«Lo so, vero?» Poi Oliver si volta verso Itch: «Ne vuoi un po'?», ma lui scuote la testa.

Sembra che a Oliver non importi. I suoi occhi si concentrano su qualcuno in corridoio dietro di noi. «Lisa! Yana! Aspettate!» le chiama e corre via sventolando il cucchiaio.

«Hai ancora il grembiule addosso!» gli urlo dietro, ma lui non mi sente. Ecco, questo è Oliver in sintesi. Esuberante e appassionato e generoso.

«Ehi!» Itch mi dà di gomito e tutt'a un tratto mi rendo conto di avere un sorriso ebete stampato sulla faccia. Lo cancello. «E allora, puoi dire a tua madre che dormi da Lily?»

«Forse» tentenno con gli occhi ancora fissi su Oliver.

Itch deve comprare qualcosa, perciò lascio che dopo la scuola mi porti al centro commerciale. Prima prendiamo un frullato, poi finisco a reggergli il bicchiere mentre lui passa in rassegna i boxer della collezione di JCPenney. Lo osservo chiedendomi quand'è che la nostra relazione si è sviluppata al punto di comprare biancheria insieme. Magari non sarebbe un problema se glieli comprassi io, se fossimo sexy o romantici o se fosse uno scherzo o magari se comprasse quelli con la stampa a cuoricini o... o...

O qualsiasi cosa tranne questa. Questa sono solo io che fungo da reggi-bicchiere di Itch mentre lui cerca di scegliere fra quadri grandi e quadri piccoli.

Non ne posso più.

A un tratto mi torna in mente l'osservazione profonda della mamma, quella per cui a volte bisogna buttare all'aria tutto per mettere le cose a posto. Forse è quello che serve a Itch e me.

Un pizzico di caos.

«È stato gentile da parte di Oliver, non trovi?» butto lì con noncuranza.

«Che cosa?» Itch si stende sul braccio sinistro un paio di boxer rossi e blu (a quadretti piccoli) e passa a un espositore diverso.

«A farci assaggiare il soufflé che aveva preparato. Non è che voi due vi conosciate così bene, in fondo.»

«Certo.»

«Era davvero buono.»

«Bene.»

«*Straordinariamente* buono.» Itch comincia a controllare gli slip e io cambio tattica. «Lo sai che cos'è che mi piace di Oliver?»

«No.»

«Come sa rapportarsi con tutti a scuola, con qualsiasi gruppo di persone. Con gli altri atleti, ma anche con gli artisti, con i secchioni, con i fattoni: chiunque. Non l'ho mai visto comportarsi in maniera meschina con nessuno, lo sai?»

«Già.» Itch sceglie una confezione da quattro mutande blu.

Decido di aumentare la pressione, appena un po'. «Mi piace essere sua amica.»

«Ottimo.» Itch tende una mano e impiego un secondo a rendermi conto che rivuole il suo frullato. Glielo do e lo seguo alla cassa, e intanto valuto la situazione.

Il mio ragazzo non è seccato per la mia amicizia con lo studente più sexy della scuola. Non è geloso. Non è preoccupato.

È questo il problema, mi rendo conto tutto a un tratto. Itch non si arrabbia, non si ingelosisce, non si appassiona, non…

Non fa niente.

Lui è una linea piatta.

Resto a guardarlo pagare la biancheria e anch'io mi sento piatta. No, peggio che piatta.

Non sento proprio niente.

«Magari è gay.»

Sono passati quattro giorni e Shaun, armato di un paio di cesoie dal manico rosso, sta battagliando con un arbusto particolarmente ostinato.

«Itch non è gay» gli dico.

«E già, tu l'hai toccato con mano!»

«Sei proprio scemo! Su, avanti, dammele.» Gli prendo le cesoie e stringo la base legnosa della pianta. «Per farla fuori devi afferrare e torcere.»

Shaun si tira su con un gemito. «Credo che l'unica cosa che ho fatto fuori finora sia la mia schiena.» Si sfrega le mani. «E forse ho i geloni.»

«Non stare a piagnucolare. Stai aiutando Madre Terra.»

«Lo detesto.»

«Ma piantala! Dov'è il tuo spirito zen?»

Siamo alla Riserva Ives Road Fen, a una cinquantina di chilometri a sud di Ann Arbor. È una riserva enorme con una zona paludosa che in questa parte del Michigan è una rarità. A me piace, con la sua bellezza cruda e con tutte le cose che sembrano non essere mai state toccate da mano d'uomo. Aceri argentei torreggiano su acri di graminacee. Ci sono rane arboree e rane acris e uccelli timidi e coloratissimi. Questa è natura vera.

Da quando quest'estate ho lavorato al negozio bio, ho sempre voluto iscrivermi a una giornata da volontari alla Ives Road, ma questa è la prima volta che sono riuscita a convincere qualcuno a venire con me (e a portarmici in macchina). Per essere sinceri, si lavora da matti. Ci siamo messi sotto tre ore fa e anch'io ho male alla schiena.

Ho cercato di persuadere Itch a venire, ma lui ha rifiutato anche se i suoi non ci sono e non è che abbia nient'altro di più importante da fare. Probabilmente sta tenendo il broncio perché non ho voluto dire una bugia alla mamma.

Solo che ho dimenticato una cosa: Itch non tiene il broncio. Itch non fa mai niente.

«Sembra semplicemente che non gli importi» dico a Shaun.

«Di te?»

«Di niente.»

Shaun mi indica un piccolo tratto verde. «Quella non è edera velenosa, vero?»

«Quella è erba, Shaun.»

Ci si lascia cadere sopra con un sospiro e si butta all'indietro con le braccia larghe. «Qual è la cosa peggiore che potrebbe capitare se mi addormentassi qui?»

«Potresti essere mangiato.»

«Da un ghiottone?» Sembra quasi speranzoso.

«Dalle zanzare.» Estirpo un altro arbusto, poi mi siedo vicino a lui.

«Fa troppo freddo per le zanzare» mi fa notare. «Il che significa che fa troppo freddo anche per gli umani. Coccolami.»

Mi tira per il didietro della giacca e mi fa stendere contro di lui. Gli metto la testa in grembo e lo stringo con un braccio.

«Proprio come un vero ragazzo» dice.

«Guarda che tu *sei* un vero ragazzo.»

«E allora, che cosa pensi di fare con Itch?»

«Niente.» Shaun non commenta, perciò approfondisco. «Non voglio rompere con lui, mi piace essere la sua ragazza.»

«Forse ti piace solo essere la ragazza di qualcuno.»

Il fatto è che sì, mi piace *davvero* essere la ragazza di qualcuno. Mi piace appartenere a qualcuno in maniera ufficiale. Mi piace dire "il mio ragazzo". Mi piace sapere che se voglio un appuntamento, ce l'ho.

Dal momento che nessuna di queste cose sembra così meravigliosa da ammettere, cambio argomento. «E Kirk come sta?»

«Troppo lontano.»

«A Chicago ci arrivi in macchina.»

«Secondo i miei no» ribatte lui. «Ma anche se loro non fossero contrari, non so se ci andrei. Kirk non ha ancora fatto coming out con suo padre, perciò sarebbe imbarazzante.»

«Mi dispiace.» I miei rapporti sono già abbastanza complicati senza le difficoltà extra che deve affrontare Shaun. «Pensi di rompere con lui?»

«Non so neppure se ho bisogno di farlo. Ho la sensazione che non stiamo più insieme.»

«So che cosa vuoi dire.»

«Ehi, piccioncini!» Una voce profonda con uno spiccato accento newyorchese ci sorprende facendoci rizzare a sedere di scatto. È un uomo anziano con guanti e stivali da lavoro che lo contraddistinguono come volontario. «Che cosa credete che sia questo, un riparo per coppiette? Alzate quelle chiappe e mettetevi al lavoro!»

Shaun e io ci voltiamo a guardarci e lentamente sulle nostre facce si disegna un gran sorriso. «Ti amo» mi dice Shaun a voce abbastanza alta perché l'uomo lo senta.

«Anch'io ti amo» rispondo. L'uomo borbotta qualcosa fra sé e se ne va. Mi alzo e aiuto Shaun a fare altrettanto. «Solo un altro paio di arbusti e poi possiamo andarcene a casa.»

«Promesso?»

«Promesso.»

DODICI

Itch mi intercetta fra l'ora di spagnolo e quella di calcolo infinitesimale. Mi sporgo per baciarlo, ma lui si tira indietro. «Dov'eri a pranzo?» mi chiede. «No, aspetta, fammi indovinare: nell'edificio nord.»

«Là fa caldo.»

«Anche in mensa. E non è piena di cheerleader.»

Che palle!

«Non sono mica scarafaggi, Itch. Sono persone. Da quand'è che sei diventato così pieno di pregiudizi?» Mi guarda furioso e io alzo un dito prima che possa aggiungere altro. «E poi ti avevo mandato un messaggio. Ti avevo detto che Ainsley mi aveva chiesto di vederci.» Non è proprio vero al cento per cento, ma non è neanche del tutto una bugia, dal momento che mi aveva detto che ero sempre la benvenuta.

«Di nuovo» osserva Itch.

«Puoi venire anche tu. Sei sempre invitato.»

«Che fortuna.»

Palloso *e pure* maleducato.

«Come credi che mi senta a dover trovare sempre delle scuse per te?» gli chiedo. «Solo per una volta potresti anche fare lo sforzo di uscire dalla tua ristretta cerchia sociale e parlare con qualcuno di nuovo!»

«A me la *mia* cerchia sociale piace. *Tu fai parte* della mia cerchia sociale e senti un po' questa: mi piaci davvero.»

«Davvero?» La mia voce sale di tono e un gruppetto di ragazzi più piccoli si volta per vedere che cosa sta succedendo. «Non ti comporti come se fosse così.»

«Ah, sono io che non mi comporto come se fosse così?» Itch scuote la testa. «Questa è buona.»

Il mio cuore accelera e il sangue mi sale alle guance. Abbiamo avuto qualche piccolo bisticcio prima d'ora – tipo quello al minimarket – ma questa volta è diverso. Questa volta *io* sono diversa.

Come se avessi voglia di litigare sul serio.

«Lo sai che cosa devo raccontare ai miei amici, Itch? "Scusate, ma il mio ragazzo non è un tipo di compagnia." Che è una bugia troppo smaccata. Sanno tutti che vuol dire: "Al mio ragazzo non piace la *vostra* compagnia".»

«È gente con la puzza sotto il naso. Sono presuntuosi.»

«Dare loro dei presuntuosi è da presuntuosi!» sbotto, e poi mi viene in mente che è stato Oliver a dirmelo la prima volta. «Sono divertenti, Itch. Ridono e se la spassano.»

«Oh, sì, lo so bene come "se la spassano".»

«E questo che cosa vorrebbe dire?» Adesso sono furiosa, sono carica per uno scontro in piena regola. Itch si mette a braccia conserte e mi fulmina con lo sguardo. Una frazione di secondo prima che suoni la campanella, mi rendo conto che in corridoio non c'è più nessuno.

Siamo in ritardo per la prossima ora.

«Merda» sbotta, poi si volta e fila via. Rimango a guardarlo finché arriva in fondo al corridoio e svolta l'angolo.

Non si gira neanche una volta a salutarmi.

Lily ha tre ore di lezione di violino, Darbs ha dovuto accompagnare il fratellino da Chuck E. Cheese, e Shaun non risponde ai miei SMS, perciò non ho nessuno con cui sfogarmi per la Cosa con Itch. Così me ne sto coricata sul letto ad ascoltare i Dead Kennedys e a buttare graffette nel mio cestino dei rifiuti. Faccio centro solo una volta ogni tre, più o meno.

Improvvisamente mi fermo. I minuscoli *clic* del metallo non sono l'unico rumore ritmico nella stanza. Aspetto e lo sento di nuovo: un lieve ticchettio contro la finestra. Salto su e guardo fuori: là sotto c'è Itch. Lo sto guardando quando butta un'altra manciata di ghiaia. Gli faccio segno di smetterla e gli indico la veranda davanti a casa.

Quando apro la porta, lui è già sullo zerbino. «Fammi entrare» mi dice. «Qui fuori si gela.»

Mi scosto di lato per lasciarlo passare e mentre chiudo la porta la mamma urla dalla cucina: «C'è qualcuno, June?»

«È Itch. Si ferma un attimo soltanto.»

«Ciao, Itch!» grida la mamma.

«Salve!» risponde lui.

Ora che i convenevoli sono terminati, mi metto le mani sui fianchi e lo guardo. «Ghiaia contro i vetri? Ma stai scherzando?»

«È uno splendido gesto romantico. Ho pensato che ti sarebbe piaciuto.»

Sono arrabbiata con lui e non voglio cedere di un millimetro. «Avresti potuto bussare alla porta.»

«Che non è splendido e neppure romantico» mi informa cercando di prendermi la mano. Mi sottraggo, perciò sospira e rinuncia, poi si passa le dita fra i capelli. «Mi dispiace, June.»

So che sarebbe magnanimo da parte mia accettare le sue scuse, però non sono in vena di perdonarlo, sono troppo ostinata e arrabbiata. «Non so se mi bastano delle scuse. Non so se c'è niente che possa bastare.»

«Un tempo ero uno di compagnia. Nella mia vecchia scuola.»

Questa è una novità. «Che genere di compagnia?»

«Il genere che faceva tutte le stesse cose che fanno Oliver e Ainsley e tutti gli altri.»

Sgrano gli occhi. «Facevi qualche sport?»

«No, però frequentavo gli atleti. Quelli che erano popolari e festaioli.»

«Tu… eri un festaiolo?» Lo sa che quella parola la detesto.

«Dovevo. Là era così che rimanevi nel giro. Là non c'erano degli Shaun che passano da un gruppo all'altro. E non c'erano neppure degli Oliver, che ha un lasciapassare perché si trova in cima alla catena alimentare. Nella mia vecchia scuola, o eri nel giro o eri fuori. Non c'erano vie di mezzo.»

Lo fisso incredula cercando di immaginare Itch che partecipa, che sta al gioco. «Ma tu queste cose le detesti.»

«Per me era normale.» Esita e si mordicchia il labbro.

Non gliel'ho mai visto fare prima e – anche se non so spiegarmi perché – la parte più rovente della mia rabbia scivola via. «E poi che cosa è successo?» chiedo, perché qualcosa deve essere successo.

«È stato il mio amico Xavier.» Itch trae un gran respiro. «Lo chiamavamo X. Era un tipo davvero divertente. E anche intelligente. Suonava la chitarra. Tutte le ragazze lo adoravano.»

«Sembra il tuo peggior incubo.» Lo dico per alleggerire l'atmosfera, ma da Itch ricavo solo un lievissimo fremito delle labbra.

«È successo dopo una partita di football. Una di quelle feste come tutte le altre, solo che quella volta X ha fregato qualcosa dall'armadietto dei medicinali della zia. Non so neppure che cosa fosse, ma June...» Mi guarda dritto negli occhi. «Qualsiasi altra sera probabilmente ne avrei preso anch'io, perché era così che funzionava. Se X offriva, tu prendevi. Però la mattina dopo dovevo alzarmi presto per accompagnare i miei all'aeroporto. Non volevo rischiare di essere così sballato da non sentire la sveglia o qualcosa così, perciò gli ho detto di no.»

«Che cos'è successo?» gli chiedo, e la mia voce è quasi un sussurro.

«La stessa cosa che succede sempre. Tutti hanno bevuto e facevano gli scemi e si divertivano. Solo che nel bel mezzo della serata, X ha avuto un attacco ed è caduto su un tavolino con il ripiano di vetro.»

Senza volerlo, trattengo il fiato rumorosamente.

«Gridavano tutti. C'era un mucchio di sangue e la crisi non smetteva, ma eravamo ubriachi. E spaventati, credo. Avevamo paura dei nostri genitori e degli sbirri e di essere beccati. Ho cercato di fermare l'emorragia, ma non è che fossi del tutto sobrio neanch'io, e alla fine qualcuno ha chiamato un'ambulanza. È stata...» Si ferma per un attimo e io gli prendo le mani e le stringo fra le mie. «È stata la notte peggiore della mia vita.»

Aspetto con il cuore che sanguina per quella parte di Itch che non mi ha mai mostrato prima.

«X non è morto. È tornato a scuola, ma...» Itch deglutisce. «Non suona più la chitarra. Dice che gli fa venire il mal di testa, ma credo che sia perché non si ricorda più come si fa. Credo che non ne sia più capace.» Scioglie le mani dalle mie e si scrocchia le nocche. «Sono sicuro che i tuoi amici siano diversi. Ainsley sembra simpatica, e anche Oliver. Il problema sono io. Non voglio frequentare i ragazzi in cima alla scala sociale perché, l'ultima volta che l'ho fatto, mi è piaciuto.» Sospira. «Mi è piaciuto troppo.»

Non avevo idea che l'atteggiamento scostante di Itch nascondesse qualcosa di più. Qualcosa di simile alla *paura*. «Mi dispiace tanto» mormoro.

«Dispiace anche a me.» Lascia che lo abbracci sotto la giacca, così gli sento le costole. Lo stringo e dopo qualche istante lui ricambia. «Mi sforzerò, va bene? Mi sforzerò.»

«D'accordo.» Sento il suo cuore battere sotto il mio orecchio. «Mi sforzerò anch'io.»

Andare nell'edificio nord è una palla, perché bisogna attraversare un passaggio esterno dove si è sferzati dal vento gelido, ma dopo che abbiamo faticato per aprire le pesantissime porte, veniamo accolti da un fiotto di calore che arriva dai termosifoni. Scelgo un punto vuoto del muro e mi ci appoggio contro con la schiena, poi mi lascio scivolare finché sono seduta per terra con il vassoio in grembo. Ainsley, vicino a me, è raggiante. «Che fortuna per noi, due giorni di fila!»

Oliver mi dà un colpetto con il piedi. «Ehi, ciao!»

«Ciao» rispondo.

«Ciao» dice Itch scivolando contro il muro di fianco a me.

Pranziamo.

TREDICI

Quando apro la portiera dal lato passeggero, sul sedile trovo un oggetto cilindrico fasciato con carta da regalo. Faccio per passarlo a Oliver, ma lui scuote la testa. «Aprilo.»

Sono sorpresa... e anche inspiegabilmente imbarazzata. La settimana prima delle vacanze di Natale è la stagione in cui per tradizione i ragazzi della nostra scuola si scambiano regali, però non avevo pensato che Oliver mi avrebbe preso qualcosa. Ed è sicuro che io non ho preso niente a lui.

«Davvero? Perché io non...»

Oliver mi sorride. «Tu aprilo e basta.»

Passo un dito sullo scotch che chiude i bordi della carta verde e rossa e per un attimo mi pare di vedere Oliver chino sul regalo, intento a confezionare con cura il pacco. Lo apro ed è...

«Una bottiglietta d'acqua?»

«Di metallo» viene in mio soccorso. «E non è esattamente per te.» Inclino la testa e lo guardo in attesa di spiegazioni. «Nel caso tu non lo sappia, sono consapevole del tuo immenso sdegno per tutte le bottigliette di plastica che trovi sparpagliate nella mia auto.»

Come al solito sono divertita – e, stranamente, lusingata –

dal modo di parlare di Oliver quando è con me. So che con Theo certe parole non le usa. E forse neppure con Ainsley.

«La bottiglia è per me» continua. «Però la pace mentale è per te.»

«È un simbolo.»

Mi sbatte le ciglia. «Un simbolo del mio desiderio di: a) contribuire alla salvezza dell'ambiente, e: b) ridurre il numero di occhiatacce che mi scocchi al mattino.»

E ovviamente, gli scocco un'occhiataccia.

Ma poi sorrido.

Fa troppo freddo per le gradinate, perciò Itch e io sediamo a un tavolo d'angolo della mensa. Abbiamo messo le giacche su due seggiole per Darbs e Lily e gli zaini su un'altra nel caso in cui oggi Shaun voglia pranzare con noi.

Itch assaggia le sue lasagne. «Che schifo.»

Prendo il mio sacchetto di stoffa. «Se ti portassi il pranzo da casa, non saresti soggetto ai ripugnanti capricci dei demoni della mensa.»

«Se mi portassi il pranzo da casa, perderei all'incirca quindici minuti di sonno.» Comincia a tagliare a pezzi le lasagne. «Visto che sabato parto, vuoi che usciamo...»

«Ehi, aspetta, aspetta!» Mi blocco a metà mentre sto scartando il mio panino. «Dov'è che vai?»

«In Florida. Ricordi, i miei nonni? Il Natale e il Capodanno serbo?» dice, simulando una pazienza esagerata come se parlasse con una bambina di due anni. «Te l'avevo detto.»

«No, non è vero.»

«No, non è vero che cosa?» ci interrompe Lily, accomodandosi sulla sedia vicino alla mia.

«Non è vero che mi ha detto che sarebbe andato via per le vacanze.»

«Gliel'ho detto» ribatte Itch, che torna ad armeggiare con le lasagne.

Lily guarda il suo piatto e dice: «FTS».

«E questo che cosa cavolo vorrebbe *dire*?» le chiedo.

«Fa troppo schifo» spiega. «Ho deciso di esprimermi anch'io per acronimi, come Darbs.»

«Dov'è?»

«A preghiera.»

«Oh, giusto.» Dimentico sempre che il martedì i Soldati di Dio si vedono a pranzo per pregare insieme.

«E quindi, adesso siete diventati un arcobaleno o che?» mi chiede Lily. Quando la guardo senza capire, spiega: «Sembra che ultimamente abbiate preso la doppia cittadinanza».

Continuo a non capire finché Itch non mi dà un colpo. «Nel senso che qualche volta mangiamo da qualche altra parte, June.»

Oh!

Sento il bisogno di difendermi, anche se il modo in cui Lily lo ha detto non ha niente di aggressivo. «Lo trovi strano?» le chiedo.

«Certo che sì. Cioè, voglio dire, va *benissimo*, però è strano.» Scuote la testa. «E adesso andate pure alle partite di football.»

«Ad *alcune* partite di football» la correggo.

«Sì, nella mia ragazza si è risvegliato lo spirito sportivo» dice Itch. So che vuole solo essere spiritoso, ma mi irrita comunque.

«Potrebbe esserci di peggio» gli faccio notare.

«No, questa è la cosa peggiore in assoluto» mi corregge Lily. Itch fa tintinnare la lattina contro la sua e io alzo gli occhi al cielo.

Lui si volta verso di me. «Ti va di uscire insieme, stasera? Posso venire da te.»

«Credo che ci sarà Cash.»

Vedo Itch frugare nella memoria. «Cash sarebbe il costruttore edile?»

«Sì.» Un altro lampo di irritazione. Itch avrà visto Cash almeno una mezza dozzina di volte ormai.

«Ma che c'è, esce con tua madre?»

«Penso di sì.»

«Oh, che notizia!» esclama Lily. «È figo?»

«Che schifo!» Le rifilo una sberla. «Stai parlando di mia *madre*!»

«Era solo una domanda. Sarebbe un vero sballo avere un adulto figo per casa.» Le rifilo un'altra sberla.

Itch, ovviamente, su Cash non fa commenti. «D'accordo, allora vengo dopo cena. Magari possiamo fare un *giro*.»

Lily e io ci scambiamo un'occhiata. «Oh, adoro gli eufemismi» dice.

♫

Non so quale sia il mio problema, ma sto cercando tutte le scuse del mondo per non rimanere sola con il mio ragazzo. La mamma e Cash hanno preso possesso del soggiorno per vedere un documentario sull'agricoltura organica, perciò Itch e io siamo in cucina a bere sidro caldo. «E il seminterrato?» propone.

«Lo hanno appena ridipinto, ci sono le esalazioni. E poi sul pavimento ci sono ancora i teli antimacchia. Non c'è posto per sedersi.»

«Potremmo andare in macchina fino al parco.»

«Non credo che la mamma mi lascerebbe uscire così tardi...»

«June, ma sono solo le otto e mezzo.»

«...con questo freddo. Ha paura del ghiaccio per le strade. Anzi, non credi che faresti bene a tornare a casa prima che geli ancora di più?»

Itch fa segno di no. «Non c'è problema. Pensavo solo che prima della mia partenza avremmo fatto qualcosa.»

«Stiamo facendo qualcosa già adesso, stiamo parlando.» Nessuno dei due accenna al fatto che come coppia questo non è esattamente il nostro punto forte.

Continuiamo a bere il sidro.

Dopo, quando la mamma e Cash hanno finito il documentario, vanno di sotto a guardare le pareti dell'interrato. «A loro le esalazioni non dispiacciono» osserva Itch alzandosi e venendo a sistemarsi dietro al mio sgabello. Mi mette le mani sulle spalle e muove i pollici in cerchio contro la base del collo. So – *lo so* – che dovrebbe essere una bella sensazione. L'ho provata centinaia di volte prima d'ora, ma questa sera… no. Questa sera lo detesto.

Mi alzo di scatto e rischio di far cadere dal banco la tazza vuota. «Usciamo in veranda.»

«Ma fa freddo.»

«Lo so, ma almeno saremo soli.»

La parola "soli" lo motiva, perché cinque minuti dopo siamo tutti belli imbacuccati e Itch mi preme contro uno dei montanti di legno del portico. Ho gli occhi chiusi e la testa inclinata all'indietro in modo che la sua bocca possa raggiungere la mia. So che le sue mani mi stanno scivolando su e giù lungo i fianchi, ma non le sento quasi. È tutto goffo e attutito, infagottati come siamo nei vestiti pesanti.

E a quel punto non mi è più possibile ignorare la verità: odio tutto questo. Ne odio ogni momento. Non odio *Itch*, però odio il modo in cui mi sento. O meglio, il modo in cui *non* sento quello che *dovrei* sentire.

O meglio, baciare Itch mi fa sentire una specie di prurito. Un prurito all'anima. Sono come una bambina piccola che aspetta che la mamma le provi gli abiti da comprare al centro commerciale e non sopporta più di stare lì. Come se sciogliermi dall'abbraccio di Itch e scappare via urlando nel buio, e magari nascondermi dietro un albero, fosse una cosa perfettamente ragionevole.

Non va bene.

Sembra non finire mai – il bacio, intendo – ma non so come fermarlo senza dirgli la verità, senza imbarcarmi in una discussione interminabile che sarà molto più dolorosa della sua lingua nella mia bocca.

Perciò sopporto.

Compio tutti i movimenti finché finalmente – *finalmente* – Itch va via e io lo saluto dalla veranda investita da un enorme senso di sollievo. So che devo assaporarlo, godermi questa tregua, perché se ne andrà e allora resterà solo un orrendo, terribile, opprimente senso di colpa.

Ma adesso, *in questo momento*, non potrei essere più felice che il mio ragazzo se ne sia andato.

QUATTORDICI

La mamma è al campus, a finire di compilare qualcosa. Io mi sono già fatta la doccia, ho fatto colazione (ma chi voglio prendere in giro? Quello era un brunch!) e svuotato la lavastoviglie. Carico la lavatrice e mi guardo attorno in cerca di qualcos'altro da fare, ma la casa è pulita, non ho compiti e non c'è niente che abbia voglia di guardare alle tele.

Mando un messaggio a Lily per chiederle se ha voglia di andare al centro commerciale, ma sta facendo le prove dello spettacolo invernale. Provo con Shaun, ma ovviamente lui non risponde. Chiamo Darbs, ma sua madre le ha chiesto di badare ai gemelli mentre lei va a fare spese per Natale. Mi invita ad andare da lei, ma rifiuto educatamente. L'ultima volta che l'ho aiutata con i gemelli, li abbiamo persi di vista solo per dieci minuti e loro hanno tirato via le lenzuola dal letto dei suoi genitori. Quando ci siamo rese conto di quello che avevano in mente, le avevano già annodate in un lungo cordone e uno dei due si stava calando fuori dalla finestra del bagno di sopra. Quei bambini mi stressano. E comunque, non è che abbia modo di arrivare a casa loro.

Cavoli. Primo giorno di vacanza e già mi annoio.

So che dovrei prendermi un po' di tempo per cercare di capire che cosa fare con Itch, ma ho due settimane intere prima del suo ritorno. Magari stando separati per un po' proverò qualcosa di diverso. Magari sentirò la sua mancanza.

Suona la notifica di un messaggio e prendo il telefonino così in fretta che praticamente mi sento una ninja. I riflessi cerebrali, invece, sono un po' più lenti, perché impiego un attimo per capire chi mi stia scrivendo.

È Oliver.

A quanto pare, sta raccontando a Marley – sua madre – della nostra playlist comune e c'è una cosa che non riesce a spiegarle.

che differenza c'è fra punk e rock alternativo?

Mi butto sul letto per rispondergli, ma prima di arrivare a metà mi rendo conto che la cosa è così complessa da richiedere una telefonata.

Oliver risponde all'istante. «Devi sentire la mia mancanza.»

«Neanche un po', però non intendo digitarti la storia della musica al cellulare. Sminuirebbe l'importanza di una lezione di cui hai dolorosamente bisogno.»

«Sei impossibile» ribatte, ma dalla voce sembra che stia sorridendo. «Che cosa stai facendo?»

«Niente di che» ammetto, e il cellulare mi vibra nella mano.

«Clicca sul link.» E riattacca.

«Aspetta, non ti ho ancora istruito…» dico al nulla.

E poi quella impossibile sarei *io*.

Apro il nuovo messaggio. È un link a…

Un gioco?

Oliver mi ha mandato un invito per fare un gioco – un gioco da nerd totali – sul cellulare. Quando accetto l'invito, scopro che è un gioco di strategia basato (molto vagamente) sulla mitologia greca. Ci sono figurine animate che indossano sandali alati o reggono cetre o scagliano fulmini. Sono schierate su un campo di battaglia e fanno mosse assegnate dai giocatori. Quella di apertura di Oliver comporta una semidea dai capelli lunghi che mangia un "Pomo del potere" prima di saltare in groppa a Pegaso e galoppare in direzione dei miei omini.

Per quanto questa sia forse la cosa più stupida che abbia mai fatto, tocco lo schermo per schierare un "Manipolo di muse immusonite" contro il Pegaso di Oliver. Lui risponde con un "Ingorgo di Gorgoni" seguito da un "Tridente fra i denti"…

E la battaglia comincia.

«Sì!» grido battendo un pugno. Per lo spavento, mia madre lascia cadere le forbici che usa per sminuzzare le foglie di menta. Si china a riprenderle dal pavimento.

«June, potevo tagliarmi un piede» si lamenta.

«Scusa.»

«Ma si può sapere che cosa stai facendo?»

«È solo questo stupido gioco che mi ha mandato Oliver. Finalmente l'ho battuto.»

Mia madre scuote la testa. «Non può essere *così* stupido, se ci giochi da ieri.»

«Oh, sai, tanto per passare il tempo.»

È il giorno dopo Natale, rimane una settimana prima che ricominci la scuola. Il nostro albero è ancora in soggiorno e le finestre sul davanti sono decorate da lucine bianche. I jeans strappati che mio padre mi ha spedito da New York («Vanno così di moda fra le attrici» mi ha detto) sono accuratamente ripiegati in un cassetto e aspettano l'occasione giusta per essere indossati. Sul mio cassettone è ammucchiato lo schieramento di libri e maglioni e orecchini che mi ha regalato la mamma. L'eccentrica cover riciclata regalo di Itch è già montata sul mio cellulare.

Questa mattina la mamma e io abbiamo spalato il vialetto. Secondo me era inutile, dato che sta per abbattersi una tormenta, ma la mamma ha detto che intanto questa non la dovremmo spalare più. Ha la TV sintonizzata sul canale meteo da quando si è svegliata e continua a controllare il generatore nel suo studio.

Quando il camion di Cash si ferma davanti a casa, cominciano a cadere i primi grossi fiocchi di neve.

«Accidenti a lui, gli avevo detto di non venire!» brontola la mamma prima di schizzare fuori. Guardo dalla finestra e la vedo scendere di corsa i gradini diretta al pick-up. Nonostante quello che ha detto, non appena lui apre la portiera gli vola fra le braccia e lo bacia sulla bocca.

Un minuto dopo pestano i piedi sul tappetino dell'ingresso e depositano i sacchi della spesa sul pavimento. «Non mi dai mai retta» dice la mamma a Cash.

«Io do retta ai tuoi desideri, non alle tue parole.» Poi mi sorride. «Ehi, non è che ci daresti una mano?»

«Certo.» Porto in cucina uno dei sacchetti.

«Tu resta dove sei» sento la mamma dire a Cash, e poi arriva in cucina anche lei. «Devo parlarti. Cash e io ci conosciamo da un bel po' di tempo, ormai. Abbiamo tanti amici in comune e... dormirà qui al piano di sotto.»

«Non ce n'è bisogno.»

«Grazie, ma è il posto migliore perché...» E poi mi abbraccia. «Anche se abbiamo un rapporto madre-figlia evoluto e illuminato, non significa che voglia sbatterti in faccia la mia vita sessuale.»

«Stai rendendo tutto molto imbarazzante» l'avverto.

«Scusa.»

«Posso far venire anch'io un ragazzo a passare la notte qui?»

«Non se ne parla.»

«Valeva la pena provarci.»

La mamma si tira indietro e mi guarda. Mi scosta una ciocca di capelli dalla faccia. «Sei ancora la persona più importante al mondo» mi dice. «Lui è solo uno con la spesa.»

«Non intendo chiamarlo papà» le dico, e lei mi dà uno scappellotto.

«E adesso chi è che rende le cose imbarazzanti?»

♫

È nevicato moltissimo – grossi fiocchi gonfi – e per diverse ore. Veniva ancora giù quando ieri sono andata a letto dopo una serata passata a giocare con la mamma e Cash. Se si sposeranno, chissà se inviteranno mio padre alle nozze.

Oggi che è mercoledì pomeriggio e ha smesso di nevicare da ore sto impazzendo dal bisogno di fare qualcosa. Non è solo il fatto che sono bloccata in casa, è che sono bloccata in casa con una coppia di piccioncini. Non che stiano sempre appiccicati o niente del genere – anzi, a dire la verità ho la sensazione che stiano facendo di tutto per *non* toccarsi neppure – però lo capisco. Nell'aria c'è una certa elettricità.

La mamma ha voglia di rimanere da sola con il suo nuovo ragazzo, e io sono quella che li… affloscia.

Merda.

Sono sul divano, accoccolata sotto un plaid con il telefonino, e ho appena mandato a Oliver un "Cocchio di fuoco" quando in un angolo dello schermo si accende una stellina: è la notifica di un messaggio interno al gioco. Ci clicco su.

tappata in casa per la neve?

Ovviamente Oliver è nella mia stessa barca… tranne che lui non ha in casa due adulti che non vedono l'ora di spogliarsi a vicenda.

O magari sì: che ne so io della famiglia Flagg?

Scrivo la mia risposta:

sì. ke palle.

Un nanosecondo dopo squilla il cellulare. «Mi sembra che sia tu quello che sente la mia mancanza» rispondo a Oliver.

«Dico solo che sei stata su *Mitica* davvero un sacco.»

«Però lo sai solo perché hai giocato *anche tu*. Aspetta.» Esco da sotto la coperta e mi alzo dal divano. «Vado di sopra!» urlo alla mamma e a Cash.

Sento un: «Va bene» ovattato in risposta e scelgo di non andare a vedere che cosa stanno facendo. Arrivata in camera, mi butto sul letto e mi riporto il cellulare all'orecchio. «Ci sei ancora?»

«Sono bloccato in casa, dove altro potrei essere?»

«Questa tormenta mi farà morire» gli confido. «Cash ha dormito da noi...»

«*Che cosa???*»

«...e adesso è bloccato qui. Sono il terzo incomodo più imbarazzato al mondo.»

Dal telefono mi arriva lo scroscio di risate di Oliver che mi strappa un sorriso. «E ci danno dentro?»

«*Vorrebbero*, il che è ancora peggio!»

Silenzio. Sto già pensando che forse ha riattaccato quando sento di nuovo la sua voce. «Ti va di venire da me?»

Sono sorpresa. No, sono più che sorpresa. Sono scioccata. E anche… compiaciuta.

Sono smodatamente *compiaciuta* che Oliver mi abbia invitata a casa sua. Solo che: «Sono bloccata in casa dalla neve, ricordi? Siamo tutti bloccati in casa».

«Aspetta.» Sento qualche fruscio e poi di nuovo la voce di Oliver. «È passato lo spazzaneve. Vieni a piedi.»

«A piedi? Ma sei matto?»

«È meno di un chilometro. Ti vengo incontro a metà strada.»

Esito.

E poi valuto i motivi per cui esito.

Non è che *non voglia* passare del tempo con Oliver. È che *ho voglia* di farlo, il che è esattamente il motivo per cui non sono sicura che dovrei farlo. Finalmente abbiamo concordato su questa cosa dell'amicizia. È facile. Non è imbarazzante. Io capisco lui e lui capisce me. Sì, la sua musica e la sua filosofia sono ancora sdolcinate, ma non sono insopportabili.

Detto ciò, è un'amicizia che rientra esattamente entro una serie di parametri ben precisi. Siamo amici in macchina. Siamo amici nei corridoi della scuola. Di tanto in tanto siamo amici a pranzo. Sì, c'è stata quella volta che Oliver ha cenato a casa mia, ma c'erano la mamma e Cash, il che significava che era sicuro.

«Pronto? Hai riattaccato?» mi chiede Oliver all'orecchio.

«No, sono ancora qui. È solo che…» Mi fermo perché non so che cosa sto facendo. Sono inspiegabilmente nervosa all'idea di rimanere da sola con Oliver, il che è sciocco, ed è folle, ed è…

«Ci sono anche i miei» aggiunge come se mi leggesse nel pensiero. E funziona, perché mi sento annuire, anche se lui non può vedermi.

«Va bene, d'accordo, vengo.»

«Dammi mezz'ora prima di incamminarti.»

Esattamente trenta minuti più tardi, dopo avere provato diversi outfit e avere optato per un paio di jeans scoloriti con un maglione sformato, assicuro la mamma che starò attenta ed esco di casa. Mi fermo sul portico per guardarmi attorno e mi rendo conto che forse non avevo bisogno di imbacuccarmi come pensavo. È una giornata fredda, ma non gelida. Anzi, è perfino rinfrescante, dopo essere rimasta bloccata in casa per così tanto tempo (con due piccioncini). Il cielo è di un bell'azzurro terso, costellato di grosse nuvole vaporose, e la luce del sole si riflette sul suolo bianco.

Impiego un po' per scendere dalla veranda e attraversare il vialetto, con la neve che mi arriva alle ginocchia, ma una volta superato il cumulo e raggiunta la strada, è una passeggiata. Lo spazzaneve ha compattato la neve e i miei stivali hanno una buona presa, perciò non faccio fatica a camminare. Guardo lungo Callaway Lane cercando di indovinare dove incontrerò Oliver.

E invece lo vedo già spuntare. A poche case di distanza, avanza verso di me, e quando mi vede agita un braccio per salutarmi. Ha un giaccone con il cappuccio, un paio di guanti ciliegia e una sciarpa che spicca contro il bianco della strada. Il cuore mi si gonfia in petto e non posso negare di essere felice di vederlo.

Davvero felice.

«Come hai fatto ad arrivare così in fretta? Sei venuto di corsa?»

Mi sorride e i suoi denti sono dello stesso bianco della neve. Vorrei toccarli con la punta del dito, sfiorarne la superficie lucente, ma ovviamente sarebbe davvero strano e così non lo faccio. «Sono partito quando abbiamo riattaccato.»

«Ma mi hai detto...»

«Potrei avere leggermente manipolato i fatti. Non credevo che tua madre sarebbe stata contenta di saperti per strada da sola.»

Sento un'altra volta il cuore.

«E poi» continua Oliver «se avessi aspettato, non avrei avuto tutta la strada del ritorno per fare questo.» Si china e prende in mano una manciata di neve. Impiego diversi secondi di troppo per capire che sta formando una palla di neve.

«Non pensarci neppure.»

«Altrimenti?»

«Altrimenti... sarò costretta a vendicarmi.»

Oliver mi guarda con gli occhi sbarrati per il terrore. O meglio, con gli occhi sbarrati per un terrore simulato. «E io dovrei avere paura di una che pensa che arrampicarsi sulla mia macchina sia un'impresa titanica?»

«La tua macchina è ridicola.» Mi abbasso per prendere anch'io della neve.

«Però non lo pensi quando ti trasporta fino a scuola.»

«No, lo penso anche allora.» Ho qualche difficoltà a mostrarmi intimidatoria, perché sorrido troppo. Ho la sensazione che la mia faccia sia stretta in uno di quei cerchi di legno che usano le amiche della mamma per tendere la stoffa quando ricamano.

Forse è la pausa dalle lezioni e dai compiti. Forse è il fatto che sono rimasta bloccata con la mamma e Cash per troppo tempo. Forse è la partenza di Itch. Qualunque sia la ragione, stare con Oliver oggi mi riempie di una gioia radiosa...

...anche quando la sua palla di neve mi centra in piena pancia. Strillo e lui alza le mani sulla testa. «Ritirata! Ritirata!» urla scattando all'indietro. Ritraggo il braccio per lanciare la mia palla, ma ovviamente lo manco di un chilometro, perciò invece lo rincorro. O perlomeno, per quello che posso correre con tutti questi vestiti e gli stivali pesanti.

Oliver schizza via (quel tanto che può schizzare) e comincia ad arrampicarsi su uno dei mucchi di neve ammassati dallo spazzaneve a lato della strada. È più alto di lui e ne ha scalato solo metà quando finalmente lo raggiungo. Lo aggancio per la caviglia e tiro. Lui armeggia in avanti, cade e scivola indietro per prendermi. Strillo ancora e mi dimeno mentre rotoliamo nella neve, ma adesso mi tiene bloccata per le spalle e ho i talloni su un punto scivoloso, perciò non riesco a fare presa per spingerlo via.

«Tregua» dice con decisione, gli occhi castani fissi nei miei.

Ricambio lo sguardo e in quel momento il tessuto dell'universo si lacera. Tutto quello che so – le leggi del liceo e le gerarchie e la storia – balugina via e non registro altro che il corpo di Oliver sul mio e il suo viso così vicino.

Oliver si rialza bruscamente. Mi tende una mano e gli permetto di prendere la mia e di tirarmi su. «Tregua» ripete. E questa volta non mi guarda.

«Tregua» ripeto.

La mamma di Oliver, Marley, posa sul tavolo due tazze di cioccolata bollente. Quando la ringrazio, mi dice: «Aspetta un attimo, tesoro», e poi svolazza via e ritorna. Fa cadere un grosso marshmallow in ognuna delle due tazze. «Quelli piccoli non li avevano.»

Oliver fa tintinnare piano la sua tazza contro la mia. «Salute.»

«Salute.»

Dopo avere corso ed esserci arrampicati ed essere scivolati e avere gridato per tutta la strada fino a casa sua, siamo arrivati tutti sudati e bagnati. Marley mi ha dato un'occhiata e mi ha spedita a cambiarmi, quindi ha ficcato i miei vestiti nell'asciugatrice. Ecco perché indosso i suoi calzoncini da yoga – più aderenti di quanto non sia abituata – e la sua maglietta termica color lavanda abbellita con applicazioni di pizzo bianco. Ficco i pollici nei buchi in fondo alle maniche, cosa che trovo sorprendentemente comoda. Quando l'ho indossata, Marley mi ha fatto l'occhiolino. «È come se i tuoi pollici venissero abbracciati per tutto il giorno» mi ha detto.

Adesso sono seduta al tavolo di cucina della famiglia Flagg di fronte al Flagg più giovane, che ha un paio di jeans asciutti e una semplice maglietta bianca. A differenza di me, lui ha potuto scegliere una tenuta sua.

La mamma di Oliver ha gli stessi capelli biondissimi che ha lui, ma i suoi le ricadono lunghi e diritti sulla schiena. I suoi occhi azzurri sono grandi e tondi, e anche le tette. Ha unghie perfettamente curate e smaltate di un rosso acceso. Mia madre è carina in un modo normale, acqua e sapone, ma è ovvio perché un ragazzo del college arrapato abbia scelto lei.

Allo stesso modo in cui un ragazzo di liceo arrapato sceglierebbe Ainsley.

«Come stai?» mi chiede Marley. «Sei cresciuta così tanto.» Oliver e io ci guardiamo e scoppiamo a ridere insieme, perché è esattamente la stessa cosa che ha detto mia madre quando Oliver è stato da noi.

«Per piacere, adesso non metterti a rivangare quando le hai cambiato i pannolini» protesta Oliver.

«Che cosa? Che cos'ho detto?» chiede Marley, ma ridiamo troppo tutti e due per poterle spiegare. «Che sciocchi che siete voi ragazzi.»

Il padre di Oliver, Bryant, arriva mentre ci stiamo ancora calmando. Mi saluta e poi cinge la vita di Marley con un braccio e l'attira a sé per un bacio. «Hai mai visto una donna come lei? Oliver, spero proprio che tu sia altrettanto fortunato.»

«Papà» esclama Oliver.

«Smettila, Bryant.» Ma Marley non dà l'idea di parlare sul serio.

«Va bene, se proprio volete che rispetti le tradizioni.» E Bryant la tira fino sotto l'architrave della porta, indica un rametto di vischio appeso sopra le loro teste e poi la stringe per un bacio ancora più profondo e prolungato.

Mi chiedo se sia una cosa generazionale, quella di scambiarsi effusioni in pubblico.

Una volta esaurito questo momento di estasi coniugale, Bryant riporta l'attenzione sul figlio. «Questa mattina ho parlato con Alex.»

«Bene» borbotta Oliver.

«Dice che può dare una spintarella alla tua domanda.» Oliver annuisce e suo padre gli dà una pacca sulla spalla. «Legami di famiglia, giusto?»

«Certo.» Oliver si volta verso di me. «Andiamo nel seminterrato. Portati dietro la cioccolata.»

«Abbiamo anche patatine e ketchup» ci grida dietro Marley mentre usciamo.

La casa di Oliver è grande ed è tutto nuovo. Non ci sono in giro mucchi di progetti da finire o travi a vista. Tutte le superfici interne sono dipinte in tonalità tenui e ho già visto due lampadari e una cantinetta per il vino incassata. Mi porta giù per una scala ricoperta da una moquette foltissima in un ambiente che io non definirei mai seminterrato. Come minimo lo chiamerei "piano ribassato". Nella stanza più grande ci sono un tavolo da ping pong, un banco con un piccolo lavello e un televisore di quelli seri.

Oliver si infila dietro il banco e tira fuori le patatine e il ketchup di cui parlava la madre. «Decido io: niente ciotola.» Apre il sacchetto e lo posa sul banco.

«Approvo. Ehi, ma i tuoi sono sempre così?»

«Si esibiscono per il pubblico.»

«Beato te.»

«Fanno tutto insieme. Uno finisce le frasi dell'altra, tutte quelle cose che sembrano un po' un cliché ma in realtà sono straordinarie.»

«E rare.» Penso ai miei genitori, separati da prima che inizino i miei ricordi. E penso anche a Itch e me. «La maggior parte delle coppie non funziona così.»

«Vero.» Oliver mi indica con un gesto gli sgabelli vicino al banco e mi appollaio su uno di loro, poi allungo una mano verso le patatine. Non sono sicura di quello che faremo per passare il tempo, ma so che non potrei andarmene anche se lo volessi, perché tutti i miei vestiti sono ancora nell'asciugatrice.

«Ti va di vedere la tele?» propone Oliver.

«No.» La risposta mi esce più secca di quanto non volessi. Guardare la tele è una cosa che faccio con Itch. O meglio che *non* faccio con Itch. Ammorbidisco il tono. «Cioè... non è che non abbia un televisore anche a casa.»

«Tennis da tavolo?»

«Il semplice fatto che tu lo chiami tennis da tavolo invece di ping pong mi fa pensare che mi stracceresti.»

«Giocherò con la sinistra» si offre Oliver, e io emetto un gemito. «D'accordo, allora che cosa vuoi fare?» insiste.

Onestamente non lo so. Questo è un territorio nuovo – stare insieme da soli fuori dalla sua auto – anche per il territorio già nuovo che è la mia amicizia con Oliver. Non sono sicura di come gestire questa versione di noi.

Non che siamo un "noi".

Decisamente non lo siamo.

Oliver aspetta e c'è un silenzio imbarazzante che mi ricorda le nostre primissime mattine in macchina. Quando mi trovo con un ragazzo che non sia Itch o Shaun, non so che cosa fare. O forse solo quando mi trovo con un ragazzo che è Oliver Flagg.

«Ci sono!» esclama Oliver. «Salta giù.»

«Come dici?»

«Giù di lì.» Indica lo sgabello con lo schienale su cui sono appollaiata. Gli scocco un'occhiata perplessa, ma faccio come vuole. Lui solleva lo sgabello e lo ruota con lo schienale contro il banco, poi fa lo stesso con quello vicino. Salta sul mio sgabello e picchietta quello alla sua destra. «Qui.»

«Preferisci la vista sul tavolo da ping pong?»

«Fidati di me» mi dice, e – poiché, stranamente, lo faccio – mi arrampico sullo sgabello accanto al suo. «E adesso?»

«Un attimo.» Tira fuori il cellulare e tocca lo schermo. Prima che riesca a capire le sue intenzioni, comincia a suonare un qualche Iggy Pop vecchia scuola. Il *mio* Iggy Pop vecchia scuola.

Oliver posa il telefonino sul banco dietro di noi e si riaccomoda sullo sgabello guardando in avanti. «Guarda.» Indica un punto davanti a noi.

«Il tavolo da ping pong?»

«La strada.»

Allunga le mani per impugnare un volante immaginario e allora capisco: sta facendo finta che siamo nella sua auto, ad ascoltare la nostra playlist, diretti a scuola. Capisce quello che provo, che siamo in un territorio sconosciuto. Forse prova addirittura quello che provo io. Sta cercando di mettermi a mio agio. È davvero gentile e anche davvero...

«Carino» mormoro.

«Ci provo.»

Continuiamo il nostro "viaggio" in silenzio e so che dovrei iniziare io la conversazione, perché lui è quello che ha avuto l'idea eccetera. Mi butto su un argomento che mi sembra tranquillo. «Hai fatto domanda anticipata per il college da qualche parte?»

«In un paio di posti. State e Central.»

«Niente Università del Michigan?» Non appena mi esce dalla bocca, me ne pento. L'Università del Michigan è competitiva. Anche per me, non è affatto una certezza. Oliver borbotta qualcosa fra sé e inclino la testa verso di lui. «Come dici?»

«Sì, anche l'Università del Michigan. Mi hanno appena accettato.»

Riesce a sorprendermi una volta di più.

«Ho fatto domanda solo perché è la vecchia università di mio padre e *bla, bla*» continua. «Non credevo che mi avrebbero preso, e non ho la minima intenzione di andarci.»

«Perché no?» A me sembra che non ci sia neppure da pensarci. Prestigio e football. Se sei Oliver, che cos'è che può non piacerti? «È un'ottima università.»

«È tutta quella pressione sul far parte di un lascito.» Oliver scuote la testa. «Non so neppure ancora che cosa voglio fare. Cominciare in un posto vicino mi sembra molto più sensato. Potrei provare un paio di cose. Sperimentare. Ma mio padre...» Sospira. «Lui dice che se non vado alla Michigan, dovrei espandere i miei orizzonti. Ha già fatto l'elenco – Carnegie Mellon, Università della California del Sud, Chapel Hill – e immagino che dovrei fare come dice lui, sai, considerato che lui si è fatto da solo. Se c'è qualcuno che sa come vivere in modo vincente, è lui. Ma andare così lontano quando ancora non ho deciso...» Devo avere fatto un verso, perché Oliver mi scocca un'occhiata. «Che c'è?»

«Io non *desidero* altro che andare via.»

«Dove?»

«A New York. Magari all'Università di New York o alla Columbia. Al prossimo giro farò domanda da queste parti, ma solo perché è la mamma che vuole.» Vedo Oliver far scivolare le mani a sinistra, sterzando con la nostra auto immaginaria. «Dove siamo?» gli chiedo.

«Appena entrati a Plymouth. All'incrocio mi sono dovuto fermare perché passava un plotone di Harley.»

Ancora una volta sono colpita e sorpresa dal suo vocabolario. «Ehi, tuo padre parlava di quel tuo zio che lavora in banca?»

«Sì, lo zio Alex. Forse avrai visto il suo nome nella teca dei trofei, proprio all'ingresso della scuola.» Scuoto di nuovo la testa e Oliver scoppia a ridere. «Fammi indovinare. Tu quei trofei non li hai mai guardati, giusto?»

«Neppure una volta.»

«È stato un grande quarterback, vent'anni fa.» Il suo sorriso si spegne. «Adesso è direttore di filiale a Ypsilanti. Beve un mucchio di birra. Ha due figli e una moglie. Credo che gli voglia bene, però non sembra mai felice. Glielo vedi scritto in faccia, che pensa di essersi sistemato. Non è quello che voglio io. Non voglio sistemarmi e non voglio che una ragazza debba *sentire* che mi sono sistemato per lei. Mio padre continua a insistere perché faccia questo stage in banca. Vuole che per il colloquio indossi una cravatta marrone perché è un "colore potente". Ha già pensato a tutto, e probabilmente ha ragione, perché lui ha sempre ragione su *tutto*, però...» La sua voce si spegne. «Scusa, lo so che è un po' patetico.»

Non lo trovo patetico. Lo trovo *coraggioso*.

«Devi essere davvero brava ad ascoltare» prosegue Oliver continuando a "guidare" verso la nostra scuola immaginaria.

E visto che mi ha rivelato un mucchio di cose, visto che è stato così coraggioso, prima di parlare di nuovo ci penso attentamente. «Nel caso in cui tu non lo sapessi, ce la farai» mormoro. «Sei un tipo che non si lascia turbare da niente, tutti sono tuoi amici e il mondo è la tua ostrica, perciò ce la farai di sicuro.»

«Grazie» dice Oliver. «Non so se crederti… però grazie.»

«Be', penso che essere visti come una roccia di solidità adolescenziale debba essere bello, soprattutto se consideri che la mia angoscia esistenziale è sotto gli occhi di tutti, ventiquattr'ore su ventiquattro, sette giorni su…»

«Ma di che cosa stai parlando?»

«Della vita. Del college. Di tutto.»

«No, intendevo la tua angoscia esistenziale.» Oliver lascia cadere le mani e si volta a guardarmi.

«Stai attento, ci farai finire in un fosso.»

«Ho accostato.»

«Nella neve?»

«C'era un convenientissimo parcheggio.» Si sporge verso di me. «June, per la cronaca, tu non comunichi niente del genere. Agli occhi di chi ti guarda, sei una persona stabile. Sei la più stabile… Sei, non saprei… un *baluardo* di stabilità.»

«Sei un bugiardo.» So perfettamente che, semmai, assomiglio a una folla di contadini inferociti che se le danno per le strade *fuori* dal baluardo.

«No, non è vero.» Oliver inclina la testa e adesso che siamo così vicini e soli, scorgo di nuovo le linee nerissime che gli circondano le iridi castane e le pupille dilatate mentre mi sbircia e la lievissima spruzzatina di lentiggini sugli zigomi. So – lo so da anni – che Oliver è bellissimo. Lo so perché è popolare e tutte le ragazze lo vogliono e perché ha una macchina di lusso e la giacca della squadra della scuola e i muscoli. Però a me questo genere di ragazzi non è mai piaciuto. A me piacevano i tipi con i capelli arruffati, i ragazzi che suonano la chitarra o che si rifiutano di indossare vestiti di pelle o che non credono in Dio. I ragazzi che non sono *conformisti*. Il genere tutto tradizioni tipo Oliver non mi ha mai detto niente.

Finora.

Ora sono colpita da quanto è attraente, e non solo oggettivamente, ma da quanto è diventato attraente *per me*. È gentile e complicato e interessante. E capisco che anche se Oliver non ha sfidato le aspettative della società, però ha sfidato le mie, e forse questo è mille volte più irresistibile.

E un milione di volte più pericoloso.

Perché io sono già qui, e perché questo momento è labilissimo e fragile. Mi avventuro di un altro passetto nel pericolo. «Hai presente il mio baluardo di presunta stabilità? È circondato da un fossato.»

«E nel fossato che cosa c'è?»

Insicurezza. Dubbi. Paura.

Ma ho già detto troppo. Mi guardo il polso come per controllare l'ora e poi indico il tavolo da ping pong. «Faremo tardi a scuola.»

Oliver mi osserva, i suoi occhi mi scrutano il viso, poi si scosta e si volta a guardare in avanti. «Ripartiamo» dice, e immette di nuovo la nostra auto immaginaria sulla nostra strada immaginaria.

Siamo di nuovo in cucina, a completare il reinfagottamento in modo che Oliver possa accompagnarmi a casa. «Pronta?» mi chiede.

«Quasi.» Mi tiro le maniche della giacca sui polsini dei guanti.

Stiamo andando all'ingresso quando sentiamo Marley chiederci di aspettare un attimo. Corre in cucina e ci vede fermi sotto l'arco. «Oh, bene, June, ci sei ancora. Ho una cosa per tua madre. Aspetta un attimo, d'accordo?» E schizza via prima che possa rispondere.

Guardo Oliver. «Non sarà una macchina per cucire o un paio di fermalibri pesantissimi o qualcosa del genere, vero?»

«In tal caso ve li porterei io, Madame» dice con un (pessimo) accento British e poi si inchina, che immagino voglia essere un gesto galante. Scoppio a ridere, e nel farlo mi cade l'occhio su quello che c'è sopra le nostre teste.

Vischio.

Oliver nota due cose: la mia occhiata e anche il modo in cui la mia risata si interrompe di botto. Comincio a fare un passo indietro, fuori dal campo minato, ma lui mi prende per le braccia e io lo lascio fare. Gli permetto di trattenermi sotto il vischio, di guardarmi negli occhi mentre il mio ragazzo è in Florida e la sua ragazza è…

In realtà non ho idea di dove sia Ainsley.

Oliver deve leggere l'agitazione sulla mia faccia, perché mi fa un sorriso dolcissimo. «Va tutto bene, June.» Si china su di me e mi sfiora la guancia con le labbra. Sono più morbide di quanto pensassi. Più calde. Più dolci.

A un tratto mi rendo conto di avere chiuso gli occhi e li riapro di scatto. Il sorriso di Oliver si trasforma in un sogghigno. «Fregata!» Inarco le sopracciglia con aria interrogativa e lui risponde: «Tradizione».

Ha rigirato la situazione nella nostra playlist. Ha alleggerito l'atmosfera. Ha cambiato il significato del momento.

È la cosa giusta da fare.

«Il vischio è una tradizione culturale americana» lo informo stando al gioco. «Non ha niente a che fare con il liceo.»

«È lo stesso» insiste, e io cedo.

«D'accordo, puoi avere una canzone.»

«Cutting Crew o Heart?» Oliver si picchietta le dita sul mento fingendosi intento a riflettere e io faccio un sospiro esageratamente teatrale. «Sono indeciso. Tu che cosa ne pensi?»

«L'ho trovato!» Marley torna di corsa sventolando un foglio. «È il buono per un massaggio che ho scambiato con tua madre.»

Lo metto in tasca. A quanto pare, anche la mamma di Oliver ha preso queste abitudini zingaresche. «Grazie dell'ospitalità» le dico, e poi seguo Oliver lontano dal vischio, nella neve.

QUINDICI

Ho pensato di parlare alla mamma dei miei dubbi a proposito di Itch, ma lei è così presa a farsi le coccole con Cash che non me la sento di trascinarla di nuovo sulla Terra con i miei problemi. Ecco perché sono seduta nella treporte di Shaun diretta nella tana di Babbo Natale. Per fortuna di Shaun, dopo la tormenta è arrivato un fronte caldo, per cui è riuscito a convincere i suoi a dargli il permesso di visitare il posto che preferisce al mondo: Frankenmuth.

Frankenmuth è a poco più di un'ora a nord di dove stiamo noi e si è autonominata la "Piccola Baviera" del Michigan. È una cittadina crivellata di ponti coperti e villini in legno e locande decorate da torri, orologi e balconi. In questo periodo dell'anno sembra che Natale ci abbia vomitato sopra.

Shaun e io risaliamo Main Street sotto le lucine bianche lampeggianti appese. Su entrambi i lati ci sono negozi che vendono decorazioni, bar che vendono birra di grano e locali che vendono salsicce.

«Dovevamo partire prima» brontola Shaun. «Avremmo potuto partecipare al corso per fare i pretzel.» Si infila in un parcheggio fra una Buick e una carrozza a cavalli (attualmente priva di cavalli). Prima che io abbia il tempo di sganciare la cintura, lui è già sceso dalla macchina e ha fatto il giro per venire ad aprirmi la portiera. Mi prende la mano e mi tira sul marciapiede. «Per cominciare, il più grande negozio natalizio al mondo!»

Qualche minuto dopo stiamo passando in rassegna una fila di bastoncini di plastica ripieni di caramelle. Gli mostro un Santa Claus di ceramica a due piani che incombe sopra di noi. «Se dovesse cadere, saremmo spacciati.»

«Ma almeno moriremmo felici.»

«Parla per te.»

Osserviamo una donna con un grembiule rosso dare la carica a una piccola renna e piazzarla davanti al bambinetto di una cliente. La renna zampetta sul pavimento verso il piccolo, che batte le mani e ride, poi la calpesta. La mamma inorridisce e io scoppio a ridere. Shaun mi trascina oltre un angolo, in modo che non possa vederci.

«Che maleducata!» mi rimprovera.

«E dai, era divertente!»

Le sue labbra fremono. «D'accordo, era divertente. Allora, lo sai che devi scaricarlo, vero?»

«Saltiamo di palo in frasca?»

Mentre venivamo qui ho esposto a Shaun i miei problemi con Itch, ma lui non ha quasi aperto bocca, ha fatto solo un paio di domande prima di mettere su la musica (una musica *decente*!) e poi ha canticchiato per il resto del viaggio. E adesso scopro che in realtà ha riflettuto su quello che gli ho detto.

«Non puoi continuare a uscire con qualcuno che non ti piace più» mi dice. «È una ricetta sicura per la tragedia.»

«Non è che *non mi piaccia*. È che non mi piace più come mi piaceva prima. O forse non mi piace nello stesso modo in cui io piaccio a lui. O nella stessa misura. O...» Taccio, perché so che Shaun ha ragione. «Devo proprio rompere con lui, vero?»

Annuisce. «Sì.»

«Sì.» Prendo una decorazione di vetro rosso e mi vedo, piccola e smarrita e confusa, riflessa nella sua superficie lucente.

«Ehi, June? C'è qualcun altro?» Shaun mi sta guardando fisso.

Ovviamente il mio pensiero corre a Oliver, perché – ma guarda che scema – sono stata con lui un paio di giorni fa e c'è stata tutta quella cosa del vischio e della macchina immaginaria e della cioccolata calda. È solo perché è l'unico ragazzo con cui passo del tempo oltre a Shaun e a Itch. È solo perché mi accompagna tutti i giorni a scuola e sentiamo musica insieme e facciamo discussioni filosofiche insieme. È solo perché, obiettivamente, lui è un tipo attraente. È per questo, ecco tutto.

«No, nessun altro» rispondo.

Shaun mi osserva prima di prendere un pupazzetto di Mamma Natale e farselo scorrere sulla mano. Mamma Natale inclina la testa verso di me e ballonzola su e giù. «Era quello che pensavo» dice con una voce buffa molto simile a quella di Shaun.

Due giorni dopo la faccio finita.

«Perché?» mi chiede Itch.

Siamo di nuovo a Cherry Hill Park, ma questa volta io sono la sola a sedere sull'altalena, le mani strette attorno alle catene di metallo e gli stivali che scivolano sulla lastra di ghiaccio sotto di me. Itch mi sta di fronte con le braccia conserte. Ha gli occhi duri e arrabbiati.

«Mi dispiace, non c'è nessun altro, e non c'entri neppure tu.»

«Oh, grazie tante.»

«Forse è perché siamo a metà anno e all'orizzonte si profila la vita vera, non lo so. Qualunque cosa sia, non funzioniamo più.» Aspetto, ma lui non risponde, perciò mi alzo. Ho le dita anchilosate, gelate per il freddo della catena e la tensione nel corpo. Scuoto le mani e le sfrego tra loro, poi faccio un passo verso Itch. Guardo le sue iridi nocciola e mi ricordo che una volta pensavo che sembrasse sognare a occhi aperti, e che quando gli toccavo il ciuffo di capelli quasi ricci sentivo un gran calore dentro. Ora non più.

«Perché, tu credi che funzioniamo?» gli chiedo. Abbassa lo sguardo e sfrega il suolo con la punta della scarpa da ginnastica. «Adam, sei davvero felice quando sei con me?»

Forse è perché ho usato il suo nome, o forse è la domanda in sé a suscitare una reazione. Itch scuote la testa e fa un passo indietro. Mette spazio fra di noi, mi guarda da una distanza che potrebbero essere acri e acri di terreno. «Lo sai che cos'è che fa schifo?»

«Il tempismo. Lo so, mi dispiace.» E mi dispiace davvero. «Non volevo fare questa conversazione domani a scuola. Ho pensato che potevamo…»

«No, June. Il tuo tempismo va bene. Anzi, è perfetto. Non poteva essere migliore.» Socchiude gli occhi. «Quello che fa schifo è che mi hai costretto a fare tutta la strada fino a casa tua per passare a prenderti e a salutare tua madre e poi a venire in questo parco in modo che potessi avere il piacere di scegliere il palcoscenico per la nostra rottura. Questo è davvero uno schifo di portata epica.»

Non credo alle mie orecchie, sono scioccata. «Mi dispiace» riesco finalmente a dire. «Sei ferito, lo capisco. Io…»

«Non sono ferito, June. Sono *incazzato*. Il tuo tempismo non fa schifo. Sei *tu* che fai schifo. Devi crescere, prendere la patente e…» Si ferma e scuote di nuovo la testa. Si passa le dita fra i capelli, quei capelli arruffati che non ho più il diritto di toccare, e a un tratto mi chiedo se c'è una possibilità che questo sia solo un terribile errore, solo un lampo di stupida insicurezza adolescenziale o voglia di dramma. Gli tendo una mano, ma lui si ritrae.

«Lascia stare, ormai è fatta.»

Questa mattina, mentre mi preparavo quello che avrei detto per rompere con il mio ragazzo, non ho pensato che avrei potuto essere io a scoppiare a piangere, che sarei stata io quella a sciogliermi in lacrime davanti a lui.

E invece eccomi qui.

«Chiamerò mia madre» gli dico fra un singhiozzo e l'altro. «Non c'è bisogno che mi riaccompagni a casa.»

Itch mi fulmina con lo sguardo. «Non ti lascio di certo qua da sola all'aperto in pieno inverno. Non sono mica uno stronzo.» Mi indica il punto in cui ha parcheggiato, quando pensava che fossimo venuti per una seduta di sbaciucchiamento, prima che sapesse che lo stavo scaricando. «Sali in macchina, June.»

E così faccio.

SEDICI

Sento il clacson di Oliver fuori casa mentre mi sto infilando gli stivali. «Un attimo!» urlo nella sua direzione anche se attraverso la porta non può sentirmi.

Quando esco in veranda, lo trovo lì, ad aspettarmi. «Ehilà?» gli dico a mo' di domanda, e rimango scioccata quando la risposta mi arriva sotto forma di un enorme abbraccio che mi solleva da terra. «Ma che stai facendo?» strillo mentre lui mi posa di nuovo giù e comincia a correre verso il bestione.

«Sono passato a prenderti!» mi urla. «L'hai capita? A *prenderti*!»

«Ma è tremenda!» Lo seguo nel vialetto cercando di non pensare al modo in cui, quando mi ha sollevata, dentro di me si è acceso qualcosa. «Non è un gioco di parole, e neppure una battuta.» Arrivo alla macchina e mi ci arrampico dentro. «Non posso credere che tu sia così entusiasta di ricominciare la scuola.»

«Sono un uomo dall'emozione facile.»

«Sei un ragazzo dalla ridicolaggine titanica» lo correggo mentre imbocchiamo Callaway Lane.

La cosa che temo non salta fuori finché non siamo a metà strada.

«Com'è andata la fine delle vacanze?» mi chiede. «Ti sei vista con Itch?»

«Bene. Sì, ci siamo visti ieri.»

Non riesco a individuare esattamente il motivo per cui non sono pronta a raccontare a Oliver cos'è successo, anche se so che in parte è perché mi vergogno. Mi sento in colpa perché ho fatto arrabbiare Itch e detesto il modo in cui ha acceso un faro gigantesco sulle parti più brutte di me.

Ma non è solo per questo.

Nell'idea di parlare a Oliver di Itch – di fargli sapere che sono single – c'è qualcosa che mi rende... nervosa. È una cosa troppo intima. Rivela troppo di me. Mi lascia ferita e aperta. Mi rende disponibile.

Fa di me un'opzione.

E così cambio argomento. «Voi ragazzi avete tirato fuori un nuovo progetto orrendo per la vostra stupida goliardata?»

«Be', visto che lo chiedi con tanta cortesia, in effetti sì. L'ultimo giorno prima delle vacanze di primavera copriremo le auto dei professori di becchime.»

«No.»

«Forse non hai afferrato.» Oliver comincia ad articolare la frase in maniera più lenta e marcata. «Metteremo il becchime al mattino, e per quando suonerà l'ultima campanella, tutte le loro auto saranno ricoperte di cacca.»

«Oh, avevo capito benissimo» gli assicuro. «È solo che continuo a trovarlo idiota.»

«Theo lo trova geniale.»

«Credo che abbiamo già assodato quello che penso di Theo.» Gli punto un dito contro. «Quella quantità di cacca di uccello farà dei danni enormi alla vernice delle macchine. Ma avete un'idea della miseria che guadagna un professore?»

«Con te non riesco mai a vincere, lo sai, vero, Rafferty?» ride malinconico Oliver.

Esco dall'aula di scienze ambientali e automaticamente svolto verso la tromba delle scale, ma faccio solo un paio di passi prima di ricordarmi che non devo andarci più.

È strano, e anche un po' triste.

So che probabilmente Oliver è ancora a scienze domestiche e potrei passare a salutarlo o stare con lui a ricreazione, invece supero l'aula della professoressa Alhambra camminando in fretta, a testa bassa.

Potrei andare a fisica in anticipo, ma a quel punto al loro arrivo Oliver e Ainsley mi troverebbero seduta al mio posto, e l'idea di cercare di fare conversazione evitando allo stesso tempo di parlare di Itch mi dà un senso di stanchezza. Così questa volta vado davvero nella tromba delle scale, perché immagino che sia l'ultimo posto in cui ci troverò il mio ex ragazzo. Mi metto in un angolo e ignoro tutti gli altri che mi passano davanti per andare di sopra o di sotto. Non voglio vedere Itch e non voglio vedere Oliver. Non voglio neppure vedere Shaun, perché lui mi chiederà com'è andata, e allora dovrò rivivere la rottura raccontandogliela. C'è solo una persona con cui voglio parlare in questo momento, ma lui ha un orario del tutto diverso dal mio. Scrivo comunque un SMS, non si sa mai…

ehi, ci sei?

…e lui mi risponde all'istante.

sì, sto andando al lavoro. che c'è?

Itch e io abbiamo rotto

tu come stai?

Esito prima di rispondere, ma poi decido di dire la verità.

triste

C'è una pausa, poi sul mio schermo appare la risposta:

mi spiace, tesoro. Se non vede quanto sei bella è uno sciocco. Sei la ragazza migliore al mondo. Nessun dubbio.

Potrei chiarire. Potrei spiegargli che sono stata io a rompere, che sono triste solo perché è finito qualcosa, perché cambiare è difficile, perché cambiare fa paura. Non c'è bisogno che il mio cuore si spezzi per soffrire.

Ma è tutto troppo complicato, perciò digito solo due parole:

grz, papà

Pranzo in biblioteca. Non si dovrebbe portare cibo lì, perché hanno paura che facciamo cadere la pizza sui libri o cose del genere, ma mi acquatto in una postazione e nascondo il panino dietro una rivista.

Non mi disturba nessuno.

Quando Darbs arriva a spagnolo, viene dritta verso la mia seggiola e mi pungola la spalla. «Primo giorno dopo le vacanze e pranzi già con le ragazze pon pon?»

«No, ho mangiato in biblioteca.»

«Ma è vietato.»

«E da quando segui le regole?»

«Io non lo faccio mai, ma tu sì. Che succede?» Si lascia cadere sulla sedia vicino alla mia, ignorando lo sbuffo seccato di Zoe Smith, che stava per sedercisi lei.

«Itch e io abbiamo rotto.»

Darbs annuisce in un modo che penso voglia sottintendere una saggezza infinita. «Ora si spiega tutto.»

«Perché? A pranzo ha detto qualcosa?»

«Non abbiamo visto neppure lui. Perché lo hai fatto?»

«Perché dai per scontato che sia stata io a scaricare lui e non il contrario?»

«E dai, June.» Darbs inclina la testa per osservarmi meglio. «Per un ragazzo noioso come Itch, tutte quelle scemenze da fighi – pranzare con gli atleti e sentirti parlare di partite di football – erano uno sforzo enorme. Si stava facendo in quattro per cercare di renderti felice.» La guardo incredula e lei mi rivolge un sorriso affettuoso. «Però è un po' che non lo eri più.» Annuisco e lei si sporge sul banco per abbracciarmi. «Va tutto bene, Junie. Cambiare sentimenti non fa di te una persona cattiva.»

Sento un groppo salirmi in gola e lo mando giù. «E tu come stai?» le chiedo, in modo da smettere di parlare di Itch. «Novità sul fronte Yana?»

«No, però durante le vacanze me la sono fatta con Ethan Erickson.» Rischio di strozzarmi con la gomma da masticare. Darbs mi dà una pacca sulla schiena e dopo un attimo la tosse si trasforma in risata. «Che cosa c'è di così divertente?» mi chiede quando è chiaro che non morirò.

«Che io me la sono fatta con Ethan Erickson durante le vacanze estive.»

Mi fissa incredula e poi anche lei scoppia a ridere. Quando suona la campanella, stiamo ancora ridendo così tanto che la professoressa Fairchild ci scocca un'occhiataccia dalla cattedra e si rifiuta di cominciare la lezione finché non ci siamo date una calmata.

«Come hai passato il fine settimana?» chiede Oliver dopo che mi sono messa la cintura e stiamo entrando in strada.

«Benissimo. Sono stata a sentire una band punk in un magazzino di Ypsilanti. Nel prezzo del biglietto era incluso un download gratis, perciò non temere: li sentirai all'infinito non appena ti avrò provato una volta di più che ho ragione io e che tu hai torto marcio.»

«Sono fracassoni e gridano?»

«Non hai idea quanto.»

«Tremendo. E con chi sei andata? Con Itch?»

Oh, giusto.

È stata una settimana strapiena, una settimana in cui Itch mi ha evitata come il ballo, e in cui non ho ancora detto a Oliver che Itch e io abbiamo rotto. Solo che ormai non sembra più importante. O perlomeno, non finché Oliver non ne accenna, e allora mi ricordo che pensa che stiamo ancora insieme.

Merda.

«No, è stata una serata fra ragazze. Solo Lily, Darbs e me.»

Mi guarda sorpreso. «A Lily piace il punk?»

«Lily sopporta il punk. In compenso, adora i ragazzi punk.»

«Non lo avrei mai immaginato» risponde lui scuotendo la testa. «Le persone sono sempre una sorpresa.»

«Davvero.»

Il giorno dopo decido di agire. Perlomeno in un settore della mia vita.

Esco in fretta da storia al suono della campanella e in un modo o nell'altro riesco ad arrivare al primo piano dell'edificio vicino mentre Itch sta uscendo dalla lezione della professoressa Jackson.

«Ciao» lo saluto.

«Ciao.» Non si ferma, così devo girare su me stessa e correre per stargli dietro.

«Rallenta, per piacere.» Itch lo fa, ma non di molto, perciò lo prendo per una manica. «In realtà non potresti proprio fermarti? Sono venuta qui di corsa e mi serve solo un secondo per riprendere fiato.»

Si blocca e si scrolla di dosso la mia mano. «Che cosa vuoi, June?»

«Non deve essere così. Questa cosa che ci evitiamo e mettiamo in imbarazzo tutti gli altri.»

«Tutti gli altri stanno benissimo.»

«Io non sto bene. Mi manchi.» L'espressione di Itch non cambia, però le sue spalle si irrigidiscono mentre il resto rimane immobile. «Mi manchi come amico» specifico.

Dalla bocca gli esce uno sbuffo d'aria e serra le labbra. «Il fatto è che di amici ne ho già.»

«Davvero? Perché credevo che avessimo gli stessi amici, e a

quanto pare neppure loro ti vedono più. Voglio dire solo: torna a pranzare con noi. Siamo tutte persone mature. Non siamo cretini incapaci di gestire un cambiamento nelle nostre dinamiche interpersonali.» Gli do un colpetto sul braccio. «E poi, credo che anche loro sentano la tua mancanza.»

Itch mi squadra per un lungo istante. «Era una bugia? Quando hai detto che non c'è nessun altro. Era una bugia?»

«No» rispondo subito. «Non era una bugia. Sono single al cento per cento e non prevedo che la situazione cambi nel prossimo futuro.»

«D'accordo.» Itch si incammina per il corridoio.

Rimango a guardarlo per un secondo prima di gridargli dietro. «Aspetta, Itch, fermati!» Lui non lo fa, così mi trovo di nuovo a rincorrerlo. Questa volta riesco a tenere il suo passo, anche se "tenere il passo" è una definizione un po' imprecisa, visto che per ognuno dei suoi, io devo farne due. «Dove stai andando?»

«In mensa. Probabilmente i nostri amici sono già là.»

Mi blocco e poi devo correre per riprenderlo di nuovo. «Hai ragione. Probabilmente sono già là.»

Ci andiamo insieme.

DICIASSETTE

«D'accordo, allora senti questa.» Oliver sta entrando in autostrada. «Sale da cucina.»

«Sale da cucina» ripeto.

«Lo useremo per scrivere l'anno del nostro corso a caratteri cubitali sul campo da football.» Solleva una mano davanti alla mia faccia. «Fammi finire prima di metterti a strepitare.» Visto che, in effetti, sto proprio per mettermi a strepitare, l'unica cosa che posso fare è chiudere il becco. «All'inizio non lo capirà nessuno. Il campo avrà esattamente lo stesso aspetto di sempre, ma poi lentamente il sale avvizzirà l'erba e a poco a poco compariranno i numeri. Come per magia.»

«Magia.»

«Magia!» Oliver mima una pioggia di scintille con le mani, come se mi stesse rivelando un trucco delle carte. «Ma soprattutto, niente animali!»

Rido perché è troppo sciocco, ma ovviamente continuo a non approvare. Però faccio finta di pensarci su. «In effetti sembrerebbe uno scherzo sensato, perché in realtà non fate del male a nessuno.»

«Esatto! Solo all'erba!»

«E prima o poi l'erba ricrescerà, giusto? Non è che abbia bisogno di rimanere sempre sul prato.»

Oliver fa un sorriso trionfante. «Finalmente qualcosa che l'implacabile June Rafferty approva.»

«Sì» annuisco, continuando a fingere. «Cioè, insomma, in fondo è solo un campo da football. È solo il *palcoscenico* su cui si svolgono miriadi di drammi liceali che svaniranno nell'oscurità non appena noi non ci saremo più… un po' come l'erba sotto il vostro sale.»

Oliver si smonta. «Quindi in realtà non approvi, giusto?»

«No.»

«E metterai una canzone nuova.»

«Sì.»

«Sei pessima.»

«Sentirai ancora un mucchio di Clash.»

«Benissimo. Dovremo trovarne un'altra.»

Ho quasi finito il panino quando lo chiedo. «Dov'è Itch?» È una domanda ragionevole, dal momento che nelle ultime settimane aveva sempre pranzato con noi.

La lattina di Darbs si ferma a metà strada fra il tavolo e la sua bocca. «Non lo so.» Il suo sguardo si posa su Lily.

«Che c'è?» chiedo. «Lily, vi ho viste. Che cos'era quello? Eh?»

«Calmati» mi dice Darbs. «Ieri non c'eri. Eri di nuovo con le cheerleader. Itch può fare altrettanto. Può pranzare da qualche altra parte.»

Mi guardo attorno. Non lo vedo seduto a nessun tavolo. «E dove altro può essere?»

È Lily a dirmelo. «Pranza nell'aula di disegno.»

«Nell'aula di disegno? Ma lui non fa arte! È di nuovo in imbarazzo a stare con me? Andava tutto bene. Non *sembrava* anche a voi che andasse tutto bene... *Che c'è?*»

«Non credo che c'entri tu» spiega Darbs con tono eccessivamente gentile.

«Ma certo che sì. Perché altrimenti pranzerebbe nell'aula di disegno?»

«Perché è lì che pranza Zoe» mi spiega Lily.

«Zoe Smith? Ma che cosa c'entra Zoe Smith con... oh!» Finalmente collego i neuroni. «A Itch piace Zoe.»

«E a Zoe piace lui» interviene servizievole Darbs, e Lily le dà di gomito. «Che c'è?»

«Non c'è problema» dico. «Davvero, non c'è nessunissimo problema.»

Ed è davvero così. O perlomeno, dovrebbe essere così. Come ho detto a Oliver, tutte queste cose non contano un bel niente. Nel grande schema della vita, Itch è solo un tipo con cui sono uscita per un po' al liceo. Uno scossone nella strada.

Eppure dà un fastidio tremendo, quando il tuo scossone trova un altro scossone subito dopo che la strada è stata riasfaltata.

O quello che è.

♫

«Che cosa fai per San Valentino?» mi chiede Oliver.

«Niente» rispondo automaticamente, perché sono occupata a cercare di aggiungere la mia ultima vittoria alla nostra playlist. (Merito del post di un blog in cui si dice che il conformismo degli adolescenti è una delle cause del mancato successo nella vita!)

«Non pensi perlomeno di fargli dei biscotti o qualcosa così?»

Oh, cavoli. Sta parlando di Itch. Non gli ho ancora detto che ho rotto con lui, e più tardi lo farò, più sarà imbarazzante parlarne.

«Oh, sì. Forse. Biscotti. Ottimo.» *Merda merda merda.* «E voi che fate?»

«Speravo che tu mi suggerissi un'idea brillante. Magari qualcosa di unico.»

«Fiori?»

«Sarò anche scemo, ma avevo pensato che magari tu, con quel tuo cervello geniale, potessi suggerirmi qualcosa di un po' più originale dei fiori.»

«Biscotti a forma di fiore?»

«Fai schifo» dice Oliver, però ride.

Io invece no. Sono seccata. E tanto. E la cosa peggiore non è che sto portando avanti questa stupida bugia per omissione. È che non ho voglia di farmi venire in mente un regalo sdolcinato che l'Oliver sdolcinato possa dare alla Ainsley sdolcinata per il giorno di San Valentino. Maledizione.

Devo proprio farmi una vita.

♫

Più tardi ne parlo con Darbs. «Tu fai qualcosa per San Valentino? Nel senso, con Ethan?»

«Ma che schifo, no!» Rovista fra i pacchi di fogli ammassati nel suo armadietto.

«Eh, non saprei. In fondo tu credi che quello stupido *ballo* di fine anno sia romantico.»

«Sì, perché puoi contrabbandare birra. Cavarci un *appuntamento*. San Valentino non è neppure una festa vera. È una cosa inventata da quelli che vendono biglietti d'auguri.»

Non ha tutti i torti.

A un tratto in mezzo a noi c'è Theo, appoggiato agli armadietti, che guarda Darbs dall'alto in basso. «Ho un documento falso. Posso procurarti la birra per San Valentino.»

Darbs lo squadra. «In cambio di cosa?»

«Un pompino.»

No, davvero, una bomba nucleare è più delicata di lui.

«Preferirei ficcarmi in un calderone di olio bollente» ribatte Darbs. «Oppure morire per migliaia di feritine strofinate con il sale.»

«Perché no?» dice indicando me. «Lei lo fa tutti i giorni in macchina.»

«Non è vero!» esplodo, furiosa e mortificata. «E tu hai idea di che epico stronzo sei?»

«Come ti pare.» Theo rimane concentrato su Darbs. «E dai,

tanto a te vanno bene tutti. Maschi, femmine. Chiunque è il tuo tipo. Non vedo dove sia il problema..»

Darbs e io lo fulminiamo. «In realtà ho un tipo solo» gli spiega. «Umano. E tu non rientri nella categoria.»

Sbatte lo sportello dell'armadietto e si incammina. Faccio per seguirla ma Theo mi afferra per la spalla. «Hafferty.»

Mi divincolo. «Che vuoi?»

«Smettila di ammosciarmi di continuo.»

Scoppio in una gran risata. «Potrei anche srotolarti un tappeto rosso e Darbs continuerebbe a dire di no.»

«Non parlo di *lei*. Mi riferisco a Oliver.»

Per un attimo mi chiedo se gli abbia dato di volta il cervello. «Ma di che cosa stai parlando?»

«È solo erba!» Mi guarda seccato. «Ma ovvio che tu dica di no, perché tu sei una patetica sfigata e lui *ti dà retta*. Dacci un taglio, tanto non ci crede nessuno al tuo atteggiamento da "io sono figa". Lascia ci divertire un po'.» Mi guarda in cagnesco, poi se ne va.

Forse dovrei essere seccata per quello che mi ha detto, e invece mi concentro sulla parte che è sembrata un complimento. Perché è una bella cosa: mi ha ricordato che Oliver mi dà retta.

Il giorno dopo sono a fisica. L'ora è iniziata da dieci minuti e Oliver non si è ancora fatto vivo. Non starei a pensarci troppo, se non che stamattina mi ha accompagnato a scuola e non ha detto che avrebbe saltato la lezione. E poi Ainsley si è fermata al mio banco per chiedermi se lo avessi visto.

Non so che cosa pensare.

Sto prendendo appunti sul momento di inerzia quando un ragazzo più piccolo apre la porta con fare esitante. Mentre va alla cattedra, mi rendo conto del perché lo conosco: è il giocatore più piccolo della squadra di football, quello che a inizio anno – per un breve momento – grazie a Theo Nizzola ha esibito sulla testa la sagoma di un pene con testicoli.

Dice piano qualcosa alla professoressa e poi mi guardano. La prof mi fa segno con il dito di venire alla cattedra e io obbedisco, sapendo che il resto della classe si sta chiedendo che cos'ho combinato. «Devi andare in segreteria» mi dice.

«Perché?»

Il ragazzo si stringe nelle spalle. «Hanno bisogno dei tuoi dati. Credo che si siano corrotti dei file nel computer o qualcosa del genere.»

«Grazie» gli dico, e lui annuisce e se ne va.

«Devo prendere la mia roba?» chiedo alla professoressa, ma lei è già alla lavagna a scrivere qualcosa sugli integrali tripli nel suo corsivo tondo e inclinato, perciò decido da sola e raccatto tutto. Meglio prevenire che curare. Esco, badando a chiudermi la porta alle spalle, e quando mi volto per attraversare il corridoio…

Oliver è lì davanti a me.

Sobbalzo. «Ma che cavolo!» esclamo, e poi mi ricordo che

siamo subito fuori da un'aula. Abbasso la voce e sussurro: «Ma tu che cosa ci fai qui?» Lui fa per rispondere, ma non gliene lascio il tempo. «No, fa lo stesso, me lo dici dopo, adesso devo andare in segreteria.»

«No, non è vero.»

«E invece sì. È venuto uno e ha detto che…»

«Sono stato io. Lo ha fatto perché gliel'ho chiesto io. La segreteria non ha bisogno di te.»

Lo guardo a bocca aperta. «Ma sei davvero il Re della scuola.»

Lui però non sembra divertito. Anzi, sembra arrabbiato. «Ho appena fatto una cosa che potrebbe sorprenderti. Ti do tre possibilità di indovinare. Spara.»

Questa è la cosa più bizzarra che potesse capitarmi: Oliver che mi fa uscire di classe per mettersi a farmi indovinelli stizziti in corridoio. Dal momento che non ho la più pallida idea di che cosa potrebbe avere fatto, butto lì una battuta. «Hai preso una A in scienze domestiche grazie a una nuova ricetta?»

«Sbagliato. E anche i tuoi due prossimi tentativi falliranno, perciò taglio corto e te lo dico io: ho dato un pugno in faccia a Itch.»

«*Che cosa???*» Il mio zaino cade per terra. «E perché?»

«Be', ascolta, è davvero buffo, in realtà.»

«Ne dubito davvero.» Ora sono seccata pure io. Ma che razza di scimmione è per andarsene in giro a menare la gente?

«Stavo andando al mio armadietto per prendere il libro di

fisica, pensando agli affari miei, quando indovina un po' chi ho visto nella tromba delle scale?»

«Credo che abbiamo già assodato che i miei tentativi di indovinare non ti interessano» ringhio con i pugni piantati nei fianchi.

«Ottima osservazione. Ho visto Adam "Itch" Markovich arrivare in prima base con Zoe Smith.»

Mi ci vuole un secondo per mettere insieme i pezzi. Il mio ex ragazzo che limona con la sua nuova ragazza nel posto in cui lo facevamo noi. Davvero di cattivo gusto. Ma perché Oliver…

Oh.

Oh, *merda*.

Senza che io lo voglia, le mani mi salgono alla faccia per tapparmi la bocca. «Oliver, io…»

«Ero furioso» continua lui. «Furioso per conto della mia ottima amica June Rafferty, una delle mie migliori amiche, quella con cui ho fatto la promessa solenne di dire sempre la verità, quella che non voglio vedere ferita. Ecco perché ho seguito Itch in aula studio e gli ho dato un pugno in faccia. Perché aveva tradito la mia ottima, la mia *onestissima* amica.»

«Oliver…» ritento, solo che dopo che ho detto il suo nome non so più come continuare. Non riesco più a trovare le parole.

«Itch era un po' confuso sul perché lo avessi picchiato. Non ha cercato di restituirmi il pugno e neppure di difendersi.»

«Che cos'è successo?» bisbiglio dietro le dita.

«Mi ha detto: "Amico, ma che cavolo ti prende?" Poi si è

asciugato il sangue dalla bocca con un'aria un po' sciocca-ta. E allora ho capito che era *veramente* scioccato. Così gli ho spiegato perché avessi sentito il bisogno di difendere il tuo onore.»

«Mi dispiace tanto.» Non c'è nient'altro da dire.

«E così ho scoperto che non c'è nessun onore da difende-re, che tu e Itch avete rotto, che avete rotto da settimane e che non ti è mai passato per la testa di dirmelo anche se ci vedia-mo tutte le mattine. Anche se solo ieri – *ieri* – ti ho chiesto che cos'avreste fatto per San Valentino, e invece di dirmi la verità hai fatto finta di stare ancora insieme con lui.»

«Oliver.» Faccio un passo avanti, ma lui si ritrae.

«Non farlo» mi dice. «Non puoi migliorare la situazione con paroloni altisonanti o discorsi fioriti. Forse credi che io sia solo un grosso e stupido giocatore di football che se ne va sempre in giro a tirare pugni alla gente...»

«Non lo penso, te lo giuro!»

«...ma per la cronaca, non ho mai colpito nessuno al di fuo-ri del campo di football. E ora, per colpa tua, sono uno che prende a pugni la gente.» Mi fulmina con lo sguardo e quello che gli ho fatto, la sua rabbia, mi spaventano. «Ti ringrazio, June, ti ringrazio tanto.»

Dopo di che gira sui tacchi e se ne va. Resto a guardarlo e la paura sboccia, cresce dentro di me. Non temo che mi fac-cia del male... al contrario, ho il terrore di avere fatto io male a lui, così tanto da lasciargli per sempre una cicatrice.

Invece di tornare in classe, vado ad aspettare in aula studio finché suona la campanella e tutti escono. Quando Itch mi vede, si volta e se ne va nella direzione opposta, perciò devo correre per raggiungerlo.

«Itch, per favore.» Sto praticamente facendo jogging al suo fianco. «Mi dispiace per il pugno di Oliver.»

Si ferma di botto e mi guarda attentamente. «C'è già Oliver che è triste perché Oliver mi ha dato un pugno. Oliver me lo avrà ripetuto cento volte, e poi Oliver ha insistito per comprarmi diverse lattine fredde da applicare sul punto in cui il pugno di Oliver mi ha centrato sulla bocca.»

Osservo il labbro inferiore di Itch. È gonfio, ma non è grave. Mi sento un filino meglio. Dopotutto, ho visto Oliver lanciare una palla. Ha un braccio da far paura. Non è possibile che abbia messo in quel pugno tutta la sua forza.

«Perché non glielo hai detto?» mi chiede Itch. «Perché hai fatto finta che stessimo ancora insieme? Sei tu che hai rotto con me, perciò che cavolo di problema hai?»

«Non lo so» rispondo. Ed è vero al cento per cento.

Mi guarda per un po' senza parlare e, alla fine, dice: «In realtà non me ne frega niente di quale sia il tuo problema. Perché qualsiasi sia non è un mio problema. Non più».

E per la seconda volta in un giorno, resto sola in corridoio mentre un ragazzo mi pianta in asso.

DICIOTTO

L'indomani mattina mi preparo ad affrontare la giornata consolandomi con il biglietto dolcissimo con cui mio padre aveva accompagnato i fiori per il mio compleanno. Cerco di convincermi che sono una persona come si deve. Ecco perché tengo quel biglietto sulla bacheca in camera mia: proprio per emergenze come questa.

Ma non serve granché.

Invece, dal momento che Oliver – *lui sì* – è una persona come si deve, si presenta fuori di casa mia come tutti gli altri giorni di scuola.

«Non sapevo se saresti venuto» mormoro non appena salgo a bordo del bestione.

«Io mantengo sempre le mie promesse» risponde entrando in strada a marcia indietro. Apprezzo che non abbia aggiunto le parole: «A differenza tua». Però continua a non guardarmi.

«Mi dispiace» gli dico.

«Lo so.»

«Che cosa posso fare?»

Per un po' Oliver non parla e, alla fine, dice: «Potresti spiegarmi perché».

«È il liceo, ricordi? La gente sa quando stai con qualcuno e sa quando vi lasciate.»

«Di solito gli amici lo sanno *prima* che diventi di dominio pubblico» ribatte. «Gli amici se lo dicono, quando nella loro vita succede qualcosa di importante. Credevo...»

Si interrompe e io completo la frase per lui. «Pensavi che fossimo amici.» Oliver annuisce. «E lo siamo» gli dico.

I campi innevati ci corrono al fianco in silenzio. La superstrada arriva in silenzio. Main Street non è altro che un silenzio doloroso e vuoto. Non riesco a pensare al modo giusto di spezzarlo, di aggiustare le cose. Tutte le frasi che mi scrivo nella mente sembrano piatte e stereotipate. Tutte scuse, nient'altro che scuse. Che non hanno il minimo senso, perché...

Perché sono io a non avere senso.

Ecco che cosa capisco mentre arriviamo a scuola: che io, June Rafferty, non ho il minimo senso. E così è questo che dico a Oliver.

Al mio amico Oliver.

Quando parcheggia, gli metto una mano sul braccio. «Aspetta.»

Lui finisce la manovra, ma non spegne il motore. Continua a tenere lo sguardo fisso davanti a sé oltre il parabrezza e fa quello che gli ho chiesto. Aspetta.

«Non c'è stata nessuna *ragione*. Itch non ha fatto niente di male. È stato esattamente quello che è sempre stato. È solo che io...» Mi interrompo mentre il senso di colpa mi investe e mi sommerge di nuovo. «Non mi piaceva più. Non in quel modo. È passato tutto, è finito e, per quanto mi sia sforzata, non è tornato.» Ora che do voce alla mia confusione, le parole mi escono fuori dalla bocca più in fretta. «Odio quello che ho fatto a Itch, ma sarebbe stato peggio se fossi andata avanti, se avessi continuato a mettere un piede davanti all'altro, andando avanti nella stessa direzione mentre tutto quello che volevo era saltare su una strada diversa e...»

«Quale strada?» Oliver si volta a guardarmi. Il sole del mattino brilla dietro di lui, avvolgendo i suoi capelli biondissimi in un alone, e di colpo mi ritrovo di nuovo senza parole. Lui si china su di me, mi guarda dritta negli occhi. «Qual era questa strada diversa su cui volevi saltare?»

Deglutisco. «Io non... Sapevo solo che quella su cui stavo viaggiando era sbagliata.»

Oliver rimane a guardarmi per un momento lunghissimo. Sento un'ondata di calore e finalmente si ritrae e si appoggia al finestrino. «Hai fatto la cosa giusta.»

«Davvero?»

«Non la parte in cui non mi hai detto niente, quella è stata una schifezza. Parlavo di rompere con Itch.» Toglie la chiave dal quadro e si gira per recuperare lo zaino dal pavimento dietro di lui. «Sarebbe stato peggio rimanere con qualcuno per comodità o perché siamo a metà dell'ultimo anno o qualcosa del genere. Sarebbe stato peggio.» Prima che possa rispondere, apre la portiera e scende. «Perciò sei perdonata. Ma d'ora in poi...»

«Niente segreti» lo interrompo. «Te lo prometto.»

«Bene» dice Oliver, e sbatte lo sportello.

Quando vado al mio armadietto per sostituire un libro di scienze con un altro, ci trovo davanti Ainsley. Ha gli occhi extra luccicanti sullo sfondo dell'incarnato scuro. «Ciao!» mi dice cingendomi con un braccio. «Sei al centro di un dramma davvero epico. Ma che cos'è successo fra te e Itch? Ti ha tradita con Zoe?»

Oh, Signore! E adesso mi tocca anche questa.

«Chi te lo ha detto?» le chiedo per prendere tempo mentre ruoto la combinazione del lucchetto.

«Un mucchio di gente.»

«Be', si sbagliano.» Mi scosto per poter aprire l'anta e butto dentro il testo di scienze ambientali. «Itch non mi ha tradita. Ho rotto con lui e poi lui ha cominciato a uscire con Zoe. È tutto perfettamente a posto, non è un problema. È stato solo un malinteso. Oliver non avrebbe dovuto prenderlo a pugni.»

Mi volto e vedo Ainsley con un'espressione stupefatta. I suoi occhi non mollano i miei e le sopracciglia si avvicinano lentamente una all'altra. «Che cosa?»

Ops.

Io non ho detto a Oliver che avevo rotto con Itch, e lui non ha detto ad Ainsley che gli ha dato un pugno. Lei ha saputo della rottura da qualcun altro (o meglio, da un mucchio di altri), però non le era ancora arrivata voce che il suo ragazzo aveva preso a botte il mio ex, probabilmente perché come cavolo fai a spiegare una cosa del genere?

A un tratto la situazione si è fatta davvero imbarazzante.

«Oliver *ha dato un pugno* a Itch?»

«*Ehm...* sì?» Mi esce dalla bocca come se fosse una domanda. «Oliver lo ha visto baciare Zoe e ha pensato che mi stesse tradendo. Da quanto dici, pare che non fosse l'unico a pensarlo, ma immagino che Oliver si sia fatto prendere... un po' troppo la mano.»

Ainsley non dice niente. Mi studia, come se stesse cercando di capire qualcosa. Se ci riuscirà, spero che lo faccia sapere anche a me. «E come mai Oliver non sapeva che avevate rotto? Vieni a scuola con lui tutte le sante mattine.»

Ah, la domanda da un milione di dollari.

«Oliver e io non parliamo di cose personali.»

Non è esattamente la verità, ma non è neppure del tutto una bugia. Come fai a spiegare a una ragazza che hai promesso al suo fidanzato di essere un'amica sincera per lui? È una cosa del tutto legittima, eppure potrebbe essere male interpretata.

Com'è che la cosa è diventata così complicata?

Ainsley continua a guardarmi e non so dire che cosa pensi. C'è una lunga pausa, durante la quale comincio a temere che potrebbe prendermi a botte. Dopotutto, il suo ragazzo ha appena dato un pugno a qualcuno. E se a farli avvicinare fosse stato l'amore comune per la violenza fisica?

Ainsley fa un passo verso di me e io arretro di scatto, ma lei è più veloce. In un attimo mi stringe in un abbraccio. «Oh, poverina» mi bisbiglia all'orecchio. «È così imbarazzante.»

Imbarazzante? Credo che esistano parole più adeguate, ma non intendo mettermi a cavillare sulla semantica, perciò le vado dietro. «Già, è troppo imbarazzante.»

«Cioè, insomma, Zoe Smith!» esclama Ainsley con un brivido. «Lo sai, vero, che l'anno scorso ha passato chimica solo perché ha mostrato le tette al professor Welch?»

Mi sforzo di immaginare Zoe a fare una cosa del genere. È un tipo strambo e artistico, ma un'esibizionista... Non ce la vedo proprio.

«Non preoccuparti, tu sei molto più carina di lei» continua Ainsley.

In realtà la mia posizione rispetto a Zoe sulla scala della bellezza è l'ultima delle mie preoccupazioni, ma considerato quanto sia strana tutta la situazione, sono disposta a lasciar credere ad Ainsley che il mio problema sia tutto qui. «Davvero? Dici sul serio?»

«Ma certo» mi assicura.

«Fantastico» borbotto, anche se questa conversazione è tutt'altro che fantastica.

Riesco a beccare Oliver da solo mentre va in mensa per il pranzo. «Aggiornamento. Ainsley è rimasta un po' sorpresa nello scoprire della faccenda con Itch. Forse dovresti dirle che non sopporti chi tradisce la sua ragazza o... Che c'è?»

Oliver mi guarda radioso. «Va tutto bene, Rafferty. Ainsley mi adora nella mia veste di cavaliere nella scintillante armatura. Pensa che io sia stato molto cavalleresco.» Poi nota la mia espressione. «Non preoccuparti, non ho intenzione di prendere l'abitudine di andare in giro a pestare la gente. Dico solo che in questa situazione specifica, per quest'unica volta... è finita bene.»

«Tranne per la parte in cui Itch si è trovato un labbro gonfio senza motivo.»

Perlomeno Oliver ha il buon gusto di mostrarsi a disagio. «Giusto, tranne per quella parte.»

Dio, non vedo l'ora di essere fuori di qui.

DICIANNOVE

Dopo la prima ora mi incontro con Shaun davanti al suo armadietto. Mi offre una rosa avvizzita e io gli do un biscotto bruciacchiato a forma di cuore, poi andiamo a inglese tenendoci per mano. Nessuno ci guarda in modo strano.

«Ma sei proprio sicuro di non essere etero?» gli chiedo. «Renderebbe tutto molto più semplice.»

«In effetti sì.» Il suo tono è più serio del solito e mi chiedo che cosa gli prenda.

«Come sta Kirk?»

«Bene, credo.» Emette un sospiro lungo e profondo. «Però vorrei che fosse qui e che non dovessimo avere una relazione a distanza. Potremmo andare al cinema o studiare insieme o sbaciucchiarci sulle gradinate o fare quello che fa la gente quando vive nello stesso posto.»

«Sbaciucchiarsi sulle gradinate non è tutta 'sta gran cosa. Fa sempre o troppo caldo o troppo freddo e poi uno dei due è sempre in una posizione scomoda.»

«Dev'essere meglio di così.» Shaun mi costringe a fermarmi. Mi prende l'altra mano e, mentre i ragazzi ci passano accanto, chiude gli occhi. «No.» Scuote la testa. «Non funziona.»

«Ma che cosa stai facendo?»

«Chiudi gli occhi.»

Obbedisco, perché è Shaun. «E adesso?»

«Prendi una persona del tuo passato, qualcuno come Itch. O anche qualcun altro. Chiunque, basta che sia qualcuno che conosci. Cerca di visualizzarlo.»

Immagino Shaun. «Oggi stai benissimo. Bella camicia.»

Lui mi stringe le mani. «Su, dai, qualcuno per cui il tuo cuore va in *tilt*.»

Dietro le mie palpebre appare Oliver. Sorride tanto che gli vedo i denti di sopra. Mi guarda con gli occhi increspati ed è felice, così felice che, per reazione, gli angoli della mia bocca si incurvano all'insù.

«Trovato qualcuno?»

«Sì.»

«Bene. La vedi quella persona? La vedi *davvero*?»

Il sorriso del mio Oliver immaginario si allarga. Si china su di me e a un tratto riesco a fare più che immaginare il suo aspetto. Sento il suo odore pulito, di sapone; sento la sua risata, il modo in cui riecheggia all'interno del bestione. «Sì» sussurro. Shaun non risponde e io riapro gli occhi.

Mi sta guardando con un'espressione triste. Mi fa un sorriso mesto e angosciato e straziante tutto insieme. «Quando io chiudo gli occhi, non riesco più a vedere Kirk» confessa. «Prima riuscivo a visualizzarlo in maniera nitidissima. C'era questo corridoio al pianterreno dell'edificio in cui ci siamo conosciuti alla Rutgers. La prima volta che ci siamo baciati è stato in un angolo laggiù, sotto una di quelle schifosissime luci fluorescenti che fanno sembrare tutti tremendi. Tutti meno Kirk. Anche sotto quella tremolante luce verdastra, sembrava ancora un dio greco. Era quella l'immagine che visualizzavo sempre, come l'ho visto sotto quella luce.»

«È la tecnologia» affermo. E dato che è Shaun, capisce.

«Peggiora tutto. Ci parliamo al telefono o su Skype e dovrebbe essere meglio, dovrebbe farci sentire più vicini, solo che adesso quando chiudo gli occhi, l'unica cosa che vedo è questa versione tecnologica di Kirk. È pixellato o confuso o bloccato perché la connessione è saltata.» Shaun sospira ancora e mi sento in pena per lui. «Forse è questo. Forse è saltata la nostra connessione.»

«Sei davvero un poeta» gli dico, e i suoi occhi cercano i miei. E poi sorride, un sorriso davvero grande, perché ha capito: che sto attenuando, ammorbidendo. Sto migliorando le cose nell'unico modo che conosco.

«Sei davvero un'idiota» mi dice.

«Ti voglio bene» ribatto, stringendolo forte.

«Anch'io ti voglio bene.»

«Buon San Valentino, Shaun.»

«Buon San Valentino, June.»

Dopo pranzo sto andando a spagnolo, quando tutto si fa rosso. Qualcuno mi ha tappato gli occhi con le mani. Ruoto su me stessa, e mi ritrovo stretta fra le braccia di Oliver. Alzo gli occhi per guardarlo. Ci allontaniamo subito facendo un passo indietro. «Ma che stai facendo?» Ho un tono battagliero, che è esattamente il contrario di quello che provo.

«Ho un regalo per te.»

Il rossore mi sale al petto e supera la clavicola in una sgradevole tripletta di sentimenti: imbarazzo, rabbia (per me stessa) ed eccitazione. «Ah, davvero?» In realtà avrei dovuto dirlo con noncuranza, ma...

Ma invece no.

Oliver infila una mano sotto la giacca e noto un gonfiore nella parte sinistra, perché ci è nascosto qualcosa. «L'ho fatto io.»

Il rossore si acuisce e cerco di distogliere lo sguardo con un'occhiata torva. «Perché?»

Scoppia a ridere. «Sei troppo prevedibile.» Tira fuori quello che teneva nella giacca e me lo offre con un gesto svolazzante. Lo accetto e... lo osservo senza capire.

«È un cuscino» dico.

Oliver ride ancora. «Le tue capacità deduttive sono davvero sorprendenti.»

«Grazie?» Davvero, non so che cosa dovrei farci con un cuscino che forse è fatto di feltro e di sicuro è turchese da un lato e rosa shocking dall'altro. E poi ha un angolo tronco, come se qualcuno lo avesse tagliato via e poi avesse ricucito il tutto.

«È per le mattine» mi spiega Oliver. «Perché sei convinta che la mia macchina sia troppo grossa e non sei mai a tuo agio. Puoi sedertici sopra.»

Quello che Oliver mi ha appena dato è – senza dubbio alcuno – il regalo più imbarazzante che abbia mai ricevuto, ma non è per questo che mi sento in imbarazzo. Mi sento in imbarazzo perché mi ha fatto un regalo. Non riesco a fare altro che accettarlo e borbottare un: «Grazie».

«Buon San Valentino!» esclama Oliver, che non sembra in imbarazzo per niente. Sembra soltanto felice.

E accidenti a lui, Oliver è più che attraente.

È bellissimo.

VENTI

La mamma e io stiamo per cominciare una partita a Scarabeo. È stata un'idea sua, presumo perché si sente in colpa per avermi proibito di andare a stare da mio padre l'anno prossimo. Non ho ottenuto nessuna borsa di studio da nessuno dei college di New York che avevo scelto, ma pensavo che avrei potuto farcela comunque, se fossi andata a vivere con lui. Però la mamma dice che il suo appartamento è piccolo e il quartiere poco sicuro. Quando ne ho parlato con papà, lui ha detto che sarebbe stato felicissimo di avermi con sé, ma che non voleva andare contro i desideri della mamma. E così – dal momento che la mamma mette da parte dei soldi per il programma di istruzione prepagato del Michigan già da un po' – a quanto pare l'anno prossimo frequenterò l'Università del Michigan.

Non era la mia prima scelta, ma immagino che non sarà poi così tremendo. Darbs andrà alla Eastern, perciò potrò ancora passare del tempo con lei, e Shaun sarà alla Ohio State, a sole tre ore di macchina. Sostiene che finirà schiacciato in un'accesa rivalità sportiva che potrebbe mettere fine alla nostra amicizia.

Oliver non ha ancora preso la decisione definitiva, e in un certo senso ne sono felice. Dal giorno di San Valentino ho assunto un atteggiamento più che *cauto* quando sono con lui e faccio sempre moltissima attenzione a non superare certi limiti.

E preoccuparmi di quello che farà l'anno prossimo, ecco, questo sembra proprio un limite da non superare.

Per la serata madre-figlia, la mamma sta preparando un sidro caldo. Aggiunge nella pentola alcune spezie mentre io metto nel microonde un sacchetto di popcorn. Ho appena premuto il pulsante quando suona il telefono di casa.

«Vado io» dice la mamma, perciò immagino che stesse aspettando una telefonata di Cash.

Mentre va in soggiorno, fisso i numeri digitali sul timer del microonde chiedendomi se Shaun stia ancora parlando con Kirk. Ha detto che questa sera voleva discutere con lui della "qualità del loro rapporto", qualunque cosa significhi. Sento i primi *pop* allegri del sacchetto quando la mamma risponde al telefono. «Pronto?» dice con quel tono interrogativo che si usa quando davvero non si sa chi sia all'altro capo.

La linea fissa è così.

Continuo a pensare che sia Cash finché la mamma esclama: «*Che cosa?*» e poi sento un tonfo pesante, come se avesse fatto cadere un libro. Sento un nodo allo stomaco e a un tratto ai miei occhi appare l'immagine tremenda di mio padre morto a New York, investito da un taxi o ucciso da un proiettile vagante. Se succedesse una cosa del genere, di sicuro verrei a saperlo così.

Mi allontano dal microonde per sentire meglio. La voce della mamma è salita di un'ottava e sta dicendo cose tipo: «Ma stai scherzando?», e: «Calmati, arrivo subito!», perciò perlomeno sembra che il papà non c'entri niente.

Il microonde suona nel momento in cui la mamma torna in fretta in cucina. Spegne il fuoco sotto il sidro e mi guarda. «Tesoro, mi dispiace tanto, ma dobbiamo annullare la partita.»

«Va tutto bene?»

«È solo un'amica in pieno dramma.» Viene da me e mi stampa un bacio in fronte prima di prendere le chiavi dal banco. «Torno presto» mi dice, e scappa via.

Sento la porta di casa aprirsi e chiudersi e poi il rombo della macchina che si allontana nella notte.

È davvero strano.

Riordino la cucina e vado di sopra. Dopo la doccia mi accoccolo sul letto con le luci spente e il cellulare acceso. Ho appena finito una partita con Oliver con la mia "Medusa predatrice", quando sento dei rumori sommessi al piano di sotto. Balzo giù dal letto e vado alla finestra. La macchina della mamma è nel vialetto innevato, e lei sta smontando dal lato del guidatore mentre qualcun altro scende dall'altra parte. Ci metto un attimo a capire che è Marley.

La mamma di Oliver.

Torno in fretta a letto e ascolto i rumori dabbasso. La porta di casa si apre e si chiude. Ci sono bisbigli mentre due paia di piedi salgono la scala di legno. Superano la mia stanza diretti a quella della mamma e poi una delle due torna indietro. Un attimo dopo la maniglia si abbassa e la porta si socchiude. Appare la faccia della mamma. «Tesoro?»

Alzo la testa come se non fossi del tutto sveglia. «Ciao» saluto con la mia voce più insonnolita.

«Volevo solo darti la buonanotte. Ti voglio bene.»

«Anch'io ti voglio bene» mormoro e poso di nuovo la testa sul cuscino il tempo necessario perché lei chiuda la porta. Non appena se ne va, salto su e vado a socchiuderla per ascoltare.

In fondo al corridoio, Marley piange. La mamma le sta dicendo che andrà tutto bene e che per questa sera può dormire qui. «Alla fine non ho vinto» dice Marley fra un singhiozzo e l'altro. «Ho solo avuto il *premio di consolazione*. Che è peggio che *perdere*.»

«*Sssh*» la tranquillizza la mamma. «Andrà tutto bene.»

E poi la porta della stanza della mamma si chiude, per cui non sento più niente.

Sono appollaiata su uno sgabello in cucina e mangio un muffin all'arancia e rabarbaro quando Marley entra strascicando i piedi. Ha la vestaglia della mamma e lo chignon arruffato è tenuto a posto dal fermaglio di tartaruga che ho regalato alla mamma qualche Natale fa. I suoi occhi offuscati e iniettati di sangue incontrano i miei e immediatamente si riempiono di lacrime. «Hannah ha detto che potevo restare nascosta di sopra finché non te ne fossi andata anche tu, ma ho bisogno di un caffè.» Le indico la macchinetta – che la mamma ha premurosamente lasciato accesa – e Marley si versa il caffè in una tazza pronta per lei sul banco.

«Tua madre è fantastica.»

«Non è male» convengo.

«Mi serve un favore.» So di che cosa si tratta prima ancora che apra la bocca. «Non dire a Oliver che sono qui.»

La cosa mi infastidisce. Oliver e io ci siamo fatti la promessa di essere sinceri tra noi, e soprattutto dopo l'apocalisse con Itch non voglio più infrangerla. «Immagino che si sarà accorto che manca da casa» le faccio notare.

«Questa cosa l'ho già sistemata con Bryant. Questi non sono affari di Oliver...»

E invece sarebbero miei?

«...e non voglio che si preoccupi.»

D'accordo, questo in effetti ha senso. Immagino che Oliver darebbe di matto se sapesse che sua madre ha fatto un pigiama-party – o meglio un lacrima-party – con la mia. E poi, lei è un genitore, il che significa che mi è di gran lunga superiore.

«Non glielo dirò.»

«Grazie.»

Quando entro in macchina, Oliver ha appena addentato un pezzo di pane tostato, perciò mi saluta sventolando la crosta prima di accendere la nostra playlist e imboccare la strada. I Ramones picchiano duro e veloce ed è la musica perfetta per sospingerci a scuola, verso la vita normale, per far svanire la banalità del qui e dell'ora, calpestata dalla batteria.

Appena Oliver ingoia l'ultimo boccone, abbassa il volume perché possiamo parlare. Questi giorni funziona così: la musica ha perso significato, parlare con Oliver ne ha acquistato.

«Nel caso te lo stia chiedendo, mia madre ha mal di testa» mi dice. Ho un lampo di panico – come diavolo fa a sapere che è a casa mia? – prima di capire. Mi aiuta il fatto che mi sventoli contro il tovagliolo appallottolato. «Non si è alzata per prepararmi la colazione, così ho dovuto arrangiarmi.»

«La tua vita è un vero schifo.»

«Lo so, i problemi dei poveri ricchi. È quello che direbbe mio padre. E a proposito, indovina un po'?»

«Che cosa?» rispondo meccanicamente.

«Ho parlato con lui. Perlomeno si è comportato come se andasse bene.»

Aspetta. Oliver *sa* quello che sta succedendo fra i suoi?

Ficca il tovagliolo fra il sedile e la console. «Anche se dice che rifiutare lo stage vuol dire mandare in fumo la mia eredità.»

Non mi ero neppure resa conto di trattenere il fiato finché non lo lascio andare. «Ah, davvero?» Il mio tentativo di indifferenza è ridicolo. «Non cercherà di costringerti ad accettarlo?»

«Non ancora. Però forse adesso fa solo finta in modo da potermi rovesciare addosso la sua disapprovazione più avanti.»

«Adorabile.» E così il padre di Oliver gli sta mentendo: su dove si trova Marley, sui suoi sentimenti, su tutto.

Un po' come me, tranne per il fatto che la mia è una bugia di omissione. Di nuovo.

Maledizione.

Sono quasi certa che la mamma abbia chiesto espressamente a Cash di non venire, perché di solito è qua e invece adesso siamo solo noi due in soggiorno a guardare la tele mangiando da un vassoio.

In genere siamo un po' più civilizzate, ma questa sera è una di quelle che la mamma chiama "cene rétro", che vuol dire che mangiamo insalata mista con maionese e pollo al forno. Per dolce abbiamo gelatina a forma di pesce con cereali che ci "nuotano" dentro.

A quanto pare questo è il cibo di quando mia madre era giovane.

Dopo un paio di bocconi di pollo (tremendamente squisito, fra l'altro), la mamma dice che apprezza la mia discrezione. Sapevo che ci saremmo arrivate, ma è comunque bello sentirsi elogiare. «I genitori di Oliver hanno qualche problema.» (Ma va?) «Tu dovresti tenertene fuori.»

È tutto il giorno che ci rimugino su e ho preso una decisione. Sì, Oliver e io abbiamo fatto il patto di essere sinceri, ma dirgli la verità servirebbe solo a ferirlo e a confonderlo, e io non voglio. So che in questo modo metto a rischio la nostra amicizia e la fiducia che in qualche modo abbiamo instaurato fra di noi, ma questa è una di quelle volte in cui intendo scegliere quello che è meglio per un'altra persona piuttosto che quello che è più sicuro per me.

E poi, non tocca a me parlarne.

«D'accordo, me ne terrò fuori» prometto alla mamma.

VENTUNO

Mentre percorriamo l'autostrada dietro un altro autobus giallo, intorno a noi impera la cacofonia più totale. C'è chi si lancia pallottole di carta, chi sobbalza sui sedili. Qualcuno attacca l'inno di battaglia della scuola e gli altri gli vanno dietro con la massima esuberanza. È come se ci fossimo trasformati in una scolaresca delle elementari.

Sono stretta fra Darbs e Lily su uno dei sedili di vinile. Darbs canta, ma Lily guarda fuori dal finestrino e parla con me. «Pattinaggio sul ghiaccio» dice ad alta voce perché possa sentirla. «Non c'è una pista da queste parti?»

«L'hanno fatto l'anno scorso. Cal Turman si è rotto la caviglia.»

«Oh, giusto. Allora raccolta delle mele?»

«Non è la stagione giusta.»

Lily sta cercando di indovinare dove stiamo andando per la gita dell'ultimo anno. È (di nuovo) una delle tradizioni del nostro liceo, ma questa non mi dispiace, perché significa niente lezioni per un giorno. Anzi, a quanto pare è proprio per questa ragione che è stata inventata, più o meno una decina di anni fa: prima infatti quelli dell'ultimo anno avevano la tradizione di marinare la scuola. L'unica cosa sgradevole è che non abbiamo la minima voce in capitolo sulla destinazione. È la scuola a organizzare tutto e la meta è una sorpresa.

Nessuno ha mai preteso che il liceo fosse democratico.

Come scopriamo al nostro arrivo, questa volta l'ultimo anno della Robin High va al bowling. Hanno affittato Wolverine Lanes così possiamo fare amicizia fra le palle. Ci sono venuta una volta da bambina, forse per il compleanno di qualcuno, e ho l'impressione che da allora non sia cambiato niente. C'è ancora la stessa moquette con il disegno a macchie e le pareti verde acido e i videogiochi fuori moda. Aleggia ancora l'odore di cibo untuoso e piedi.

Un prof ci ordina di metterci in fila per ritirare le scarpe e spiega che durante le tre ore in cui abbatteremo i birilli avremo anche diritto a bibite, hot dog e hamburger gratis. Com'era prevedibile, Darbs pianta una scenata per la mancanza di alternative vegane e finisce per farsi dare un sacchetto extra di patatine.

Senza volerlo finiamo in coda dietro a Theo, che soppesa due palle da bowling all'altezza dell'inguine. «Proprio come quelle vere» mi dice.

«Proprio come il tuo cervello» ribatto. Non è granché, come battuta, ma è la prima che mi è venuta in mente.

«Lo detesto proprio» mi confida Darbs, e Theo volta la testa (e le palle) nella sua direzione.

«Guarda che ti sento.»

«Ottimo» ribatte lei mostrandogli il dito medio.

«Il prossimo!» esclama la signora al banco, e finalmente Theo ci dà le spalle.

«Anch'io lo detesto» dico a Darbs.

Una volta muniti di scarpette rosse e blu, andiamo verso una pista, dove Shaun inserisce i nostri nomi sulla tastiera appiccicosa collegata alla guida delle bocce. «Preferisci che scriva Darbs o Darby?» chiede al nostro arrivo.

«Darbs, scemo!» gli dice dandogli una pacca sulla testa.

«Ehi, questa è una competizione sportiva. Forse alle competizioni sportive sei un po' più formale.»

«Parlando di formalità, qualcuno di voi ci va al ballo di fine anno?» chiede Lily.

«A) mancano ancora qualcosa come quattro mesi» rispondo. «E, b) neanche morta.»

«Io mi sono comprata un vestito» dice Darbs, poi vede il mio sguardo. «Che c'è? È una cosa importante.»

«Come ti pare, io non ci vado.»

«Io la penso come June» interviene Lily.

Shaun preme l'ultimo tasto. «Tocca a Darbs per prima.»

Giochiamo le prime dieci frazioni, facendo a turno a scagliare una pesante boccia lungo la pista. Shaun fa due strike e tutta una serie di spare, perciò ovviamente lo prendiamo in giro senza pietà. «Ma è terribile! Sono un campione di bowling!» piagnucola.

«Ti daranno una di quelle magliette» lo avverto. «Una polo con il nome ricamato sul taschino.»

Alla nostra pista arriva Oliver, che sente l'ultima parte. «Oh, e quale sarebbe il nome da bowling di Shaun?»

«Re dei birilli» dico io.

«Strikemaster» spara Oliver.

«Maestro di pista» ribatto.

«Spaccapalle.»

«Guru dello strike.»

«Adesso basta!» implora Darbs.

«Questa era buona» le dice Oliver, e lei alza gli occhi al cielo.

«No, sul serio, volevo dire, basta farmi ascoltare vuoi due che fate questo gioco. Ma non smettete mai di competere?»

«Non eravamo in competizione, ci stavamo...» dico.

«...divertendo» finisce Oliver, e mi sorride.

«Come vi pare. Un'altra partita?» chiede Darbs.

«Io no, grazie.» Lily prende la sua borsa. «Vado ai videogiochi.»

«A *Pac-Man* ti straccio» l'avverte Darbs.

«Andiamo» dice Lily, e se ne vanno.

Shaun guarda alternativamente Oliver e me. «Voi giocate, io vado a vedere se riesco a recuperare un altro hot dog.»

Oliver e io rischiamo di finire per terra cercando di fare la battuta per primi.

«Con salsa di finocchio» spara Oliver.

Nello stesso momento io dico: «A Kirk non piacerà».

Shaun scuote la testa – «Come siete prevedibili» – e se ne va.

Oliver mi dà di gomito con un cenno in direzione di Shaun. «Ma lui e Kirk stanno ancora insieme?»

«Sì e no. Credo che siano nella fase del rapporto "Conversazione imbarazzata", dove o le cose migliorano oppure precipitano.»

Oliver annuisce e rimaniamo in silenzio per il nostro personale momento di imbarazzo. Poi lui indica i birilli con il mento. «Giochiamo?»

Scocco un'occhiata alla pista più lontana, dove so che è andata Ainsley al nostro arrivo. E difatti ci sta guardando. Guarda *me* che sto con il suo ragazzo. Alzo la mano verso di lei e la agito un po', sperando di rendere le cose un po' meno strane. Lei mi scocca immediatamente un sorriso smagliante, salutandomi a sua volta... e poi Theo si china su di lei e le bisbiglia qualcosa. Scoppiano a ridere tutti e due, e poi mi guardano prima di riprendere a ridere ancora di più.

Mi volto verso Oliver, che a quanto pare non si è accorto di niente. Quando c'è di mezzo Theo, ha i paraocchi.

Be', fanculo Theo.

E fanculo la mia stupida cautela quando c'è di mezzo Oliver. Ci sono ottime possibilità che la sua vita da famiglia perfetta stia per scoppiargli in mano da un momento all'altro, e se posso farlo divertire un po' prima che succeda, lo farò. Scelgo una boccia rosa con i brillantini. «Ti avverto» gli dico. «Sono piccola ma combattiva.»

«È così che mi piacciono» risponde Oliver, che subito dopo sembra a disagio. «Mi è uscita male.»

«Ti è uscita giusta.» E subito mi sento esattamente come

sembra sentirsi lui e cerco di superarlo dandogli istruzioni. «Renditi utile. Inserisci i nostri nomi.»

Lui si dà da fare alla tastiera e io mi do da fare a guardare qualsiasi cosa tranne lui. So – *lo so* – che cosa sta cercando di succedere nel mio cuore, ma lo rifiuto. Non voglio. Oliver Flagg e io siamo solo amici e così resteremo. Lui ha una ragazza meravigliosa e io ho una vita meravigliosamente priva di complicazioni.

Anche se quando mi scocca un sorriso da dietro la tastiera, sento una stretta allo stomaco. Mi indica sullo schermo i nomi che ci ha assegnato perché li vedano tutti: Roller Rafferty e Ollie Monopalla.

Scoppio a ridere e Oliver sembra confuso. «Che c'è? Sono i nostri nomi da bowling.»

«Qualcuno potrebbe fraintendere il tuo» riesco a dire prima di soccombere a un altro attacco di ridarella.

Lui guarda meglio lo schermo e vedo l'espressione di orrore comico quando capisce. «Oh, merda!» esclama, e subito si rimette alla tastiera. «Intendevo i birilli! Che abbatto tutti i birilli con una palla sola!» Picchietta i tasti. «Come faccio a correggere?»

«Troppo tardi» lo informo, e corro in pista. Prima che lui riesca a capire come correggere i nomi sullo schermo, lancio la mia palla rosa con i brillantini e la vedo abbattere due birilli sulla destra. «Abbiamo già iniziato!»

Torno a guardare Oliver, che sta scuotendo la testa. «Così

mi rovini la reputazione, Rafferty.» Però ha stampato in faccia un gran sorriso sciocco.

Oliver e io finiamo per fare una sola partita (vince lui, ma non di molto) prima che tornino Shaun e Lily per unirsi a noi. Giochiamo una partita a quattro, e ovviamente Shaun ce le suona a tutti, e poi arriva Ainsley per recuperare Oliver. Dice che vuole fare una foto con lui in cabina e io cerco di non guardare l'area riparata da una tendina dove decisamente *non* stanno facendo una foto, perché restano dentro troppo a lungo e i piedi di Ainsley sono puntati contro i suoi.

Invece vado ai videogiochi per battere Darbs a *Dance Dance Revolution*. Giochiamo a *Skee-Ball* e a *Pac-Girl* e poi facciamo a turno a cercare di stare in equilibrio sulla ringhiera che circonda l'area ristoro finché uno degli inservienti non ci urla contro qualcosa. A un certo punto quelli del bowling si ricordano di avere un impianto stereo e fanno partire una musica disco a volume altissimo, così Darbs e io andiamo a cercare Lily e la trasciniamo sulla moquette a macchie per ballare. Ainsley esce dalla cabina e ci vede saltare tutto attorno e decide di unirsi a noi insieme con un'altra cheerleader. In un lampo ne arrivano un mucchio e tutti ballano e i professori cercano di farci smettere, ma senza troppo impegno. La giornata è sciocca e buffa e pazza, e al ritorno, sull'autobus, qualcuno riattacca il canto di battaglia della Robin High.

E questa volta lo intono anch'io.

VENTIDUE

«E allora, che cosa succede a casa Flagg?» chiedo alla mamma. Siamo in veranda, intente a spazzare via le ragnatele dalle travi in alto. «Questa settimana con Marley non vi siete viste, vero?»

«No» risponde la mamma concentrata su un angolo particolarmente sporco. «Lei e Bryant stanno andando da un consulente matrimoniale, per cui credo che le cose stiano migliorando.»

«Lui l'ha tradita?»

«Non posso… Non è una domanda cui dovrei rispondere.»

«Quindi è un sì?»

«Non è un no» mi corregge.

«E Oliver non sa niente, giusto?»

«Non credo. Marley dice che lui venera il padre come un eroe. Non vuole strappargli il tappeto da sotto i piedi. E poi, in realtà non è una cosa che lo riguardi.»

Personalmente io trovo che lo riguardi eccome, ma immagino che non siano affari miei. E poi, se Marley e Bryant stanno risolvendo la cosa, c'è da sperare che tutto passi e che Oliver non venga mai a scoprire niente. So che idolatra il padre e questa cosa lo ucciderebbe.

«In realtà noi due non dovremmo discutere di questo argomento» continua la mamma.

«Lo so.»

Sono curiosa, ma ci sono di mezzo delle promesse.

Sarebbe stato meglio se non ne avessi saputo niente.

E invece sì, e ho promesso di tenere la bocca chiusa.

Zigzago nel corridoio affollato diretta a calcolo infinitesimale quando Zoe Smith mi prende per un gomito e mi tira verso il muro vicino agli armadietti. «Ho bisogno di te, salvami.»

Mi guardo intorno, ma non vedo draghi né gente armata. «Da che cosa?»

Inspiegabilmente, Zoe scoppia in un attacco di ridarella che va avanti troppo a lungo. Mi sorride beata. «Hai troppo ragione!» mi dice a voce altissima. «Fa davvero così con la lingua.»

«Che cosa?» Queste parole mi escono in un sibilo inorridito, sommesso, che non serve a zittirla. Anzi, la sua risata aumenta ancora di volume.

«È troppo buffo!» grida.

Che sia impazzita?

«Guarda che non ho detto proprio niente di buffo» le faccio notare, ma lei ha smesso di ridere. Anzi, il suo sorriso è scomparso completamente e adesso sta guardando qualcuno dietro di me. Mi volto e vedo Itch in fondo al corridoio. Sta andando nella direzione opposta a noi e si tiene per mano con…

«Liesel Glassman» mi dice Zoe. «Adesso stanno insieme.»

Aspetta.

«Ma al bowling, la settimana scorsa, non stavi con lui?»

«Esatto» conferma Zoe. «Credevo che andasse tutto bene, e invece a quanto pare no. Ha rotto con me sabato ed eccolo qui, cinque giorni dopo, che esce già con Liesel.» Le mani le corrono ai fianchi. «Pensi che mi tradisse?»

«Non ne ho...»

«Ti ha mai tradita?»

«No!» In questa conversazione sono completamente fuori dal mio elemento. «Be', cioè, non proprio... C'è stata una situazione un po' poco chiara.»

«Lo sapevo! Dio, li odio, gli uomini.»

«Anch'io» le dico, anche se non è vero.

«Grazie per l'aiuto. Ha fottuto anche te, perciò sapevo che ci saresti stata.»

«Ma lui non...»

«Ci si vede.»

E se ne va.

Il liceo è ridicolo.

Shaun non è per niente d'accordo con me a proposito dei genitori di Oliver. «Dovresti dirglielo.» Siamo accoccolati sulle gradinate, da soli. «Se qualcuno conoscesse un segreto sulla mia famiglia, mi arrabbierei sul serio se non me lo dicesse. Non è giusto che Oliver non lo sappia e tu sì.»

«Ma mia madre pensa...»

«Certo che tua madre vuole prendere le tue decisioni al posto tuo. Lei è un genitore, è il suo lavoro controllare tutto quello che fai.»

Lo guardo attentamente. Le labbra di Shaun sono serrate in una linea sottile e ha le spalle incurvate. «Va tutto bene?»

«No.» Shaun si accascia. «I miei non vogliono che vada a trovare Kirk durante le vacanze di primavera.»

«Che cosa? E perché?»

«Perché dicono che non conoscono i suoi genitori, perciò non posso andare.»

«E non puoi fare in modo che si parlino per telefono?»

«Ci ho provato.» Shaun fa un sospirone. «Mio padre dice che lui e la mamma sarebbero costretti a ingannarli. Kirk non lo ha ancora detto ai suoi, perciò una qualunque telefonata significherebbe che i miei dovrebbero fare finta che Kirk e io siamo solo amici mentre loro sanno che c'è di più. Mio padre dice che non intende mentire ad altri genitori a proposito dei loro figli.»

«Che schifo.»

«Lo so. Non è giusto. Niente di tutto questo è giusto. Il fatto è che l'unica ragione per cui dovrebbero mentire è Kirk. Potrebbe risolvere tutto all'istante semplicemente dicendo ai suoi che è gay.»

«Sei arrabbiato con Kirk.»

«Sì.» Shaun sospira ancora. «Ma solo perché sono pazzo di lui.»

«Mi dispiace» dico, e gli appoggio la testa sulla spalla.

La base dell'asta della bandiera della nostra scuola è una linea calda al centro della mia schiena. Ci sto appoggiata contro mentre aspetto la mamma. Anche se Shaun è ancora imbronciato per Kirk, e anche se ho appena scoperto che ho preso un voto mediocre in una verifica di fisica, e anche se parlare con Oliver mi manca, questa è una giornata splendida, perché finalmente si ha la sensazione che la primavera stia arrivando. Il cielo è di un azzurro limpidissimo e ai bordi delle strade spuntano i crochi. Ho una canottiera nera dalla scollatura profonda e una gonna a portafoglio grigia, e per la prima volta da mesi il maglione non mi serve.

La mamma è già in vacanza, perciò questa settimana mi ha accompagnato sempre lei. A scuola vedo Oliver, ovviamente, ma non è la stessa cosa che passare del tempo da sola con lui tutti i giorni. Ieri ho sentito per caso Theo chiedergli se abbiamo concluso il nostro scambio – passaggio per me, favori sessuali per Oliver – e Oliver dirgli di chiudere il becco.

Quando la mamma accosta, vado alla macchina e salgo. Sta scribacchiando su un pezzo di carta che tiene appoggiato alle ginocchia. «Mele verdi» borbotta. «Noci pecan candite.»

«Che cosa stai facendo?»

«Marley viene a cena e questo pomeriggio non sono riuscita a fare la spesa… mi sono un po' persa dietro al mio quadro.»

«Lo vedo. Hai il sopracciglio destro tutto rosa.» La mamma mi passa il foglietto e si immette nella strada sfregandosi la faccia con aria assente. «Marley viene da sola?» le chiedo fingendo la massima indifferenza.

«Sì. Bryant è a una conferenza ad Atlanta.»

Tanto per essere chiari, non era per Bryant che lo chiedevo... ma ovviamente la mamma non lo sa.

Scorro la lista della spesa. «Che cos'altro c'è nel menu?» È una domanda ragionevole, considerato che tutto quello che vedo sono ingredienti per un'insalata e prodotti per l'igiene femminile.

«Cash fa le bistecche e le pannocchie alla griglia... Oh, accidenti, puoi scrivere anche un rotolo di alluminio da cucina?»

Meno male che ho chiesto.

La mamma e io facciamo una corsa pazzesca nel supermercato più vicino e riusciamo a trovare tutto meno l'alluminio. La mamma giura solennemente che non tornerà mai più in questo posto, perché non si è mai visto un supermercato decente sprovvisto di un articolo così essenziale. Poi manda un SMS a Cash per chiedergli di prenderlo lui mentre viene.

«Lo sai qual è la cosa fantastica di Cash?» mi dice mentre andiamo alla macchina con le buste della spesa. «Che è affidabile. Se dice che prenderà una cosa al negozio, sono sicura che lo farà.»

Non so di preciso se sia una semplice osservazione o se sia una velata accusa contro mio padre, perciò non commento. La mamma e io abbiamo un rapporto molto migliore di quello di molte delle mie amiche con le loro madri, però qualche volta credo che sia gelosa del mio legame con mio padre. Con lui ho un rapporto che lei non riesce a capire del tutto, da cui è esclusa. Come il biglietto che mi ha mandato con i fiori per il mio compleanno. Dolce, ma anche molto preciso.

La mamma, con il suo modo di saltabeccare da un pensiero all'altro, e con i suoi continui baratti con le amiche... lei non ha proprio niente di diretto. Niente di preciso.

Però insieme abbiamo una vita che funziona comunque, perciò non posso lamentarmi.

Cash arriva in tempo con le bistecche, le pannocchie e l'alluminio. Marley arriva con mezz'ora di ritardo e tre bottiglie di vino e una casseruola piena di minestra di zucchine. «Credevo che portassi il dolce» le dice la mamma.

Marley posa le bottiglie sul banco di cucina. «Questo è il dolce.»

«Faccio dei brownies» annuncio, e Marley mi scocca un sorriso di approvazione.

«L'hai cresciuta bene» dice alla mamma. «Dove tieni l'apribottiglie?»

La mamma dà un'occhiata al vino. «Non credo che ci serviranno tutte e tre.»

«Probabilmente no, ma sono le tre migliori della collezione di Bryant, perciò dobbiamo perlomeno assaggiarle tutte.»

La mamma scoppia a ridere. «Sei tremenda.»

♫

Finita la cena, tiro fuori dal forno i brownies. Tutte e tre le bottiglie sono aperte… e una è vuota. Cash ha bevuto solo un bicchiere e a me è stato concesso un assaggio di ciascuna (anche se non avrei saputo dire la differenza fra una e l'altra). Il resto lo hanno bevuto tutto la mamma e Marley. Ora fanno a turno fra le altre due bottiglie, curve ognuna sul suo telefonino, a cercare foto in qualche sito social. Di tanto in tanto ridacchiano.

Cash indica la mia teglia di brownies. «Ne prendo uno e me ne vado. Questa mi sembra sempre più una serata per sole donne.»

«Ma puoi restare!» gli dice la mamma lanciandogli un bacio.

«Lo so» risponde lui strizzandomi l'occhio. «Però vado via comunque.»

Non che possa esattamente biasimarlo, soprattutto quando Marley salta giù dallo sgabello e lo rovescia per terra. «Indigo Girls!» urla. «Ascoltiamo le Indigo Girls!»

Mentre le mamme cominciano a confrontare le loro playlist (a quanto pare questa è una cosa che si continua a fare anche da grandi), Cash gira attorno al banco e tira su lo sgabello. Lo rimette a posto e mi guarda. «Io ti consiglio di andartene in camera tua, chiudere la porta e mettere su un po' di musica decente.»

«Hai qualche suggerimento?»

«Qualcosa che faccia chiasso. Io andrei su Petty. Tom Petty.»

«Tu e la mamma siete proprio fatti per stare insieme» gli dico, e vedo la sua faccia allargarsi in un sorriso felicissimo.

«Grazie, June.»

«Buona serata, Cash.»

Lui bacia mia madre e saluta Marley. È quasi arrivato alla porta – lo capisco perché quando cammina ha un passo pesante – ma poi si volta e torna in cucina. «Ehi, June.»

«Sì?»

«Mi raccomando che non prendano la macchina.»

Dal soggiorno arrivano fortissimi i primi accordi di *Closer to Fire*. «Buona idea.»

E lo è davvero, perché un'ora dopo, quando io sono in camera mia a sentire i Pogues, sento bussare alla porta. Vado ad aprire e mi trovo davanti mia madre, pronta a presentarmi un mucchio di giustificazioni. «Devi sapere che sì, Marley e io stiamo bevendo, ma non c'è problema perché succede una volta ogni tanto e siamo adulte.» Spicca tutte le parole in modo chiaro e non sembrerebbe neppure ubriaca, tranne che quando dice "una volta ogni tanto" mi punta il dito contro e urta lo stipite della porta con il gomito. «Ahi.»

Ho già visto mia madre sbronza un paio di volte prima, perciò le sorrido perché so che è quello che vuole. «Va tutto bene, mamma.»

Conta sulle dita. «Uno: non ci metteremmo mai al volante in queste condizioni. Due: non prenderemmo mai decisioni di tipo sessuale quando abbiamo bevuto. Tre… accidenti, un attimo fa lo sapevo.»

«Ho afferrato il concetto, mamma. Sei a casa tua e sei adulta e bevi con la tua migliore amica. Davvero, non c'è problema.»

«Ti voglio bene» mi dice.

«Ti voglio bene anch'io.»

«E ti devo dire una cosa. Devi imparare a guidare, tesoro.»

Mi sento aggrovigliare le viscere. «Che cosa?»

«Marley vuole andare a casa.»

All'arrivo di Oliver, la mamma e Marley sono passate a The Jesus e a Mary Chain. Quando entriamo in cucina, ballano sfrenate al ritmo di *Between Planets*. Hanno gli occhi chiusi e agitano le braccia per aria saltellando. Oliver scuote la testa, poi va da Marley e l'afferra per un braccio a metà volteggio. «Ciao mamma.»

«Ollie!» Lo guarda felice e poi immediatamente si fa serissima, come se fosse appena stata beccata in flagrante. «Mi rendo conto che potresti avere qualche domanda sul fatto che tua madre abbia bisogno di qualcuno che la riporti a casa…»

Solo che dice *cascia*.

La mamma le dà una gomitata nelle costole. «Marley, non preoccuparti. I nostri figli sono tranquilli.»

Marley la guarda, poi torna a fissare Oliver, che annuisce. «È vero, mamma. Non c'è problema.»

Mi scocca un'occhiata e io mi affretto ad appoggiarlo. «È vero, signora Flagg. Non c'è davvero problema.»

«Andiamo, mamma» la richiama Oliver.

«Vi accompagno!» cantilena mia madre, e tutti ci avviamo verso la porta.

Siamo quasi arrivati quando mi viene in mente la casseruola di Marley. «Tua madre ha dimenticato una cosa» dico a Oliver. «Torno subito.»

La casseruola è nel lavandino, dove l'aveva lasciata mia madre. Le ha dato una mezza lavata, e decido autonomamente che, in un caso come questo, una mezza lavata è meglio di niente, quindi la ficco in una busta della spesa, riattraverso la casa di corsa ed esco sul portico.

Oliver aspetta paziente vicino alla macchina mentre la mamma e Marley – a braccetto – barcollano verso di lui cantando una canzone di Prince. Sono quasi certa che sia quella sconcia. Oliver e io ci scambiamo un'occhiata divertita e io vado verso il retro della macchina. Poso per terra la borsa della spesa per cercare di capire come aprire il bagagliaio del bestione. Ho appena trovato il bottone sotto la maniglia e sto sollevando il portellone quando sento Oliver gridare.

«No! Fermati!»

Alzo gli occhi sorpresa. «Perché?» gli chiedo, ma lui non risponde perché è corso da me e adesso ha gli occhi sgranati. Seguo il suo sguardo nel bagagliaio del bestione.

Alluminio.

Il suo bagagliaio *trabocca* di confezioni di alluminio. È pieno fino all'orlo. Tutte di marche diverse.

La prima cosa che dico è: «Per forza che in negozio non ne avevano più».

E la seconda è: «Ma che cavolo stai combinando?»

Oliver scuote la testa. «Tu non preoccuparti.»

Il fatto è che magari *non* mi sarei preoccupata, se lui non mi avesse chiesto di non farlo. Invece così mi pianto le mani sui fianchi e lo fulmino con lo sguardo. «Che cosa sta succedendo, Oliver?»

Perlomeno ha la buona grazia di mostrarsi in imbarazzo. «È per la goliardata.»

«La goliardata *a scuola*?»

«Ce n'è un'altra?»

La mia occhiata si fa sempre più di fuoco e lui ci avvizzisce sotto. «E questo che cosa sarebbe?» gli chiedo.

«Non arrabbiarti.»

«Questo è quello che si dice a qualcuno che ha un buon motivo per arrabbiarsi.»

«È per stasera. Faremo la goliardata questa sera.»

«*Che cosa?*» L'indignazione erompe dentro di me. «E io perché non ne so niente?»

«E tu perché vorresti *saperlo*?»

«Perché sono dell'ultimo anno anch'io!»

«Ma tu hai detto fin dall'inizio che volevi starne fuori» mi ricorda. «Che tu questa cosa la *detesti*. Perché qualcuno avrebbe dovuto pensare che volessi essere coinvolta? Perché avremmo dovuto pensare che non ci avresti fatto la spia?»

Ci.

Non sento altro. Se c'è un "ci", è sottinteso che esiste un "noi" e un "tu", e io sono il "tu". Io sono separata. Non faccio parte del "noi".

Lo fisso a bocca aperta, ma non emetto alcun suono perché sono troppo offesa. No, non sono offesa, sono arrabbiata.

Sono *triste*.

Sto per dire qualcosa – non so che cosa, ma *qualcosa* – quando un sonoro colpo di clacson del bestione ci fa sobbalzare entrambi. «Le nostre madri sono fuori controllo» dice Oliver mentre dal davanti della macchina arriva uno scroscio di risatine.

Oliver sbatte il cofano e va verso il lato del passeggero. Lo seguo e lo guardo sistemare Marley. Quando la cintura è allacciata, mi guarda. «La porto a casa e poi vado a scuola. Passo davanti a casa tua, perciò se cambi idea e hai davvero voglia di partecipare, chiamami sul cellulare.»

«Non ti chiamerò.»

«Be', invece dovresti.» Lo dice a voce bassa, ma il colpo va a segno.

«Se lo pensassi davvero, me ne avresti parlato prima.» Il dolore minaccia di chiudermi la gola. «Io non sono inclusa. Non sono inclusa in niente.»

Oliver mi fissa per un lungo istante. «Non muoverti» dice alla fine. Chiude lo sportello di Marley e poi saluta mia madre, che è lì vicino con un'aria strafelice e strasbronza. «Devo parlare con sua figlia.»

«Fa' pure» gli dice mia madre. «Tanto domani non me lo ricorderò neanche.»

«Ottimo» fa Oliver.

«Ottimo» esclama la mamma, che torna verso casa trascinando i piedi.

Ho la sensazione di dover dire qualcosa anch'io, ma "ottimo" non mi sembra la cosa più adatta.

Oliver torna da me e mi squadra. Anche alla luce della luna, quegli occhi sono letali. «Il fatto è questo: quando tutto questo sarà finito, non torneremo indietro. Il più delle volte non ci *ricorderemo* neppure chi eravamo un tempo.»

«Io me lo ricorderò.»

«No, non è vero. Credimi, l'ho visto.»

Questa volta non rispondo, perché non so che cosa dire.

«E quelle poche volte che ripenseremo ai vecchi tempi, sarà *questo* il momento a cui torneremo» continua Oliver. «Sarà *adesso*, questa sera. E lo sai perché?»

Vorrei avere una frase brillante da pronunciare, ma riesco solo a scuotere la testa.

«Perché siamo abbastanza giovani da poter infrangere le regole. Questo è uno dei nostri ultimi momenti di libertà, e indovina un po'?»

«Che cosa?» Le parole mi escono in un sussurro.

Oliver si china su di me. È vicino, così vicino che anche se c'è la luce della luna, anche se sento sua madre cantare da dentro la macchina e la mia che pesta le assi della veranda, sono visceralmente consapevole del suo alito caldo, profumato alla menta, e della sua mascella squadrata.

«Devi assaporarlo» mi dice, e bisbiglia anche lui. «Devi viverlo.»

Lo fisso e tutto quello che riesco a vedere è la sua *bontà*. Perché Oliver Flagg è buono e reale e autentico...

«Sali in macchina. Sai che vuoi farlo.»

Ha ragione.

Eppure non posso.

Sono nell'ingresso e guardo dalla finestra quando Oliver passa davanti a casa mia. Vedo il bestione percorrere Callaway Lane. Rallenta, si ferma quasi, e alla fine riaccelera. Continua ad avanzare e sparisce in fondo alla strada.

Dentro di me affiora il dolore. Non so spiegarlo, non so definirlo. È qualcosa che non ha il minimo senso. È *solitudine*. Mi manca qualcosa che non ho mai avuto.

Merda.

Appoggio la fronte al vetro, struggendomi per i fanalini di coda della macchina di Oliver che sono spariti in lontananza, quando sento la voce della mamma. «Dovresti andare.»

Mi volto a guardarla. «Cioè, sei favorevole al vandalismo?»

Lei si appoggia alla cassapanca di legno e mi sorride. «Non è che ammazzerete qualcuno. È solo uno scherzo.»

«Non so neppure di che cosa si tratta» le dico.

«Io sì» mi risponde, e la fisso, incerta se essere arrabbiata, triste o divertita. Accidenti a lei, mia *madre* sa della goliardata e io no? Ma poi la mamma scuote la testa. «Non nei dettagli. Non ho idea di che cosa farete voi ragazzi, però so che va bene lasciarsi coinvolgere in qualcosa di più grande di te, anche se è solo uno stupido scherzo con un gruppo di adolescenti che forse non rivedrai più dopo il diploma.»

«Ma *perché*? Perché dovrei andare?»

La mamma viene da me e capisco che cammina lentamente per non barcollare. Mi accarezza i capelli. «June» mi dice con una voce affettuosa e dolce. «Io credo che la domanda vera sia: perché *no*?»

E, di nuovo, non so che cosa rispondere. La mamma mi sorride. «Io me ne vado a letto» annuncia. «Fa' quello che vuoi, ma sappi che, per questa notte soltanto, il coprifuoco è soppresso.»

Resto a vederla salire la scala prima di tornare a guardare fuori dalla finestra, e mentre fisso il buio mi rendo conto che vorrei poter vedere i fari di Oliver che si avvicinano, perché se potessi, correrei fuori nella notte e gli farei segno di fermarsi.

Ma purtroppo non ci sono fari.

Non c'è nessuna luce.

VENTITRÉ

È mezzanotte quando Shaun trova parcheggio a due isolati dalla scuola, lontano dai lampioni. Scendiamo e subito mi tira per una mano. «Siamo già in ritardo!»

«Grazie ancora» gli dico mentre percorriamo il marciapiede buio. «Non sapevo se saresti passato a prendermi. Il più delle volte non rispondi neppure al cellulare.»

«Il più delle volte non hai neppure niente di importante da dire.» Mi sorride e io sorrido a mia volta.

«Hai scritto a Lily e Darbs?»

«Sì, ma non credo che vengano.»

Facciamo il giro dell'asta della bandiera e puntiamo verso il lato est della scuola, lontano dall'ingresso principale. Ci sono due "pali" – Danny Hollander e Sara Francis – appostati fuori dall'ala di arte. Ci fanno segno e ci spiegano che possiamo entrare da una finestra molti metri più avanti, dietro un paio di cespugli di abeti rossi.

«Non accendete luci» mi raccomanda Sara. «Avanzate tastoni e chiudetevi la porta alle spalle. Sono al primo piano.»

Entrare dalla finestra è facile. Attraversare l'aula di disegno nel buio più fitto un po' meno. Procedere a tentoni nel corridoio fino alla scala è completamente terrificante, ma quando arriviamo ai gradini, sentiamo il suono di risate da sopra e si comincia ad avere più la sensazione di qualcosa di divertente e meno di film horror da due soldi.

Arriviamo al primo piano e troviamo lanterne sparse tutto attorno e studenti *ovunque*. Ci sono non so quanti atleti dell'ultimo anno e – sorprendentemente – altrettanti non atleti. C'è Ainsley (ovviamente). È vicino a un tavolo strapieno di lucchetti per gli armadietti e li sta distribuendo a una fila di pimpanti cheerleader. Mi fa segno di andare da lei. «Bo Reeves ha trovato il passpartout. Abbiamo tolto i lucchetti a tutti gli armadietti e adesso li mescoliamo e li rimettiamo a caso.»

La guardo a bocca aperta. «Ma è geniale» esclamo, e lei mi risponde con un sorriso raggiante.

«Lo so, vero? Tutti dovranno provare tutti gli armadietti della scuola per trovare il proprio. Qualche mano in più ci farebbe comodo, ma prima di unirti a noi, va' a dare un'occhiata al secondo piano. È davvero magico.»

«Tu va' pure» mi dice Shaun. «Io aiuto con i lucchetti.»

Esito solo un secondo, poi scappo via.

A quanto pare devo essere stata tenuta all'oscuro di quel che accadeva per parecchio tempo, perché è stato fatto un bel po' di lavoro. *Davvero un bel po'*. I nostri compagni dell'ultimo anno devono avere passato una gran quantità di pomeriggi a darsi all'artigianato, perché ci sono miliardi di fiocchi di neve incollati ai muri e appesi al soffitto. Shaun lo adorerà. Ci sono ragazzi che entrano ed escono da diverse aule, perciò sbircio da una porta aperta.

E qui è ancora meglio.

La prima cosa che vedo è una palla stroboscopica di argento scintillante che sono certa un tempo fosse un mappamondo. È appoggiata in mezzo a un mucchio di penne argentee e a quello che sembra un plico di documenti d'argento fasciati a uno a uno, tutti posati su una cattedra d'argento, che si trova vicino a un cestino della spazzatura d'argento.

Improvvisamente capisco perché Cash abbia dovuto fare una spedizione apposta al supermercato vicino a casa sua per la nostra cena. Ecco perché nel negozio vicino a scuola non avevano più alluminio. Tutto in quest'aula – e intendo dire *proprio* tutto – è stato avvolto singolarmente in carta d'alluminio. Cattedra, lavagna, quadri alle pareti, cancellini. Tutto quanto.

Entro e mi guardo attorno. Non soltanto è carino – in un modo strano, un po' bizzarro – ma nella realizzazione di questa goliardata non si è fatto male nessuno. Né oggetti – della scuola o personali – né sicuramente animali.

Sento un rumore sulla soglia e mi volto a guardare. È Itch. «Oh, scusa» mi dice, e si volta per andarsene.

«Aspetta!» esclamo in frettissima e a voce un po' troppo alta. Lui si ferma però non si avvicina. Si appoggia allo stipite e aspetta. «Non ti ho più visto in giro» gli dico.

«Davvero? Perché andiamo alla stessa scuola.»

Ci riprovo. «Sono sorpresa di vederti qui.»

Si mette a braccia conserte. «Oh, tutt'a un tratto tu puoi essere un tipo di compagnia ma io no?»

«Itch.»

«Fammi indovinare. Vorresti il mio perdono. Vorresti che fossimo amici.»

«Ho rotto con te» gli ricordo. «Non è che ti abbia *pugnalato*.»

Itch si lascia andare a una breve risata rabbiosa. «Giusto. Niente pugnalate, niente di che.» Scuote la testa. «Lascia perdere, June.»

E questa volta, quando si gira per andarsene, non lo trattengo.

Finalmente, dopo che Theo mi indirizza nella sua direzione («Lo sai che c'è anche la sua ragazza qui, vero?» «Fottiti, Theo!»), trovo Oliver.

All'ingresso dell'edificio nord ci sono coni arancioni del traffico. Oliver è lì da solo, nell'atrio, a recintare tutta l'area con il nastro giallo. Quando mi vede mi fa un sorriso enorme. «Come sei arrivata?»

«Shaun.» Lo guardo dare due giri di nastro attorno al termosifone e fermarlo con un nodo. «Ti serve aiuto?»

«No, ho quasi finito.»

«Oh, va bene.» Sono delusa, ma non posso lamentarmi. Dopotutto, sono io quella che è arrivata in ritardo. «Allora vado a vedere se hanno bisogno di qualcosa al secondo pia...»

«Non andare» mi ferma Oliver, perciò non mi muovo. «Ti piace?»

Mi accuccio per passare sotto il nastro e lo raggiungo al centro dell'atrio. Anche qui ci sono fiocchi di neve attaccati alle pareti. «È carino.»

«Carino? Tutto qui?»

«Qualcuno deve avere passato un mucchio di tempo con carta e forbici.»

«Questo è certo.» Allunga una mano verso di me e mi mostra la nocca del dito indice. E dato che sembra che se lo aspetti, passo il polpastrello sul callo che si è formato in quel punto. È liscio. «Devo avere tagliato un milione di fiocchi di neve mentre aspettavo che tu finissi il tuo turno a *Mitica*.»

Mi sembra di vedere Oliver su uno degli sgabelli del suo seminterrato, chino sul banco con un paio di forbici, e sento stringersi lo stomaco. Mi rendo conto di avere ancora il dito sul suo e faccio per ritrarlo, ma Oliver mi afferra la mano prima che ne abbia il tempo. Lo guardo negli occhi e la morsa allo stomaco si stringe ancora di più.

«Avresti potuto chiamare. Sarei tornato a prenderti» mormora.

Ed è allora che succede.

In quel momento il mondo ruota e tutt'attorno a noi si dissolve. Gli occhi di Oliver sono concentrati sui miei e la sua massa di capelli biondissimi è l'unica luce in tutta la stanza. Non è solo per il suo aspetto, è per come *è* lui… e il mio cuore si spalanca. A colpirmi in pieno è la consapevolezza assoluta, dolorosa, che in un modo o nell'altro, senza volerlo, questo ragazzo ci è entrato dentro. Nonostante tutti i miei progetti e le mie negazioni, quando innalzavo tutte quelle barriere attorno a me, devo avere saltato un punto. Da qualche parte dev'essere rimasta una breccia, e da lì è entrato Oliver.

Questa consapevolezza mi lascia senza fiato, e questa volta quando mi ritraggo, lui mi lascia andare. «Non pensi di dire niente?» mi chiede.

È come se vedesse la mia mente turbinare, o forse è che sente il mio cuore sbattere contro la parete del mio petto. Scuoto la testa, perché Oliver ha una ragazza, una ragazza carina e popolare e *simpatica*, e qui sono io a essere in colpa; sono io quella che ha cambiato sentimenti e...

«Niente animali.» Oliver spalanca le braccia. «Niente vandalismo. Niente distruzioni di proprietà.»

Sta parlando della goliardata.

Solo della goliardata.

Non di noi.

Perché non esiste nessun "noi".

Io sono solo la buona azione che accompagna a scuola.

Perciò annuisco. Mi costringo a sorridere. «Ottimo lavoro. Davvero un ottimo lavoro.»

«Buone notizie.» Il sorriso di Oliver è enorme. «Sei qui per il *coup de grâce*.»

«Straordinario. Quando non c'è Theo nei paraggi sei addirittura bilingue.» Dal momento che è chiaro che non intendo essere sincera, tanto vale che ricorra alla mia vecchia amica, Miss Parlantina. Vorrei andarmene, correre via, scappare, ma non c'è modo di farlo senza che Oliver rimanga a chiedersi il perché.

Va a prendere una sacca vicino al muro opposto. Lo osservo, confessando finalmente a me stessa che mi piace il modo in cui si muove, che sono come tutte le altre ragazze e ammiro i suoi muscoli e i suoi capelli e la sua... *Oliverità.*

Se potessi prendermi a pugni nell'anima, in questo momento lo farei.

Oliver prende una tanica dalla borsa e me la porta. Lo osservo. «Olio vegetale?»

«Non andare in paranoia.» La capovolge e sul pavimento sgocciola un olio denso.

Faccio un salto indietro. «Ma che stai facendo?»

L'olio cola e si allarga in un grosso cerchio viscido e Oliver butta la tanica vuota in fondo alla stanza, dove va a sbattere contro il muro con un tonfo. «E dai, so che sei un tipo intuitivo.»

Ma a quanto pare non abbastanza da notare che mi stavo innamorando del campione della scuola.

«È un fiabesco paesaggio invernale» spiega Oliver. «Ecco il perché dei fiocchi di neve.»

Indico il cerchio sempre più ampio. «E tu hai appena fatto un fiabesco stagno d'olio invernale?»

«Questa è la pista da pattinaggio.» Credo che scambi per recriminazione il fatto che evito il suo sguardo. «Non fa male a nessuno. Si pulisce facilmente con il sapone e ho messo il nastro giallo tutto attorno, così nessuno rischia di finirci su per sbaglio. Era quello che volevi, no?»

Tranne che tutto quello che credevo di volere all'improvviso si è ribaltato. «Ma certo» mormoro con quello che sono quasi certa essere un sorriso stentato. «È fantastico.»

Oliver mi prende la mano e mi tira sul cerchio di olio. Scivolo verso di lui, rischio di cadere, e lui mi tiene stringendomi a sé. Per un istante brevissimo sono avvolta nelle sue braccia, tutto il corpo contro il suo, e so che tutte le altre ragazze hanno sempre avuto ragione, perché perfino i miei stinchi fremono a quella vicinanza. Ho la mano sinistra appoggiata al suo petto e – agendo di loro iniziativa – le mie dita si allargano a sentire i muscoli sotto di loro, a sentire la mano di Oliver che scivola sulla mia.

E di sicuro – *di sicuro* – questa volta non può non sentire il fiato che mi si blocca in gola, però non fa commenti. Si limita a scostarmi, tenendomi le mani nelle sue. «Pattiniamo» mi dice, e mi fa roteare. Strillo e lui ride, ma la sua risata si interrompe perché questa volta è lui a rischiare di cadere… e poi rido anch'io, perché anche se niente di tutto questo è reale e anche se finirà in modo doloroso… per questo momento soltanto sono mano nella mano con Oliver Flagg e pattiniamo insieme in un fiabesco paesaggio invernale.

SERA DEL BALLO

Le luci si spengono e il bagliore lascia il posto al buio. Non lo vedo, ma sento la sua voce.

«June, ma che stai facendo?»

So di dover dire qualcosa di importante ed epico e romantico, perché questo è un momento che richiede un gesto importante ed epicamente romantico, ma le parole non mi vengono. Invece tutto ciò che ho è la paura travolgente di avere già perso la sola persona che più desidero trovare.

Perciò tiro fuori qualcosa, qualcosa che non mi è sempre venuta così naturale.

La verità.

PRIMAVERA

VENTIQUATTRO

Il bozzolo che mi circonda è morbido. Protettivo. Caldo. Ci sono accoccolata dentro, felice e comoda, e quando alla mia coscienza arriva un rumore soffocato, scuoto la testa irritata. Mi seppellisco ancora di più nel mio guscio, non ho un motivo per diventare farfalla, non ho bisogno di cambiare…

Ma non è un bozzolo, è una trapunta. E il rumore viene da un punto all'esterno.

Un clacson.

Il clacson del bestione.

No!

Volo fuori dal letto e adesso che vedo il cellulare sul comodino, ho il vago ricordo di averne spento la sveglia. Prendo la gonna della sera prima, quella che ho lasciato cadere sul pavimento prima di strisciare sotto le coperte un paio d'ore fa, ma è unta di olio vegetale, perciò corro all'armadio. Trovo un paio di jeans e me li sto infilando quando la porta della mia stanza si apre. Mi volto di scatto con uno strillo, pensando che sia Oliver, ma è solo la mamma. Ha i capelli flosci sulla faccia e macchie di mascara sotto gli occhi. Ci guardiamo.

«Non hai un bell'aspetto» le dico alla fine.

«Parla per te» ribatte, e allora mi viene in mente che prima di addormentarmi, ieri sera, non mi sono neppure lavata la faccia o i denti. E per "ieri sera" intendo "poche ore fa", perché è stato allora che Oliver mi ha riportata a casa. «Ho detto a Oliver che può pure andare, ti accompagno io» finisce la mamma.

In macchina, mentre andiamo a scuola, mi dice che è orgogliosa di me. «Ma per tua informazione, hai ancora un coprifuoco.»

«Mi pare giusto.»

«E fra parentesi, non bere troppo quando sarai all'università» mi consiglia poi. «Questo tipo di mal di testa… è un vero schifo.»

Perdo la prima ora, ma corro nei corridoi pieni di fiocchi di neve e arrivo a inglese mentre sta suonando la campanella. Mi infilo al mio posto, con i capelli stretti in uno chignon ancora umido sulla testa. Ho avuto il tempo di fare una doccia veloce, ma non abbastanza da usare il phon.

Tutti ridono e chiacchierano e nessuno ha i libri con sé.

«Non possiamo» mi dice Lily. «Hanno cambiato le serrature di tutti gli armadietti.»

«Lo sa» dice Shaun lasciandosi cadere sulla sedia vicino a noi. «C'era anche lei.»

Lily mi guarda a bocca aperta. «Ma *tu* chi sei?»

Non rispondo perché non sono ancora riuscita a capirlo

neppure io. A quanto pare sono l'orrendo stereotipo che si è presa una bella cotta per il ragazzo desiderato da tutte. Non sono sicura se oggi sono più terrorizzata all'idea di incontrare Oliver e di dover fare conversazione spicciola con lui o di non vederlo per niente.

La professoressa Jackson non prova neppure a fare lezione. «Io correggo i compiti. Per favore, perlomeno vedete di parlare piano.»

Ha l'aria divertita, perciò Shaun le chiede: «Non è arrabbiata con noi per la goliardata, vero?»

Gli angoli delle labbra color pesca della prof si incurvano all'insù. «Diciamo solo che è un sollievo che la mia macchina non sia coperta di cacca di piccione.»

L'aula scoppia in uno scroscio di risate e lei ci indica la porta. «Andate pure.»

Tutti i corridoi sono pieni di studenti che ruotano combinazioni e strattonano maniglie prima di passare all'armadietto vicino e riprovare. Dopo quarantacinque minuti, finalmente trovo il lucchetto giusto su un armadietto vicino all'aula di matematica. «Vittoria!» grido, che a quanto pare è quello che si deve fare. Come per tutti gli altri, il mio grido di esultanza viene accolto da applausi e festeggiamenti.

La cosa attira l'attenzione di Ainsley, perché a un tratto è vicino a me e mi abbraccia. «Ce l'abbiamo fatta! Siamo rockstar!»

Le sto dando una pacca sulla spalla quando arriva Oliver con un lucchetto in pugno. Al solo vederlo il mio cuore sobbalza. «Il mio era al secondo piano» annuncia. A quanto pare su di lui la stanchezza non ha nessun effetto, perché ha gli occhi e i capelli e tutto il resto lucente e perfetto come al solito.

Ainsley alza gli occhi adoranti su di lui. «Non è un genio? La nostra è la goliardata più epica di sempre, ed è tutto merito suo.» Si alza sulle punte dei piedi per baciarlo e rimango schiantata come sotto un tram.

«Devo an...» comincio, ma improvvisamente Ainsley mi prende un braccio.

«Oh, mio Dio, che cosa fai durante le vacanze? Kaylie ha avuto l'insufficienza in algebra, perciò la mamma non la lascia andare, e adesso abbiamo un posto libero nel cottage. È a Cheboygan. Vuoi venire?»

«June va a New York» si affretta a dire Oliver.

In realtà non è così, perché mio padre è stato scritturato per una nuova commedia e quindi è impegnato con le prove, ma questo non è esattamente il modo o il momento in cui desidero comunicare l'informazione che i mirabolanti progetti per le mie vacanze primaverili dell'ultimo anno prevedono una permanenza a casa con mia madre. «Mi spiace» dico ad Ainsley. Lei mi abbraccia di nuovo.

Quando ricambio il suo abbraccio, il mio sguardo corre senza volerlo al viso di Oliver. Ci guardiamo e lui mi sorride.

E io distolgo lo sguardo.

VENTICINQUE

Per mia fortuna – ma per sfortuna loro – né Darbs né Lily hanno grossi progetti per le vacanze di primavera, ed è per questo che decidiamo di organizzare una giornata tra ragazze con un'uscita a pranzo seguita da manicure e shopping. Quando abbiamo tutte le unghie in ordine, andiamo in una libreria (la mia scelta), poi a fare un giro per negozi al centro commerciale (quella di Lily) e infine in una bottega di articoli di artigianato (quella di Darbs).

«Mi piace la cera di soia» dice Darbs, quando passiamo in rassegna il reparto candele. «Come veicolo per gli oli essenziali funziona meglio.»

«Che cosa ne dici di questo colore?» Lily le mostra un tubetto di colorante celeste per candele. «Guarda, si intona.»

Ci sventola una mano dalle unghie pervinca e io guardo le mie, di un rosso acceso. A metà manicure mi sono resa conto che con quel colore sembravo Marley Flagg, ma ormai ero troppo avanti per cambiare. E adesso mi accorgo che me ne sono già scheggiata una.

Ovvio.

«Pensi di uscire con qualcuno dei tuoi amici fighetti durante le vacanze?» mi chiede Darbs. Quando vede la mia espressione perplessa, chiarisce: «Cheerleader. Giocatori di football. Idioti».

«Alcuni di quegli idioti sono miei amici» le rammento.

«E dai, June. *Theo!*»

«Che schifo» le fa eco Lily.

«Theo no. Decisamente no.» Guardo Darbs. «Tu stai con Ethan?»

«Non è chiaro.»

«Se non ci esci tu, dovrebbe farlo Lily» dico, e a quel punto Darbs e io scoppiamo a ridere. Lily ci guarda senza capire, così le spiego. «Perché io l'ho baciato durante le vacanze estive e Darbs in quelle invernali, perciò in queste vacanze è il tuo turno.»

«Be', ecco, aspetta un attimo, però» interviene Darbs.

Ci voltiamo a guardarla sorprese.

«Ti piace davvero!» l'accusa Lily.

«Forse, non lo so. È solo che per il momento non voglio che qualcun'altra gli ficchi la lingua in bocca.»

«Mi pare giusto» osserva Lily.

Arriviamo in fondo al reparto e svoltiamo l'angolo, dove Zoe Smith ha un cestino di plastica del negozio. Dopo esserci scambiati saluti e commiserazioni per queste vacanze da sfigate, ci mostra i suoi acquisti. «È cioccolato da fondere» ci spiega. «Basta scaldarlo e versarlo negli stampi e quando solidifica hai dei cioccolatini, come per magia.»

Lily guarda i sacchetti nel suo cestino. «Ma quelli sono già cioccolatini. Hanno la forma di cuoricini.»

«Lo so» risponde Zoe. «Ma dopo che li avrò sciolti e messi negli stampi, avranno la forma di orsetti. Molto più carini.»

«Sono un regalo per qualcuno?» chiede Darbs, e Zoe scuote la testa.

«Magari. No, accidenti, sono per economia domestica. Dovrebbe essere un corso facile, eppure non riesco a passarlo. Ho una media pessima, perciò devo cucinare durante le vacanze per guadagnare dei crediti extra: non è una palla?» Conveniamo tutte che sì, è una palla, e poi Zoe continua: «Perfino Oliver Flagg, che si è iscritto solo per via di quella scommessa con Theo, perfino *lui* ha un voto migliore del mio. Quando un giocatore di football tutto testosterone come lui ti batte nel flambé, capisci che fai proprio schifo».

Sento l'ansia agitarmi dentro. Avevo dimenticato la faccenda della scommessa e non ho mai saputo di che cosa si trattasse. A un tratto ho la sensazione che starei davvero meglio rimanendo nella mia beata ignoranza.

È Darbs a chiederlo. «Quale scommessa?»

«Oh, non lo sapete?» Zoe posa il cestino per terra. «Dunque, Oliver ha cominciato a uscire con Ainsley a un certo punto dell'anno scorso, giusto?»

Con la mente torno indietro nel tempo, quando Itch è arrivato in città. Quando io ero la ragazza che si era messa con quello nuovo. All'epoca non è che prestassi molta attenzione a Oliver, ma ora che ci penso, mi pare che i tempi indicati da Zoe coincidano.

«È successo più o meno in questo periodo» continua intanto lei. «Intorno alle vacanze di primavera. Oliver ha scommesso con Theo che sarebbe riuscito a entrare nelle mutandine di Ainsley prima del Quattro Luglio.»

«No!» Non mi accorgo di averlo esclamato ad alta voce finché non si girano tutte a guardarmi. «Oliver non è il tipo» spiego.

«Ma per favore!» sbuffa Zoe. «Sono *tutti* il tipo. Mio fratello è nella squadra di atletica, me l'ha raccontato lui.»

Mi trasformo in una statua. Fredda. Di pietra. Così immobile che non riesco a voltare la testa per guardare Lily o Darbs.

«Anche il resto della squadra lo sapeva» continua Zoe. «Oliver non è arrivato dove doveva entro la scadenza, perciò si è dovuto iscrivere a economia domestica. Eppure se la cava benissimo, e invece io non ci arrivo.»

Ondate di orrore investono il mio io pietrificato. Ero gelosa di Ainsley mentre in realtà avrei dovuto essere *dispiaciuta* per lei. E Theo: pensavo che lui fosse il diavolo in Terra, ma adesso viene fuori che Oliver è altrettanto orrendo. O anche peggio. Perché Ainsley è la *sua* ragazza. Dovrebbe avere cura di lei, proteggerla, essere *buono* con lei. Non trattarla come un *oggetto*.

Oliver.

Mi ha così delusa che vorrei piangere.

Zoe continua a parlare. Di come debba fare anche un lavoro di cucito per i crediti in più, e se crediamo che valga anche il puntocroce. Non rispondo, e neppure Darbs e Lily, perché mi stanno guardando.

Mi stanno guardando con un'espressione di pietà.

VENTISEI

Sono già sul portico quando il bestione romba per Callaway Lane. Mi sono preparata per tutta la settimana e adesso che ci siamo, sono pronta. Anzi, sono più che pronta. Sono *entusiasta.* Non devo più battagliare con una stupidissima cotta per Oliver, con i miei stupidissimi *sentimenti* per lui. Tutto questo è svanito in un momento straziante, con la consapevolezza che è esattamente la persona che credevo che fosse la prima volta che mi sono arrampicata sul suo bestione succhiabenzina. Mi è stato ricordato che Oliver Flagg non è altro che un ragazzo del cavolo che fa scommesse del cavolo, e questo significa che la mia era solo un'attrazione. Tutto qui. Stupida alchimia. Nient'altro.

È un vero *sollievo.*

Oliver si ferma nel vialetto e lo raggiungo prima ancora che mi sblocchi la portiera. La spalanco, mi butto dentro e la sbatto. Poi mi volto a guardarlo e mi concedo il permesso di prendere nota della sua bellezza virile, dei muscoli e della mascella squadrata e del resto. Tutto questo non è altro che una maschera che nasconde la sua vera natura: un bastardo misogino che usa le donne. Proprio quello che disprezzo.

Mi scocca un'occhiata prima di riprendere la strada. «Tutto a posto, Rafferty?»

Ha ripreso a chiamarmi per cognome: mi pare giusto.

«Bene» rispondo secca, incrociando le braccia sul petto.

Oliver guida. Non avvia la playlist. Neppure io. Non parla. Neppure io. Finalmente mi rendo conto che ha la mascella serrata e gli occhi socchiusi. Ha l'aria furiosa quanto mi sento io.

Be', fanculo allora!

Facciamo tutta Main Street prima di arrivare a un semaforo rosso e finalmente Oliver si volta verso di me. «Che problema hai?» mi chiede con una voce che è scontrosa e arrabbiata.

Gli scocco un'occhiata fulminante. «Ti credevo diverso.» Sputo le parole a denti stretti. «Mi incazzerei *di brutto* se venissi a sapere che Itch ha scommesso sulla nostra vita privata.»

Il colore gli sale agli zigomi e finisce per attestarsi sulle punte delle orecchie. I cerchi scuri nei suoi occhi si intensificano e i muscoli del collo si irrigidiscono. Ci fissiamo e per un secondo ho quasi paura di lui, perché ha un'aria davvero, davvero furiosa.

Ma poi torna a guardare la strada. Preme l'acceleratore. Le sue dita si stringono sul volante e le nocche gli diventano bianche. Non dice una parola per il resto del viaggio.

Riesco a evitare Ainsley arrivando tardi a lezione di fisica e uscendo prima. Più tardi la vedo in mensa, ma faccio in fretta dietrofront e vado nella direzione opposta. Non posso spiegarle perché oggi non voglio pranzare con lei e i suoi amici. E neppure domani. E neppure mai.

Mi sento troppo in colpa di non riuscire a dirle la verità.

Mi imbatto in Oliver nell'ingresso, tra una lezione e l'altra del pomeriggio, ma lui distoglie volutamente lo sguardo da me, il che non ha il minimo senso, perché qui *sono io* la buona. *Sono io* quella dalla parte degli angeli. Non *sono io* l'idiota che fa scommesse e sfrutta le ragazze.

E che cavolo!

Dopo la scuola Shaun mi raggiunge al mio armadietto. «Lily e Darbs mi hanno detto quello che è successo. Stai bene?»

«Sto bene, perché non dovrei?» Lui mi guarda senza fare commenti, perciò glielo scandisco a chiare lettere. «Mi accompagna a scuola, e allora? Non è che siamo veramente *amici*.»

Qualche giorno fa sarebbe stata una bugia. Ora non più.

Terzo giorno di silenzio. Oliver è arrivato in ritardo (per lui) e adesso sediamo in un orribile e gelido silenzio da venti minuti. Quando entriamo nel parcheggio della Robin High, lo guardo di sottecchi.

Ha ancora lo sguardo fisso davanti.

Ha ancora le mani strette sul volante.

Scuoto la testa e non me ne frega neppure niente se se ne accorge.

Due ore in autobus non mi sembrano più così male.

VENTISETTE

Dopo una settimana sembra che Oliver ne abbia abbastanza.

«Non sono affari tuoi» dice non appena metto piede nel bestione. Mi guarda fisso, non inizia la retromarcia, non va verso la scuola, niente. «Sì, fare quella scommessa è stata una cosa da idiota, ma non posso spiegartelo. Non *voglio* spiegartelo. Non potresti capire.»

Trovo la voce. «Avere a che fare con un idiota è una cosa universale. Un'esperienza globale.»

«Tu e io viviamo in due mondi diversi» sbotta. Si sporge verso di me per farmi capire che fa sul serio. «E magari il mio mondo potrà sembrarti stupido, potrà sembrarti idiota e superficiale e noioso...»

«Non ho detto questo...»

«Ma tu quel mondo non lo conosci.» Oliver è furioso. «E a quanto pare non conosci neppure *me*.»

Invece credevo di conoscerlo, ormai.

«Avresti potuto dirmelo» ribatto. «All'inizio, prima che diventassimo amici. Allora perlomeno...» *Non mi sarebbe importato. Non ci sarei rimasta male.*

«Perlomeno che cosa? In che modo sarebbe stato diverso?»

Fisso i suoi occhi nocciola, cerchiati di grigio e di rabbia, e capisco: non ci sarebbe stato niente di diverso. È tutto solo un grande e crudele gioco del destino. Avrei potuto scegliere qualsiasi altra strada – quella in cui rimanevo con Itch, quella in cui prendevo l'autobus, quella in cui non collaboravo alla goliardata – e non avrebbe avuto importanza. Tutte quelle altre strade mi avrebbero comunque portata allo stesso punto. Mi sarei comunque innamorata di questo ragazzo.

E lui mi avrebbe comunque spezzato il cuore.

«D'accordo» gli dico, perché la verità non è un'opzione possibile.

«D'accordo?»

«D'accordo nel senso che mi sforzerò di smettere di giudicarti per la scommessa.» Lo sputo fuori tutto in un solo fiato, ritirandomi nell'angolo del mio sedile. Cercando di mettere più distanza possibile fra di noi.

«D'accordo.» Oliver è scuro in volto. «E poi, c'è un'altra cosa di cui dobbiamo parlare.»

Ha ancora la voce dura e quel suono mi fa passare di botto dalla tristezza al panico. Ce l'ha avuta con me per tutto questo tempo, per tutta la settimana, e io non so perché. Forse era qualcosa di più della reazione alla *mia* rabbia. Forse c'era qualcos'altro.

I suoi genitori.

Forse Oliver ha scoperto dei suoi, il che vuol dire che sa che io so, e adesso magari mi odia e…

«Oliver» inizio, ma sembra che non mi senta. Ha tirato fuori il cellulare e sta scorrendo un dito sullo schermo.

«Facciamo così: non è una gran cosa, perciò non rompere e non farla tanto lunga, e decisamente non ho voglia di farci su una conversazione approfondita, ma per oggi, solo per oggi, ascolteremo la mia musica e la mia soltanto.» Fa partire una canzone – credo che siano i Warrant, ma non è nella nostra playlist – e finalmente mi guarda. «Ainsley e io abbiamo rotto.»

La notizia mi fa battere il cuore all'impazzata. Oliver mi vede aprire la bocca – anche se non sono sicura di quello che dirò – e si affretta ad aggiungere: «No, non ho voglia di parlarne».

E così, *ecco* perché da quando è tornato dalle vacanze è tanto nervoso.

Esce in retromarcia dal vialetto e si dirige verso Plymouth. Ha lo sguardo fisso davanti a sé, io invece lo scruto a bocca aperta. Scuote la testa. «Lo sapevo che avresti fatto così.» Mi guarda di sottecchi e sospira. «Non farlo, June. Ti prego, non farlo... L'unico motivo per cui te l'ho detto è che non ho voglia di fare l'idiota come te quando hai rotto con Itch.»

Mi volto a guardare fuori dal finestrino. Sì, Oliver ha decisamente la capacità di ferire i miei sentimenti. Lo sento agitarsi sul sedile al mio fianco e mi chiedo se dirà qualcosa, e invece la sua stupida musica va ancora più forte. Ha soltanto alzato il volume.

Mentre vedo i prati scorrere veloci attorno a noi, mi rendo conto che non sono infelice solo perché Oliver si comporta da stronzo. È perché le regole sono appena cambiate un'altra volta, e la cosa mi ha colto di sorpresa. No, peggio. Mi spaventa.

Non so come affrontare tutta questa cosa dell'amicizia-non amicizia con Oliver se lui è single.

Sto aspettando che inizi fisica quando sul mio tavolo del laboratorio atterra un quaderno rosa. Alzo gli occhi e vedo Ainsley in piedi accanto a me. Mi fa un sorriso triste. «Posso sedermi qui?»

«Certo.» Una parte di me è dolorosamente curiosa di sapere che cos'è successo fra lei e Oliver. La parte più sveglia – ma più piccola – di me pensa che dovrei restarmene beatamente nell'ignoranza. E poi, meno parliamo, meno mi sento in colpa per non averle detto niente della scommessa.

Si siede e appoggia i gomiti sul banco, con la testa sul palmo della mano, rivolta verso di me. «Mi hai evitata.»

«Non volevo immischiarmi.» Continua a guardarmi, perciò mi spiego meglio. «Era imbarazzante.» Perlomeno questa parte è vera.

«Come sta?»

Non sono sicura di quale sia la risposta giusta, perciò opro per la verità. «Non lo so. Non ha detto molto.»

Ainsley annuisce. «Però ti ha detto che abbiamo rotto.»

Questa volta non riesco a trattenermi dal chiederle: «Ma che cos'è successo?»

Serra le labbra prima di rispondere. «È solo che non ne avevo più voglia. Essere la sua ragazza non era più *divertente*.»

Wow. Non è stata una rottura concordata: lei lo ha scaricato. Il che significa che Oliver ha il cuore spezzato. E questo spiega il suo comportamento al ritorno dalle vacanze.

«E lui come l'ha presa?» le chiedo.

«Non ha detto niente. Non sono riuscita a capire se era arrabbiato o triste o che. Come stava Itch quando hai rotto con lui?»

Perlomeno questa è facile. «Era furioso.»

Quando suona la campanella, in classe entrano un mucchio di ragazzi, e Oliver è tra loro. Passa dritto davanti al mio (al nostro) banco senza uno sguardo.

Ainsley sospira. «Credo che anche Oliver lo sia.»

«Tieni» dice Oliver passandomi il cellulare mentre aggancio la cintura. «Aggiungi una canzone.»

«Perché?» gli chiedo guardinga. «Ho dimostrato qualcosa senza rendermene conto?»

«No, ma lo farai. Sei straordinariamente competitiva, perciò non appena penserai che sia passato abbastanza tempo, userai la mia situazione sentimentale per dimostrare una volta di più che il liceo non conta. E dal momento che non ho voglia di litigare per questo o di discuterne con Shaun, te la do vinta.» Mi ficca il cellulare in mano. «Avanti, aggiungi la tua canzone.»

Ingrana la retromarcia e io guardo il telefonino nelle mie mani. La fotografia dello sfondo immortalava lui e Ainsley che sorridevano all'obiettivo, adesso invece non c'è niente.

«Mi serve un attimo» gli dico prendendo il mio cellulare.

Dopo avere acquistato, digitato e inviato per qualche minuto, la nostra *Playlist dell'alba* conta un nuovo elemento. Tocco un'ultima volta lo schermo e dagli altoparlanti escono le prime note di batteria seguite da una chitarra acustica e un pianoforte. Un attimo dopo su di noi aleggia una voce melodica.

Oliver aggrotta la fronte. «Non mi sembra il tuo solito punk.»

«Non lo è.»

Mi scocca un'occhiata. «E allora che roba è? Chi è?»

«Carly Simon. Mi sembra appropriata.»

Mi appoggio allo schienale con le braccia conserte mentre nell'abitacolo parte il ritornello di *You're So Vain*. Oliver svolta per Plymouth con un po' più di foga del solito. «Simpatica, Rafferty. Davvero simpatica.»

È il quarto giorno di musica e nient'altro che musica sulla strada per la scuola. Vorrei fare una chiacchierata vera con Oliver, sapere come sta, da amica ad amico. Cercare di superare tutta la storia della scommessa e della rottura. Vorrei confortarlo, parlarne, abbracciarlo e stringerlo forte, sentire il suo fiato su…

No, un momento! Quello no. Quello mai.

Vorrei soltanto che tornassimo a essere normali.

E invece non lo siamo.

«Ehi, Oliver» dico cercando di sovrastare la musica mentre entriamo nel parcheggio. «Mi chiedevo…»

Mi blocco perché ovviamente lui sta salutando qualcuno, e ovviamente quel qualcuno è Theo, che viene impettito verso di noi. Per oggi addio all'ultima speranza di una conversazione sensata.

Theo ci raggiunge nel momento in cui scendiamo dall'auto. Mi squadra in maniera molto plateale e fastidiosa, poi si volta verso Oliver. «Hai controllato quel link che ti ho mandato?» Mi guarda di sottecchi e abbassa la voce. «Quello sulla *letteratura*.»

Sì, come no.

Oliver annuisce. «Quella letteratura era molto… molto *dettagliata*.»

Poi si danno il cinque, si battono il pugno, dopo di che Theo fa dei gesti che non lasciano niente all'immaginazione riguardo al vero contenuto di quel link. Di sicuro – *di sicuro* – non si tratta di letteratura.

«Ciao, ragazzi» li saluto andando verso la scuola. Purtroppo Oliver e Theo mi seguono da vicino. Non si preoccupano neppure di abbassare la voce.

«Vorrei provarne qualcuna» dice Theo a Oliver. A quanto pare stanno parlando ancora di quel sito schifoso. «Tu no?»

«E chi ti dice che non lo abbia fatto?» ribatte Oliver, e in fondo alla gola sento risalire un gusto acido. La mia attrazione per lui avvizzisce, si riduce in polvere e vola via con il vento di primavera. So che ci sono ragazze a cui, per motivi imperscrutabili, piacciono i tipi idioti, ma decisamente io non sono una di loro.

Il che significa, ora che ci penso, che forse è una bella cosa che Oliver sia tornato ai suoi modi da atleta.

VENTOTTO

Mentre ci prepariamo a uscire dall'aula di fisica, Ainsley mi prende per un braccio. «Sabato prossimo c'è una festa da Kaylie. Dovresti venire.»

«Kaylie e io non ci frequentiamo.» È vero, dato che le avrò rivolto sì e no una dozzina di parole in vita mia, e alcune di queste erano cose tipo: «Scusa», o: «Quella matita è la mia».

«Può venire chiunque. Tutti quelli dell'ultimo anno.»

«Aspetterò di ricevere l'invito» prendo tempo, e lei mi sbatte addosso la borsa.

«Eccoti il tuo invito.» Sorride, ma poi torna seria. «Posso chiederti una cosa?»

Non riguardo a Oliver. Non riguardo a Oliver.

«Ma certo.»

«Riguarda Oliver.» *Ovviamente.* «Come sta?»

«Se devo essere sincera, non ne ho idea.»

«Sentite musica mentre venite a scuola?»

Annuisco. «Forse potresti chiederlo a Theo.»

Ainsley inarca così tanto le sopracciglia che si uniscono al centro. «A Theo?»

«Da quanto ne so, è l'unica persona con cui Oliver si confida.»

Ainsley scuote la testa. «Non va per niente bene.»
«Non dirlo a me.»

È primavera, il che vuol dire che c'è il sole e si sta bene, ma non fa ancora troppo caldo. Vuol dire che tutti escono a mangiare sulle gradinate. Lily, Darbs, Shaun e io andiamo al nostro solito posto, ma adesso ci sono milioni di altri ragazzi sparpagliati qua e là in gruppetti come il nostro. Abbiamo appena terminato un'intera conversazione sulla fine delle vacanze di primavera e Yana e l'ultima relazione dell'anno su un libro, quando Lily fa la domanda che avevo sperato di evitare. «Allora, voi al ballo ci andate sicuramente?»

Shaun e Darbs annuiscono entrambi, e non me lo aspettavo. Shaun sì, ma Darbs... avevo pensato che avrebbe dato buca.

«Io sono il deejay» spiega Shaun. «Non posso evitarlo.»

«Io non *voglio* evitarlo» dice invece Darbs. «Sarà divertente.»

«E ci vai con qualcuno?» le chiedo.

«Sono indecisa.»

«Fra chi?» chiede Lily.

«Non so se correre il rischio di chiederlo a Yana o se dire di sì a Ethan.»

«Ethan ti ha invitata al ballo? A me non ha neppure mai mandato un SMS!» La guardo a bocca aperta. «Devi baciare da Dio.»

Darbs agita la lingua verso di me. «Oh, conosco un paio di mosse.»

«Che schifo!»

«E tu ci vai?» chiede Shaun a Lily.

«Forse, se il mio nuovo ragazzo ne avrà voglia.» Lo dice sorridendo compiaciuta e divertita, perché reagiamo esattamente come si era aspettata: strillando e subissandola di domande. A quanto pare, Lily si vede con uno di vent'anni che ha conosciuto a Saline a un concerto underground. Si chiama Gordy, si tinge i capelli di un nero lucente e mette l'eyeliner. «È troppo figo» ci dice Lily.

Dopo, quando sto tornando con Shaun alla sede, mi dà una gomitata nel fianco. «Sei sempre contraria al ballo?»

«Al cento per cento.»

«Solo perché è una tradizione antiquata di un'era patriarcale che priva le donne di ogni diritto mettendole nella posizione subalterna di dover aspettare un invito da parte di un uomo?»

«Più o meno.»

«Cambia idea. Vieni con me» mi propone.

«E Kirk?»

«Non posso invitare lui. Mi direbbe di no e ci rimarrei malissimo. È meglio che lo lasci stare. Vieni tu con me al suo posto.»

«Ma è pazzesco. E no, tu sei il deejay.»

«Puoi sempre tenermi compagnia.»

«Senza offesa, ma no, grazie» gli dico. Quello che invece *non* gli dico è che l'idea di starmene chiusa nella cabina del deejay con il mio migliore amico gay durante la più sacra delle tradizioni del liceo mi farebbe sentire una patetica sfigata. La ragazza che non è riuscita ad avere un invito *vero*. E sì, so che molti dei miei compagni dell'ultimo anno stanno pensando di andare in gruppo e che va benissimo anche andarci da soli… ma non voglio farlo. Non voglio perché…

«Oliver» dice Shaun, e sento il mio corpo reagire con un fremito.

«Oliver che cosa?» chiedo con il tono di voce più indifferente che riesco a fingere.

«Lui è single. Tu sei single.» Shaun fa spallucce. «Sembra una cosa talmente *ovvia*.»

«Credevo che ti fossi iscritto al partito "Odiamo Oliver" insieme con Darbs e Lily.»

«No. Ho fatto anch'io cose stupide solo per integrarmi.» Shaun scuote la testa. «Certo, ho smesso dopo le scuole medie, però le ho fatte. Il più delle volte Oliver è davvero un tipo a posto, bisognerebbe riconoscerglielo.»

«Penso di sì.» Camminiamo in silenzio finché non siamo quasi arrivati. «Però siamo amici, o qualcosa di simile. Andare al ballo insieme… lo trasformerebbe in qualcosa di diverso.»

«Forse hai bisogno di qualcosa di diverso.» Shaun mi guarda di sottecchi e io gli do uno spintone.

«Ma chiudi quella boccaccia.»

«Ci vai da Kaylie sabato?» La mia domanda è un tentativo disperato di fare conversazione con Oliver sulla strada per la scuola.

«No.» E poi, per la prima volta in una settimana, ribatte addirittura con una domanda. «E tu?»

«Ci sto pensando.»

«Dovresti. Kaylie dà delle belle feste.»

«E allora tu perché non ci vai?»

«Perché sono già stato a un mucchio di feste di Kaylie.»

Lo guardo pensando se fargli un'altra domanda. Sembra che stiamo facendo progressi – perlomeno in questo momento – però non voglio farlo arrabbiare e rischiare di ricacciarlo a Stronzolandia, anche se in quel paese c'è una certa pace, perché quando lui è lì, non ho paura che torni l'attrazione.

«È perché Ainsley ci va?»

Oliver mi scocca un'occhiata e lo vedo soppesare la risposta. «No.»

«E allora perché?»

«Perché ho promesso a mia madre di aiutarla in casa, tutto qui.»

Rimaniamo in silenzio mentre lui cerca parcheggio, ma una volta smontati dalla macchina, improvvisamente si gira verso di me. «Tu credi che dovrei andare?»

«Sì» rispondo impulsivamente, che è il motivo per cui non ho una risposta pronta quando Oliver mi fa l'inevitabile domanda successiva.

«Perché?»

Perché voglio che tu venga.

Mi balena nella mente come un fatto semplice sul quale non ho alcun controllo. Come la gravità. «Perché… perché sarà divertente.»

«Ma non credi che ci saranno altre feste divertenti?»

Non sono sicura di dove voglia andare a parare. «Forse. O forse no. Ormai la scuola è quasi finita.»

Oliver annuisce. «Perciò è una delle ultime volte che potrò passare un po' di tempo con tutti i miei amici.»

«Sì. Potrebbe anche essere l'ultima grossa festa dell'anno.»

«Tranne per il ballo.»

Uh.

«Giusto. Tranne per il ballo.»

La faccia di Oliver si fa seria. «Quindi stai dicendo che è importante.»

«Appunto» confermo, e quando suona la campanella e Oliver mi sorride trionfante mi rendo conto del mio errore. «Maledizione!»

«Oh, June» esclama, e tutta la mia attrazione per lui torna di colpo, perché il suo sorriso è così ampio e i suoi occhi così castani e qualcosa nel modo in cui pronuncia il mio nome mi stringe lo stomaco. «Un'altra canzone per la nostra playlist. Ma quand'è che imparerai?»

A quanto pare la risposta è "mai", perché eccoci di nuovo al punto di partenza: con me che fallisco senza speranza, con lui inconsapevole e inaccessibile.

E ovviamente, l'unica cosa che dico è: «Ma smettila!»

E lui scoppia a ridere.

VENTINOVE

Quando Shaun arriva a casa mia, insiste a giocare alle signore. Perlomeno, è così che io chiamo il suo desiderio di scegliermi un look adatto. «Non è che tu sia vestita *male*» mi dice scrutandomi. «Però non è l'abbigliamento adatto a una festa.»

«Secondo mio padre, questi sono i jeans più alla moda a New York» protesto indicando uno strappo elaborato lungo la coscia.

«Sono sexy» mi assicura Shaun. «Ma quella maglietta potresti metterla per andare a catechismo. Che cos'altro abbiamo?»

Dopo mezz'ora passata a rovistare nel mio armadio (e a fare una miriade di battute sul suo contenuto), Shaun ha bocciato la mia T-shirt in favore di un crop top a maniche lunghe con un motivo a piccole zebre, un regalo che mi ha fatto mio padre due anni fa. Tiro l'orlo, che a malapena mi sfiora l'ombelico. «È troppo piccolo.»

«Una maglietta non potrà mai essere troppo piccola.» Shaun valuta il mio completo. «Scarpe.»

Io voglio le infradito, lui vuole i tacchi. Dal momento che tacchi non ne ho e lui rifiuta di concedermi le infradito, raggiungiamo un compromesso con un paio di zeppe ricoperte di lustrini che ho messo solo un paio di volte.

«Se mi rompo una caviglia sarà tutta colpa tua» gli dico.

Shaun si limita a indicare i miei capelli, che sono legati in una coda. «Scioglili.»

«Ma quando sono sciolti non stanno in ordine.»

«Be', un po' di disordine non ti farebbe male ogni tanto. *Scioglili.*»

Qualche minuto dopo i capelli mi incorniciano la faccia in onde già arruffate. Shaun alza i pollici. «È divertente. Dovremmo farlo più spesso.»

«O anche no» ribatto. Ma il mio riflesso allo specchio sorride.

Dal momento che di solito a queste feste non vado, è un po' una delusione scoprire che la gente non si butta dal tetto nella piscina o fa il gioco della bottiglia e che non c'è neppure una rissa. A quanto pare Hollywood non ci ha capito niente.

Quello che ha capito, invece, è la musica a tutto volume e i barili di birra e i vestiti che mostrano troppo. Quando entriamo e vediamo un gruppo di ragazze seminude, ho un lampo di gratitudine per l'insistenza di Shaun.

Troviamo Kaylie in cucina, al centro di una folla. È appoggiata al banco e ride con una fettina di lime fra i denti. Restiamo a guardare mentre Bo Reeves le scrolla del sale sul seno, subito sopra l'orlo della canottiera scollata. Glielo lecca, poi manda giù uno shot. Mentre tutti applaudono, strappa con i denti il lime dalla bocca di Kaylie e lo succhia qualche istante prima di sputarlo nel lavandino. Quindi si volta verso di lei e preme la bocca sulla sua. Lei lo lascia fare per una frazione di secondo, poi si ritrae con un gran: «Ehi, ehi, ehi!»

Il pubblico le fa eco e io scambio un'occhiata con Shaun. «Com'è romantico!»

Kaylie strilla di nuovo e mi accorgo che ci sta fissando. «June! Shaun! Venite a fare il body shot!»

Shaun mi sorride. «Io devo guidare.»

«E che cavolo!» esclamo strappando a Kaylie un nuovo strillo. Versa un fiotto di tequila nel bicchierino da shot e me lo porge. «Lo hai mai fatto?»

Guardo attorno a me il pubblico composto da quelli che presumo essere veterani del body shot. «No.»

«Te lo dovresti mettere nella scollatura» dice Kaylie con un tono confidenziale che chiunque nel raggio di sei metri riesce a sentire. «Però non volevo che Bo mi vedesse le tette.»

«In linea di massima, anche io seguo una politica di riservatezza riguardo alle mie tette.»

«LSDC» dice Kaylie, e io rido perché finalmente sembra che gli acronimi di Darbs abbiano preso piede. Kaylie fa un gesto ai ragazzi. «A chi tocca?» Conosco buona parte delle facce ma non vedo nessuno che desideri leccare in modo particolare, perciò indico Shaun. A quanto pare è una buona scelta, perché tutti applaudono e c'è uno scroscio di risate.

«Fallo etero!» grida Danny Hollander, e Shaun gli mostra il medio.

Prendo da Kaylie la fettina di lime e la passo sul dorso della mano di Shaun. «Sono quasi certa che non ti renderà etero» lo rassicuro mentre Kaylie ci spruzza il sale sopra.

«Se vuoi provare non c'è problema.» Shaun apre la bocca in modo che possa infilargli il lime fra i denti.

Gli lecco il sale dalla mano e mando giù la tequila. È molto più forte di quanto non pensassi e, senza volerlo, la mia faccia si contorce in una smorfia, per cui tutti ridono. Scuoto la testa e mi appoggio a Shaun per prendergli il lime dalla bocca. «*Bleah!*» dico quando sulla lingua non sento più il sapore e tutti hanno smesso di applaudire la mia straordinaria impresa.

«Congratulazioni! Hai perso la verginità del body shot!» mi dice Shaun.

«Grazie. Sei diventato etero?»

«In realtà credo che tu mi abbia reso ancora più gay.»

Un altro strillo di Kaylie annuncia l'arrivo di un nuovo gruppo di ospiti, così, ora che l'attenzione non è più puntata su di noi, Shaun e io andiamo a prenderci una birra.

«Possiamo fare a metà» propone lui.

È un'ottima idea, soprattutto perché la tequila mi brucia ancora nella gola. Mentre Shaun riempie un bicchiere di plastica, la porta sul retro si spalanca e una ragazza entra barcollando all'indietro. È chiaramente Ainsley, perché i capelli folti e ondulati e color sabbia le arrivano quasi alla vita, eppure *non può* essere lei. Perché attorno ai suoi fianchi ci sono un paio di mani molto grandi e molto maschili che la brancicano... e sono quelle di Theo Nizzola.

Voglio credere che sia un gioco – un gioco che si fa alle feste e che io non conosco, tipo un'altra versione del body shot – ma Theo e Ainsley non hanno alcol con sé, a quanto vedo. E poi sono così incollati che non riescono neppure a staccare le bocche quanto basta per entrare in casa. Fra un bacio e l'altro mormorano qualcosa, e mentre Shaun e io li fissiamo, Ainsley si toglie le mani di Theo dalla vita per intrecciare le dita alle sue. Entra in cucina tirandoselo dietro.

E dato che lui guarda avanti, e dato che Shaun e io siamo lì a fissarli a bocca aperta, Theo si rivolge per prima a noi. «Che cos'avete da guardare?»

L'esclamazione sorpresa di Ainsley ci evita di dover rispondere. «June! Sei qui!»

«Mi hai invitata.» Sento il gelo nella mia voce. All'improvviso capisco che cosa possa avere spinto Oliver a dare un pugno in faccia a Itch.

«Ma avevi detto che non saresti venuta.» Agita le mani davanti a sé, angosciata, e ha gli occhi più verdi e più grandi del solito.

«Shaun mi ha convinta a cambiare idea» dico occhieggiando Theo. «Forse avrei dovuto dirtelo.»

«No, no. Certo che non dovevi dirmelo.» Scuote la testa. «Scusami tanto, sono solo sorpresa, tutto qui.»

«Lo vedo.» Mi volto verso Shaun. «Andiamo da un'altra parte.»

«Aspetta. Posso parlarti?» mi ferma Ainsley.

Non è che abbia particolarmente voglia di sentirle spiegare perché stava limonando con il migliore amico di Oliver, perciò guardo Shaun. Spero che mi salvi, invece lui fa segno di sì e mi ficca in mano il bicchiere di birra. «Vai pure.»

Seguo Ainsley in cucina e poi nell'affollato soggiorno e da lì in veranda. Non è grande come la nostra, ma nell'angolo c'è un dondolo. Mi siedo da una parte e lei si lascia cadere dall'altra.

«Theo glielo avrebbe detto stasera. Era questo il piano, ma poi Oliver ha deciso di non venire.»

Le indico la casa. «E credi davvero che tutti gli altri manterranno il segreto? Siete abbarbicati uno all'altra come due piovre.» Non aggiungo quello che penso realmente: *schifo schifo schifo*.

«Non ci abbiamo pensato. Volevamo solo venire alla festa come amici, ma poi ci siamo presi per mano e a un tratto ci è sembrato sciocco cercare di nasconderlo, capisci?»

«No, in effetti *non* capisco. Potresti avere qualsiasi ragazzo e vai a scegliere proprio il *superticolo* di Oliver?»

«Non è per questo che sto con Theo. Mi piace davvero.»

Non faccio commenti, perché anche se non riesco neanche lontanamente a capire come a qualcuno possa piacere Theo Nizzola, quello che capisco invece è che i sentimenti non si possono comandare.

«So che in questo modo infrange il codice maschile. E lo sa anche Theo. Ecco perché gli vuole parlare.» Ainsley si sporge in avanti con gli occhi fissi su di me. «Per piacere, June, non avercela con me.»

Ci rifletto su. Non so perché ad Ainsley possa importare se sono arrabbiata con lei, ma sta di fatto che non lo sono. Non proprio. Più che altro non voglio che nessuno rimanga ferito, e mi sembra che questa sia una situazione con il potenziale di ferire tutte le persone coinvolte, compresa Ainsley.

«Ti devo dire una cosa» mormoro alla fine, e osservo il suo sorriso svanire. «Nel nome della solidarietà femminile, credo che tu debba saperlo.»

«Ti ascolto.» Questa volta la sua voce è secca. Fredda.

«Quando tu e Oliver avete cominciato a uscire insieme, Theo ha fatto una stupida scommessa con lui su quanto tempo ci avrebbe messo Oliver...» Esito e lei aspetta tamburellando il piede sul pavimento della veranda. «...a fare sesso con te.» Dirlo ad alta voce, me lo fa sembrare ancora più orrendo e improvvisamente odio me stessa per essermi sobbarcata questo compito. «Theo ha scommesso con Oliver che non ce l'avrebbe fatta entro il Quattro Luglio. Ecco perché Oliver si è iscritto a scienze domestiche... perché ha perso la scommessa.» Ainsley tace e non riesco a capire se sia furiosa o se stia per scoppiare in lacrime o che, perciò continuo a parlare per farla finita, e le parole mi escono sempre più in fretta. «Sì, lo so, è uno schifo che abbia accettato la scommessa, ma credo che sia peggio il fatto che Theo l'abbia lanciata. È successo nello spogliatoio o in un posto del genere, così hanno sentito tutti e l'intera squadra lo sa. Mi dispiace tanto, Ainsley... che cosa c'è?»

Lei è scoppiata eccome, ma non in lacrime. Sta ridendo, un

verso nitido e duro che squarcia l'aria. Non è allegro. È *sprezzante*. «Oh, Dio, June, sei così *seria*. È quasi adorabile.»

Non so che cosa stia succedendo, ma sono quasi certa che non mi sta facendo un complimento.

«Sapevo già di quella stupida scommessa. Lo so da sempre. Non è niente di che.»

«Non è niente di che?» Sento salire l'indignazione e sbotto. «Ma stai scherzando? Un intero spogliatoio di idioti che discutono su quanto tempo ci metterai a dargliela? È uno schifo! È *volgare*! È...»

«È una bugia» mi interrompe Ainsley.

«La scommessa? La scommessa era una bugia?»

«No. È una bugia che Oliver l'abbia *accettata*. Quando Theo l'ha sfidato davanti a tutti, era già cosa fatta. Oliver e io avevamo già fatto sesso, ma lui non voleva che tutti lo sapessero. Ha pensato che mi avrebbe fatto fare brutta figura.»

Ricaccio indietro la parte di me cui importa che Oliver faccia sesso. «Ha detto a tutti di avere perso la scommessa per salvare... il tuo *onore* o quello che è?»

«Lo so. Stupido, non è vero?» Scuote la testa.

Per me non è per niente stupido. È rivelatore. Oliver mi ha fatto credere di essere uno stronzo per proteggere la privacy di Ainsley. Oliver potrebbe essere la persona migliore che abbia mai conosciuto. Oliver è un *principe*.

Ainsley salta su. «Mi serve un altro drink. Allora fra noi è tutto a posto?»

«Ma certo.» Perché che cos'altro posso dire?

Mi guarda e sorride. «Ottimo. Ci si vede.» E torna in casa.

Io osservo il bicchiere di plastica che ho in mano e istintivamente mando giù un sorso. Non è molto buono. Non mi piace il gusto della birra, e questo bicchiere poi è già tiepido, perciò mi alzo e lo rovescio oltre la ringhiera della veranda. Avrei voglia di scagliarlo nel buio, ma non sono il tipo di ragazza che imbratta il suolo pubblico.

Rimango lì per un po', pensando a come affrontare Oliver lunedì. Certo, non mi entusiasma il modo in cui si è comportato, ma io dovrei essere sua amica e l'ho accusato di una cosa che non ha commesso. L'ho accusato di avere fatto esattamente il contrario di quello che ha fatto in realtà. Ho iniziato l'anno scolastico pensando il peggio di lui, e poi l'ho creduto *di nuovo* quando già mi aveva dimostrato che sbagliavo.

Forse la stronza sono io.

Aspetto un lampo di comprensione che non arriva. Alla fine mi stufo di stare da sola e mi stufo di schiacciare zanzare, perciò decido di vedere se Shaun è pronto ad andarsene. Sono quasi arrivata alla porta, quando sento il rumore di un motore e vedo dei fari avvicinarsi in fretta. Un'auto risale il vialetto. C'è uno schizzo di ghiaia mentre il bestione si ferma bruscamente, acquattato in un boschetto oltre le altre macchine, dove comincia il buio.

Mi fermo, paralizzata, quando la portiera sbatte e appare Oliver, che viene a larghe falcate verso di me, zigzagando tra le altre macchine. Non ho bisogno di vedergli la faccia per sapere che è furioso. Lo capisco dal modo in cui muove il corpo, dal fatto che ha sbattuto la portiera. Qualcuno deve avergli mandato un SMS, o avergli telefonato, o avere postato online una foto della festa.

Perché Oliver sa di Ainsley e Theo.

Torno verso i gradini della veranda mentre Oliver li sale di corsa. Quando mi raggiunge si ferma. «Ciao» mi dice, ma non c'è un vero saluto nella voce. Sono solo un puntolino nel suo radar, un bivio sulla strada. Un ostacolo da superare.

«Credevo che non saresti venuto.» È un tentativo di temporeggiare, un'eco involontaria di quello che ha detto Ainsley al mio arrivo.

«Sì, lo credevo anch'io.» Tutto il corpo di Oliver vibra, arrabbiato, teso. «Però ho scoperto qualcosa che mi ha indotto a pensare che, alla fin fine, fosse meglio partecipare.»

Mi passa davanti ed entra in casa, e ci vogliono trenta secondi buoni prima che i comandi inviati dal mio cervello raggiungano i piedi e io possa corrergli dietro. Dal giardino è arrivata altra gente e adesso il soggiorno è affollato e rumoroso. Qualcuno ha alzato la musica e finalmente l'ambiente comincia ad assomigliare a quello delle feste dei film: gente che balla e che beve e che si palpeggia. Non vedo Oliver, ma Shaun è vicino a un tavolino, balla con un tizio del gruppo di teatro. Lo afferro a metà saltello. «Presto, dov'è Ainsley?»

Shaun si stringe nelle spalle. «Non era con te?»

Lo scuoto – «C'è Oliver!» – e sulla sua faccia leggo *Oh, merda!* Sa quello che so io: che se fra Oliver e Theo scoppia un casino, le cose non finiranno bene per Oliver. Certo, è forte e muscoloso, ma lui non sa fare a botte. Abbiamo visto tutti la faccia di Itch dopo che lo aveva preso a pugni, e – siamo onesti – non è che gli avesse provocato questo gran danno.

«Potrebbero essere di sopra» mi dice Shaun. «Vado a vedere.»

«Io guardo fuori. Ci rivediamo qui.» Corro in corridoio, sbandando fra gruppi di conoscenti che si baciano o fumano o fanno qualcosa che credo dovrebbe essere ballare. Sfortunatamente (o forse fortunatamente, a seconda del percorso scelto da Oliver), nessuna delle coppiette è Ainsley con Theo. Svolto l'angolo ed entro in cucina: la cosa del body shot va avanti e trovo Oliver, in attesa del suo turno. Al mio arrivo Mark Silver si china per afferrare con i denti il bicchierino da shot dalla scollatura di Jeana Katz. Lo manda giù e si sporge ancora per prenderle il lime dalla bocca. Poi c'è un bel po' di azione di lingua, che mi induce a credere che ormai il limite di sobrietà della serata sia stato superato.

Corro da Oliver e gli stringo un braccio. «Che cosa stai facendo?» gli chiedo, che è la prima cosa che mi viene in mente.

«Prendo da bere.»

«Qui?»

Mi guarda in modo strano, che in realtà mi sembra una bella cosa, perché perlomeno sfoga un po' della rabbia e della tensione che sta emanando. «Sì, questa è la cucina.»

Vedo sul banco una bottiglia di tequila e l'afferro. «Fatto, vieni, andiamo» gli dico con voce superallegra, sventolandogli la bottiglia davanti agli occhi mentre lo prendo per un polso.

Lo trascino in corridoio e lui mi viene dietro per una decina di passi prima di costringermi a fermarmi. «Aspetta, ma che stiamo facendo?»

«Hai detto che volevi bere qualcosa. Io ho qualcosa da bere. Quindi ora noi due beviamo qualcosa.» Agito la tequila. «*Questo* qualcosa, per la precisione.»

Aggrotta la fronte. «Ti ho detto che sono venuto per partecipare alla festa.» Ma poi mi guarda le dita, strette attorno al suo braccio, e la sua espressione si addolcisce. «Che cosa succede, June? Stai bene?»

«No.» Non è del tutto una bugia. «Ascolta, possiamo andare a parlare in un posto un po' più tranquillo?» Trascinare via Oliver darà a Shaun abbastanza tempo per avvertire Ainsley e Theo di darci un taglio con gli sbaciucchiamenti in pubblico. Non so che cosa gli dirò quando saremo soli, ma sono sicura che mi farò venire in mente qualcosa sulla scuola o sulla nostra playlist o qualsiasi altra cosa che non sia: «La tua ex se la sta facendo con il tuo superticolo».

C'è una pausa durante la quale Oliver mi scruta in viso e improvvisamente mi rendo conto che siamo vicinissimi in un posto pieno di calore e di umidità e di ormoni. Quella che era urgenza si trasforma in... consapevolezza. Non vedo altro che gli occhi di Oliver e non sento altro che il battito del mio cuore nelle orecchie. Le sue pupille si dilatano e in petto mi si gonfia qualcosa. Apro la bocca per parlare, ma le parole non escono, perché lui mi sta prendendo la mano, quella che gli stringe il polso.

«June» comincia, ma non saprò mai come avrebbe finito la frase perché rimane soffocato dalla voce di Theo.

«Non vorrai sbattertela così davanti a tutti!» Ed eccolo che troneggia uscendo da una porta che credo dia sul seminterrato.

«Chiudi il becco» sibilo a Theo – perché, per amor del cielo, deve sempre essere così volgare? – ma poi due mani dalla manicure perfetta gli scivolano intorno alla vita da dietro e dal buio sottostante emerge la faccia di Ainsley. Quando ci vede, sussulta e si scosta da Theo, ma è troppo tardi. Non ci vuole un genio per capire quello che sta succedendo. Quello che è successo.

«Oliver!» esclama finendo di uscire e chiudendosi la porta alle spalle. «Theo e io siamo andati a prendere della birra nel…»

«Non siete andati a prendere la birra» ribatte lui.

«Le stai dando della bugiarda?» sibila Theo.

Oliver si volta a guardarlo, e dal momento che sono così vicina, vedo la sua mascella irrigidirsi. Lo prendo per un braccio, ma lo scrolla via. «Sei stato tu a dirlo» ringhia. «E fra parentesi, tu che cosa ci fai con la mia ex?»

«La stessa cosa che tu stai facendo con *lei*, immagino» risponde Theo con un gesto allusivo nella mia direzione.

Oliver lo prende per la camicia e lo sbatte contro il muro. È veloce, è violento e qualcuno urla. Un attimo dopo mi rendo conto che quel qualcuno sono io.

In soggiorno la musica si ferma e dalla cucina sentiamo la voce di Kaylie. «Niente risse. Niente risse in casa!»

«Fermatevi!» Nessuno dà ascolto all'ordine di Ainsley.

Oliver e Theo si guardano furiosi, le facce ravvicinate. La gente si riversa sul corridoio, e dal momento che sono tutti ubriachi, a nessuno importa un accidente di fermarli, perciò prendo Oliver per un braccio mentre Ainsley fa lo stesso con Theo.

«Oliver, smettila!» lo imploro. «Ti prego, smettila.»

C'è un attimo, durante il quale continuano a fissarsi, poi i muscoli di Oliver si rilassano sotto le mie dita. Fa un passo indietro e lentamente abbassa il pugno. Theo fa altrettanto.

«Grazie» sussurro mentre Ainsley trascina Theo verso la cucina. Lei e io ci scambiamo un'occhiata e tra noi passa un lampo di qualcosa – comprensione, lucidità, gratitudine – e poi se ne vanno, e io porto Oliver via dalla festa, in veranda, nel fresco della sera. «Andiamo.» Lo spingo giù per i gradini mentre dietro di noi la musica riparte.

«Dove?» mi chiede, e io non so che cosa rispondere. So solo che devo allontanarlo da questa casa, da Theo, da ogni pericolo. È solo quando ci siamo arrivati che mi rendo conto di averlo accompagnato dal bestione. Oliver lo capisce nello stesso istante e punta i piedi. «Non me ne vado.»

«Non dobbiamo andarcene. Ce ne resteremo semplicemente qui.»

Segue una lunga pausa, poi lui sospira. «Ti dico di sì solo perché tu sei il motivo per cui non ho picchiato Theo.»

«Grazie.» Faccio per aprire la portiera, ma Oliver mi blocca.

«Abbiamo già passato troppo tempo dentro questa macchina.»

«E allora dove?»

Mi mette le mani attorno alla vita e mi solleva sul cofano come se non pesassi nulla, poi si issa a sua volta – perché a quanto pare è la cosa più facile al mondo da fare se sei Oliver – e mi guarda. «È tua?»

Mi rendo conto di che cosa ho tenuto in mano per tutto il tempo: la bottiglia di tequila. «No» rispondo, e lui ride.

«Be', perlomeno da questa festa abbiamo ricavato qualcosa.»

Però non la prende. Invece si intreccia le mani dietro la testa e si sdraia sul parabrezza, alzando gli occhi al cielo. È bello come sempre, perché non è che la luce delle stelle renda la gente *meno* attraente, neanche per idea. Faccio come lui e mi appoggio anch'io al parabrezza.

«So che Theo se lo meritava, ma sono contenta che tu non lo abbia picchiato. Non ti farebbe stare meglio per Ainsley.»

Sento un fruscio al mio fianco. Oliver si è tirato su e mi sta osservando appoggiato al gomito. «Aspetta, perché pensi che volessi picchiare Theo?»

«Perché lui… be', lui… sta con Ainsley?»

Mi pare un'ovvietà, ma Oliver è sconcertato. «June, ma che cavolo?» Scuote la testa. «È stato per quello che *ti* ha fatto. Quella cosa, quel gesto.»

Lo fisso perché ovviamente quello che dice non ha il benché minimo senso. «Theo mi fa sempre gesti del genere.»

«Lo so. Ho cercato di farlo smettere. Mi ha stufato.»

«Aspetta.» Mi stacco dal parabrezza e mi siedo sul cofano del bestione incrociando le gambe. «Non è per questo che sei venuto qui? Perché hai scoperto di Theo e Ainsley?»

«No.» Anche lui si mette seduto e mi osserva. «Avevo bisogno di uscire.»

«Perché?» Non appena la domanda mi esce dalla bocca, mi rendo conto di conoscere già la risposta.

«Da un po' a casa l'atmosfera era strana. Come se avessero risucchiato tutta l'aria e noi tre sbatacchiassimo tutto attorno in questo grosso vuoto, ma non sapevo il *motivo*.» Annuisco temendo quello che sta per dire. «Questa sera l'ho scoperto. Mio padre tradisce mia madre.»

«*Davvero?*» Nel senso: ancora?

«Sì, non so da quanto va avanti. Lo ha fatto in passato di sicuro – più di una volta – e lo ha ammesso. Credo che lui e la mamma stiano cercando di aggiustare le cose, ma oggi hanno avuto una grossa lite. Sono sceso mentre lui se ne stava andando e lei rovesciava la bottiglia del suo scotch più costoso nel lavello della cucina.»

Mi pare giusto.

«E poi che cosa è successo?»

«La mamma mi ha parlato del tradimento.» Oliver mi scocca un'occhiata ironica. «Credo che ne abbia bevuto un po', di quello scotch, prima di buttarlo.»

Ho un groppo in gola. «E ha detto altro?»

«Solo informazioni tratte dal capitolo sul divorzio del manuale per genitori. Che non è colpa mia e che andrà tutto bene.» Scuote la testa. «Mio padre è sempre sembrato così innamorato di lei. Non riesco a credere che lo abbia fatto. Credevo…»

La sua voce si spegne e finisco la frase per lui: «Credevi che fosse un uomo migliore».

Annuisce. Le nostre ginocchia si sfiorano e vorrei prendergli una mano, ma non lo faccio. Non posso.

Ho paura.

Il suo sguardo si posa sulla bottiglia appoggiata al cofano. La prende e legge l'etichetta. «Hai rubato la tequila di Kaylie.»

«Non direi proprio *rubato*. Preso in prestito, semmai. Ho preso in prestito la tequila di Kaylie.»

«Là dentro c'è gente che potrebbe arrabbiarsi sul serio se non riesce a giocare a body shot» mi avverte. «Stai deludendo le folle.»

«Le folle mi hanno già visto farlo.» Immediatamente rimpiango di averlo detto, vedendo qualcosa disegnarsi sulla sua faccia, qualcosa che non riesco a mettere a fuoco con precisione.

«Con chi lo hai fatto?» La sua voce è cauta, deliberatamente indifferente.

«Con Shaun» rispondo, e vedo il suo corpo rilassarsi.

«Io non ho avuto modo di farlo.» Il modo in cui Oliver lo dice fa sì che l'aria attorno a noi resti sospesa, rovente e densa e immobile.

I miei occhi corrono alla bottiglia di tequila nelle sue mani, poi di nuovo alla sua faccia. «Davvero?»

«Davvero.»

È solo una parola, ma nasconde un mucchio di significato. Una domanda. Un desiderio. Una promessa. Guardo gli occhi in ombra di Oliver, e il calore dell'auto sotto di me aumenta, mi si irradia lungo le cosce e nel ventre. Fra di noi qualcosa è cambiato, come una scarica elettrica. Alza la bottiglia cambiando posizione, così il suo ginocchio urta il mio. La mia reazione naturale sarebbe quella di ritrarmi, di lasciargli spazio, di erigere una barriera fra di noi. Invece mi sporgo in avanti, appena un po'. Le mie ginocchia premono contro le sue.

Oliver sorride.

Io sorrido.

«Non abbiamo il lime.» È un ultimo, debole tentativo di proteggermi, di evitare quello che so sta per succedere. Quello che *voglio* che succeda.

«Ti ricordi quando siamo stati nel mio seminterrato?» mi chiede Oliver. «Quando abbiamo fatto finta di essere in macchina.»

«Sì.» La mia voce è un sussurro.

Inclina la testa, appena un po', e mi rendo conto che anche se non ho deciso consciamente di farlo, sto inclinando la testa nella direzione opposta. Mi sto allineando per lui.

«E dove dovrei mettere il sale?» Il suo sguardo mi danza sulla faccia, poi mi scorre sul busto.

Alzo una mano, perché è così che l'ho fatto con Shaun, ma quella si muove da sola e il mio dito indice tocca un punto sulla mia clavicola.

«Ottima scelta» mi dice Oliver, non con quel suo solito tono scherzoso. Fa scivolare il dito sul punto che ho appena toccato. «Lime.» Solleva la fettina immaginaria, sfiora appena gli angoli delle mie labbra quando me la infila in bocca. Io la socchiudo per prendere qualcosa che non esiste. Poi Oliver scrolla la mano sul punto alla base del mio collo. «Sale.» Si avvicina ancora di più e adesso mi fissa dritto negli occhi.

«Sì» ripeto, rispondendo a una domanda che non ha espresso a voce. China la testa. Sento la punta della lingua toccarmi la clavicola e spostarsi di lato. Anche se la sua bocca è calda, anche se fuori fa caldo, sento un brivido.

Oliver alza la testa. «Tutto bene?» Questa volta non trovo la voce per rispondergli, perciò annuisco e basta. Si porta la tequila alla bocca, fingendo di bere dalla bottiglia tappata, poi la posa nuovamente sul cofano del bestione. Mi guarda la bocca. «Adesso il lime dovrei averlo io.»

Lentamente faccio il gesto di togliermi di bocca il finto lime e di sventolarglielo davanti. «Eccolo.» Mimo il gesto di posarlo dov'era prima.

Oliver sorride e si china in avanti. Inclina la testa e poi la sua bocca è sulla mia, calda e morbida e senza il sapore di tequila e lime, ma di dentifricio alla menta e di burro di cacao alla ciliegia. Le mie labbra si schiudono da sole sotto le sue.

E sempre da sole le mie braccia si avvolgono attorno a lui e le mie mani gli risalgono la schiena, avvertono i rigonfiamenti dei suoi muscoli sotto la camicia. È così diverso da baciare Itch, da baciare Ethan, da baciare qualsiasi altro ragazzo, perché questo ragazzo è *Oliver*, e anche se mi è completamente familiare, lo sto scoprendo a ogni minimo movimento che facciamo.

Torna a sdraiarsi sul parabrezza, ma questa volta mi porta con sé, tira tutto il mio corpo sopra il suo, e ci baciamo per mille anni, o forse solo per cinque minuti, non saprei dire, perché tutto il mondo si è trasformato in Oliver. E conferma quello che già sapevo, quello che ho respinto e sepolto più e più volte.

Che Oliver significa tutto per me.

Che Oliver *è* tutto.

TRENTA

Fasci di calda luce solare mi investono la faccia e mi rotolo nel letto. L'orologio sul comodino mi dice che è mattino, ma non così tardi da dovermi alzare per forza. Posso dormire ancora un po', perché è il week-end e il week-end significa dormire di più.

Perciò il primo pensiero che mi passa per la mente è: *Riaddormentati.*

Il secondo pensiero mi fa rizzare a sedere di scatto. Mi fa incassare le spalle e portare le mani alla bocca. Quel secondo pensiero è: *Oliver mi ha baciata.*

Il mio terzo pensiero della mattina arriva quasi all'istante. È brusco e scioccante e rumoroso nella mia testa. Ed è questo: *OH, MERDA!*

Quando Oliver chiama è quasi mezzogiorno. Sono seduta da sola al bancone della cucina cercando di far passare a forza un po' di pane e formaggio oltre il nodo che ho nello stomaco quando mi vibra il cellulare. Vedo il suo nome sul minuscolo display e non esito neppure un istante prima di premere il pulsante per farlo tacere, per far tacere *lui.*

Non posso parlargli.

Non ancora.

Quello che invece *posso* fare è ascoltare il suo messaggio in segreteria.

«Ciao, June. Sono Oliver. Flagg.» E poi una risatina di biasimo. «Cosa che tu sai già, dal momento che ti chiamo sul cellulare e i cellulari annunciano il nome del chiamante, perciò sostanzialmente tutto quello che ho detto fino a questo punto è completamente inutile. Dovrei riattaccare e ricominciare da capo, tranne che allora chiamerei due volte di fila e sarebbe troppo strano e inquietante, perciò... June Rafferty...» E fa un respiro profondo. «...non mi sognerei mai di invitarti al ballo di fine anno. Sarebbe un insulto alla tua intelligenza. Ecco perché...»

Questa pausa è la più lunga di tutte.

«Ecco perché voglio che tu sappia che se per caso una certa intellettuale femminista brillante e determinata volesse prendere in considerazione l'idea di invitare al ballo un certo atleta proprietario di un bestione... l'atleta risponderebbe di sì. E lo direbbe molto, molto volentieri.»

La nocca del mio anulare destro mi fa male e mi rendo conto che è perché stringo troppo il cellulare. Allento la presa e ascolto la fine del messaggio.

«Perciò spero tanto che glielo chieda. E spero tanto che lo richiami, perché ieri è stato...»

Un errore, un errore, un errore.

«...fantastico.» Sento il suo sorriso all'altro capo del telefono. «Richiamami.»

E poi niente. Resto sola con la consapevolezza di avere aperto una porta che non si potrà richiudere, una porta che si schiude su un posto che custodisce tutte le mie maggiori vulnerabilità, le mie più grandi debolezze, e tutto ciò che mi terrorizza di più.

No.

Il lunedì mattina presto la mamma parcheggia in uno dei posti riservati agli impiegati del campus dell'università del Michigan e usciamo nella fredda aria del mattino. La seguo e intanto mando un messaggio a Oliver.

venuta cn mamma, niente passaggio grz.
scusa se non t ho ancr richiamato, ho avuto 1 mucchio da fare

Mi risponde all'istante.

no problem. ci si vede a scuola.

La mamma ha da fare, perciò mi lascia in una delle gallerie, dove siedo su una panca a fissare un muro di tele turchesi. Decido che sia la panchina sia la mia vita sono dure e che sia l'arte sia il mio cuore sono imperscrutabili. Rimango seduta congratulandomi con me stessa per questi pensieri poetici finché non è ora di andare a scuola.

♫

Inizia alla prima ora, quando Lily si lascia cadere sulla sedia accanto alla mia. «Com'è andato il week-end?»

«Bene.» Non è del tutto una bugia.

«Il *bene* si riferisce a quando Oliver ha quasi preso a pugni Theo o a quando ti sei rotolata sul pianale di un pick-up con lui?»

«Non era il pianale di un pick-up. Era il cofano della sua auto.» Mi prendo la testa fra le mani.

Quando la lezione è finita, Shaun ci trova in corridoio mentre andiamo a inglese. «Com'era la tequila?»

«Non l'abbiamo bevuta.»

«Avevano troppo da fare» gli spiega Lily.

«Lo so» dice Shaun.

«Lo sanno *tutti*» specifica Lily.

«Credo di avere mal di testa» annuncio, e scappo via.

Dopo essere rimasta in infermeria per un paio d'ore, incapace di produrre qualche lineetta di febbre o di vomitare anche solo un po' di bile, vengo rimandata in classe. Prendo in considerazione l'idea di scappare – di lasciare la scuola, l'ultimo anno, il diploma, la vita – ma non riesco a farlo. Dopotutto, la vera fuga è quasi dietro l'angolo e poi non rivedrò più nessuna di queste persone. Solo un altro paio di settimane.

Devo solo arrivare in fondo.

Tutti mi avrebbero fissata comunque, perché è naturale fissare un compagno che arriva in classe in ritardo pazzesco con una giustifica da lasciare al professore, ma oggi – mentre la professoressa Nelson scocca un'occhiata all'appunto dell'infermiera e mi liquida con un cenno del capo – sento tutti quegli occhi come oggetti pesanti che si posano su ogni centimetro della mia pelle, arroventandola, premendo contro il mio corpo.

Giudicandomi.

Anche se evito di guardare il fondo dell'aula, so che due degli occhi appartengono a Oliver e sono i più pesanti e i più roventi di tutti. Non riesco a incrociare il suo sguardo.

Perché non c'è altro da fare, mi siedo vicino ad Ainsley e lascio cadere lo zaino per terra di fianco alla sedia. Considerato che anche quelli che *non* erano presenti alla festa di sabato hanno sentito che l'ho passata baciando Oliver su un qualche veicolo, so che non è possibile che Ainsley non ne sia al corrente. Prima di voltarmi verso di lei respiro a fondo.

Sorride.

La professoressa Nelson armeggia con un telecomando. Ha qualche problema tecnico con il filmato che dovremmo vedere sulla quantità di moto e le collisioni. A quanto pare la cosa dà alla classe licenza di parlare, così Kaylie salta su dal suo tavolo di laboratorio e trascina la sua sedia fino da noi. «Ciao, ragazze.»

Ainsley e io la salutiamo. Il mio tono è guardingo, quello di Ainsley è allegro.

«E allora, che mi dite della festa?» Kaylie fa danzare le sopracciglia nella mia direzione. È decisamente delicato quanto Theo.

«Lo so, vero?» risponde Ainsley. «Grazie per aver fatto gioco di squadra, June.»

La fisso cercando di capire dove voglia andare a parare.

«Oh, si trattava di questo?» chiede Kaylie.

«Sì, be', lui era andato un po' fuori di testa per la storia di Theo e me» spiega Ainsley.

«Tipico» osserva Kaylie.

«Grazie per averlo distratto» mi dice Ainsley.

«Aveva solo bisogno di un massaggino all'ego?» chiede Kaylie.

«Appunto, al suo *ego*» rincara Ainsley facendo un gesto significativo con le mani.

«Esatto.» Tiro fuori il mio libro. «Si trattava appunto di questo, dell'ego di Oliver.» Anche con l'intelligenza minima di Kaylie, sono certa che il mio sarcasmo non possa sfuggirle. Scuoto la testa e apro teatralmente il libro ignorando Ainsley e Kaylie. Le chiudo fuori.

Sento più che vedere le occhiate che si scambiano. «Ma che problema ha?» bisbiglia Kaylie.

Tengo gli occhi fissi sulla pagina.

Ainsley e Theo sono proprio fatti l'uno per l'altra.

Scopro che se si salta su dal proprio banco e si scatta al suono della campanella, è possibile evitare anche un megagiocatore di football, soprattutto se si va nella direzione opposta rispetto a quella che si prende di solito e ci si rintana nel bagno delle ragazze fin dopo l'inizio dell'ora seguente, anche se questo significa essere segnata in ritardo. Però scopro *anche* che se, un'ora dopo tutto questo, ci si porta il pranzo in biblioteca e ci si va a rintanare a uno dei tavoli di consultazione individuale, è possibile non risultare così invisibili come si crede.

Ho appena scartato il mio panino, quando la seggiola accanto alla mia viene spostata dalla postazione a fianco. Oliver ci si lascia cadere sopra. «Correre, nascondersi, cambiare tana. Furbo. Praticamente una lepre. »

«Grazie.» Non credo che mi tremi la voce, ma non ne sono del tutto sicura. «In realtà me ne stavo andando.»

«No, non è vero.» Si allunga per girare la mia seggiola in modo che sia costretta a guardarlo. Ha un sorriso lieve e gli occhi tristi, e anche se è da stupidi, mi sento stordita, come se stessi per cadere dalla sedia dritta in braccio a lui. «Mi rendo conto che è da sfigati chiederti se hai sentito il mio messaggio.» Annuisco e Oliver allarga le braccia. «E allora…?»

«Scusa, ma ieri ho avuto davvero un mucchio da fare.» È trasparente e debole e orrendo, ma non trovo altro. Mi sento esausta, ma come se la stanchezza fosse tutta concentrata nel mio cervello anziché nel mio corpo.

A quanto pare non lo maschero molto bene, perché Oliver si china su di me. «June, stai bene?»

«Sto benissimo.» Non voglio farlo. Non voglio pensare al modo in cui mi ha baciata, e al modo in cui io ho baciato lui, e a come tutto era perfetto e gravido di promesse. Lo so – lo so – che non conta, che niente di tutto questo ha importanza, che le promesse si infrangono e le persone mentono e che tutti stiamo per andare avanti, in altri luoghi.

E so che quando sarò in quest'altro luogo, Oliver non ci sarà.

«Hai cancellato il tuo account su *Mitica*» mi dice, e io faccio spallucce perché a questo non è facile rispondere.

«Ci perdevo troppo tempo.»

Sulla sua faccia si dipinge un'espressione sollevata. «Ero preoccupato che ti avessero tolto il wifi o qualcosa del genere.»

Sento montare un'ondata di calore, un misto di imbarazzo e rabbia e ricordi che voglio cancellare. «Tipo che non avessimo pagato la bolletta? Tipo che ce l'avessero tagliato?»

«No!» Gli esce dalla bocca troppo forte, e qualcuno ci zittisce dall'altra parte della biblioteca. Lui abbassa la voce. «Volevo solo dire che era strano, ecco tutto.» Deglutisce e si sporge in avanti. «June, parliamone...»

E allora scatto in piedi. «Devo andare.»

Anche lui si alza. Mi prende un gomito, ma dolcemente, come se temesse di spezzarmi le ossa.

O il cuore.

«Mi dispiace» sussurra. «Avrei dovuto chiedertelo prima di baciarti. Ma tra il lime e il resto, credevo che fosse chiaro. Pensavo che volessi...»

«E infatti lo volevo» dico, ma è solo perché mi fa troppo male l'idea che pensi che non volevo che succedesse mentre sono stata io a portarlo fuori, a fingere di avere una fettina di lime fra i denti, a inclinare la testa. «Va tutto bene, non è niente. Volevo farlo. Tequila e stelle sono una combinazione potente.»

«Tequila e stelle» ripete Oliver. Mi guarda negli occhi in cerca di una risposta che non posso dargli. «Quanta tequila avevi bevuto prima che arrivassi io?»

«Ho perso il conto» mento. «E poi sei arrivato tu e l'ambiente si è riscaldato.»

Adesso sembra seccato. «Stai parlando della cosa con Theo? Te l'ho detto che non mi importa niente di lui e Ainsley. Non è stato per questo.»

Faccio un gesto noncurante. «Intendo dire che la fine dell'anno si avvicina. Che ci avviciniamo al precipizio della vita vera, dell'età adulta, che tutti stanno per andare via. È come se i giorni stessero prendendo una sfumatura seppiata.»

«Quindi era solo *nostalgia.*»

«Non deve cambiare niente. Anzi, ti dovrei ringraziare.»

«Per cosa.» Queste parole gli escono dalla bocca in tono piatto, non interrogativo. È arrabbiato. Oppure offeso.

O tutte e due le cose.

«Per Nico Vega» gli dico.

«Chi?»

«*Bang Bang.* È una canzone nuova per la nostra playlist.»

«Una canzone.» Oliver si mette a braccia conserte. «Vuoi una canzone. Credi di avere vinto per via di sabato.»

«Ma certo. La vita al liceo significa che anche se puoi spassartela con la ragazza che accompagni a scuola...» Faccio una pausa perché è troppo difficile da dire e al tempo stesso è così vero che deve essere detto. «...non deve per forza significare qualcosa. Non deve significare niente.»

E con questo dovrebbe essere chiuso. Dovrebbe essere la fine. Tutto questo coinvolgimento, tutti questi maledetti *sentimenti*... dovrebbe bastare per metterli su uno scaffale e riporli via per sempre.

Ma Oliver è un giocatore di football. È abituato a forzare le difese, a placcare nelle ultime cinque iarde, a un mucchio di altre metafore del football che non capisco. Anche all'ultimo minuto dell'incontro, Oliver non si arrende.

E questo è decisamente l'ultimo minuto della partita.

«Sono tutte stronzate.» Mi punta un dito contro e i cerchi attorno alle sue iridi diventano neri come il carbone. «Sei una vigliacca. Tutte queste cazzate sul fatto che niente di quello che facciamo quest'anno conta sono solo scuse.»

Il fuoco dentro di me divampa ancora di più, minaccia di bruciarmi viva. Mi sembra di vedere le mie ceneri alzarsi in volo in una gigantesca nuvola nera di dolore.

«Non ti importa di niente.» Oliver alza la voce e io mi irrigidisco davanti alla sua rabbia. «Non ti importa delle tradizioni, non ti importa dei ricordi, non ti importa neppure delle persone che ti piacciono di più. È questo il tuo problema. A non contare per te non è soltanto il liceo... per te *non* conta *niente*!»

«Che è molto meglio che pensare che ogni minimo e stupido momento debba contare!» Il vetriolo esplode dentro di me e non riesco a fare niente per fermarlo. «Dio, non riesci neppure a *soffiarti il naso* senza aggiungere il fazzoletto al tuo annuario mentale. Ogni tuo gesto deve diventare la cosa più importante al mondo!» Da qualche parte in un angolo di quel che resta del mio cervello liquefatto vedo la bibliotecaria – la signorina Emily – alzarsi dal suo tavolo e venire verso di noi, ma non mi importa. Tanto Oliver pensa già che non mi importi di niente. «Non conta, Oliver!»

«E questo che cosa cavolo vorrebbe dire?» Mi guarda furioso, i muscoli tesi, i tendini del collo gonfi.

«Niente sarà mai all'altezza perché le tue aspettative sono esagerate! Niente è *reale*!» Ormai sono un'eruzione. Tutta fiamme e fumo e calore. Sono furiosa e lascio che tutta quella furia divampi dentro di me, dritta contro Oliver. «Prenderai il diploma e butterai il tocco per aria e sarà tutto *finito*. E io non voglio farne parte!»

«Tu non vuoi fare parte di *niente*!» urla.

A questo punto la signorina Emily è vicinissima. È giovane e molto dolce e credo che a casa abbia un bambino piccolo. A giudicare dallo sguardo inorridito sulla sua faccia, non ha mai dovuto affrontare due adolescenti in piena guerra verbale.

«Non ne hai idea!» dico a Oliver. «Tu non sai letteralmente *niente* di me.»

«So che sei una vigliacca. So che sei talmente terrorizzata

dalla minima buca che non hai il coraggio di metterti in macchina. Anzi...» Si ferma, con la bocca aperta e i palmi in su. «...non vuoi neppure imparare a *guidare*!» Scoppia a ridere, un suono aspro, carico di amarezza, che risuona fra gli scaffali. Apro la bocca per parlare, per dirgli che è un vero idiota, o forse per trovare il pulsante per resettare tutto quanto e riportarlo a com'era prima, ma Oliver è un fiume in piena. Un fiume di rabbia. «Quando? Quando, June?»

«Quando che cosa?» sibilo. «Quando chiuderai il becco e mi lascerai in pace?»

«Nella tua personale classifica, quand'è che le cose cominciano ad acquistare significato? Al college? Ma almeno te ne frega qualcosa del college? Hai una qualche idea di quanta gente *non* usa il titolo del college da adulta? La sai una cosa, andrò a controllare. Mi guadagnerò una stupidissima canzone in più degli Aerosmith perché c'è una qualche percentuale della popolazione mondiale che non sfrutta il titolo di studio.»

La signorina Emily schiocca la lingua, ma noi la ignoriamo.

«Ti devi calmare» dico a Oliver, ma lui non mi sta a sentire.

«Guarda i miei genitori, June! Non hanno cominciato a uscire insieme al liceo. Hanno cominciato al college. E adesso eccoli qui, due figli dopo, che si stanno separando e dimostrano che quello che pensi tu è un'idiozia. La tua non è una filosofia. È una *giustificazione*. È il tuo modo inetto di cavartela per tutto quello che fai. È la licenza di essere un'idiota.»

Si ferma ed è come se a un tratto venisse investito da una gigantesca ondata che lo fa riflettere. Tutto quel suo fuoco e quel suo calore si spengono all'improvviso. «Però, June, tu non sei un'idiota, giusto? Dimmelo. Ti prego, dimmelo.» I suoi occhi mi stanno uccidendo. «Dimmi che non sei un'idiota.»

Ma non posso dirglielo. Non posso dirglielo, perché devo fare qualcosa di molto più difficile, di molto più doloroso. Non posso dirglielo perché le mie ceneri stanno già volando via, lungo la strada, nel mondo. Invece dico qualcos'altro. Dico la cosa che finalmente mette fine a tutto.

«La notte della goliardata, quando hai dovuto accompagnare a casa tua madre, lo sai che cos'avevano bevuto le nostre mamme?» Le parole seguenti mi saettano dalla bocca come frecce. «Un paio di bottiglie del miglior vino di tuo padre.»

Non c'è pausa. La consapevolezza investe Oliver in pieno. «Lo sapevi» sussurra. «Tu sapevi dei miei genitori.»

«Da un pezzo.» Il chiodo si conficca nella bara del *noi* come se quello fosse il suo posto. «Ti ricordi la mattina che sei venuto a prendermi mentre mangiavi un toast perché tua madre aveva dormito troppo e non ti aveva preparato la colazione, anche se lei la colazione te la prepara sempre, e tu credevi che fosse a letto con il mal di testa?»

«No» risponde Oliver, non perché non se lo ricorda, ma perché lo ricorda eccome e non vuole che sia vero.

«Era a casa mia. È stata la sera che ha scoperto che tuo padre la tradiva. Ecco da quanto andava avanti. Ecco da quanto lo so. Perciò immagino che tu abbia ragione, Oliver. Hai vinto tu, come al solito. Sono un'idiota.»

Osservo i detriti della sua rabbia finire in mare e le onde infrangersi su ciò che rimane di lui, a una a una, stordenti.

Incredulità. Comprensione. Accettazione.

Tradimento.

«Mi dispiace.» È la signorina Emily. Si è avvicinata e adesso si sta facendo scrocchiare le esili nocche e parla in poco più di un sussurro. «Mi rendo conto che siete nel mezzo di qualcosa, ma devo chiedervi di andare fuori.»

«Vado» le dice Oliver. «Chiedo scusa se abbiamo disturbato.» Si volta verso di me, e per un secondo soltanto mi chiedo se qualcuno non abbia davvero trovato il pulsante di reset, e se questo non possa diventare un brutto sogno, un incubo che non è mai accaduto. Ma poi la faccia di Oliver si distorce in un'emozione nuova, un'emozione che non gli ho mai visto prima quando mi guardava.

Disgusto.

«Hai usato la parola "letteralmente" in modo sbagliato» sbotta, e poi gira sui tacchi e se ne va.

E questa volta so che è per sempre.

Ed è meglio così.

TRENTUNO

Un altro incrocio di campagna. Un'altra studentessa che sale i gradini dell'autobus, si guarda attorno in cerca di un posto libero, si lascia cadere sul seggiolino rigido e guarda dal finestrino posteriore la nuvola di gas di scarico. Come ha fatto per gli ultimi quarantacinque minuti e come farà per i prossimi quarantacinque.

Come ha fatto ieri.

Come farà domani.

Come nelle ultime due settimane, per entrare nell'aula di fisica aspetto l'ultimissimo momento della ricreazione. Se sta per suonare la campanella, non ho tempo di fare conversazione con Ainsley.

O con Oliver. Dal messaggio che gli ho mandato dall'autobus il giorno della mia prima lunga corsa, non c'è più stato niente da dire.

Quando entro, Ainsley è seduta al nostro tavolo e traffica con il cellulare. Sono dolorosamente consapevole della macchia di muscoli che colgo con la coda dell'occhio. In questi giorni anche Oliver arriva all'ultimissimo minuto. È come se avessimo stretto un accordo tacito su come relazionarci: non lo facciamo e basta.

Oggi cambio direzione. Mi dirigo al posto vuoto di Kaylie e quando mi siedo, Tyler mi scocca un'occhiata sorpresa dal banco vicino. «Cambio di panorama» gli dico.

Suona la campanella e arriva Kaylie. Mi vede al suo posto e si ferma di botto all'imbocco della corsia. Spalanca occhi e bocca, come se non riuscisse a credere che abbia osato tanto.

La guardo. No. È più di uno sguardo. È una sfida.

Che cosa intendi fare?

A quanto pare la risposta è niente, perché tutte e due sentiamo la voce acuta e dolce di Ainsley dal mio vecchio tavolo – «Vieni qui!» – e Kylie si gira. Va a sedersi vicino a lei, e nel mondo l'ordine è ripristinato. Due cheerleader sexy sedute al banco insieme. Oliver l'atleta figo sul fondo.

Io vicino a uno di nome Tyler e nessuno dei due che abbia niente da dire.

Esco quindici minuti prima della fine dell'ora. Dico alla professoressa Nelson che devo andare in bagno, ma poi mi porto dietro lo zaino. O non se ne accorge o, visto che siamo alla fine dell'anno, non gliene importa più.

Il corridoio è deserto, perciò, dato che posso, lancio lo zaino. Vola per aria e atterra a diversi metri di distanza con un tonfo soddisfacente. È solo un minuscolo gesto di ribellione, ma mi fa stare bene. Lo riprendo e questa volta lo trascino e lo faccio scivolare lungo il pavimento, come se fossimo di nuovo a Wolverine Lanes e quello fosse la mia palla da bowling.

Lo zaino arriva fino all'angolo, proprio dove Theo Nizzola sta spruzzando senape attraverso le fessure dell'armadietto di qualcuno. Perché è questo che fa lui, invece di lanciare zaini nei corridoi.

«Hafferty, che fai? Bigi?»

«No, Theo, non bigio un bel niente.» Di norma me ne andrei e cercherei un altro bagno in un altro corridoio, ma oggi non sono in vena. Oggi mi appoggio al muro e resto a osservarlo. Finisce quello che sta facendo e poi posa la bottiglietta di senape vuota sul pavimento, si raddrizza e mi guarda.

«Che cosa vuoi?»

«Ma perché sei così cretino?» gli chiedo.

«Ma smettila.» Fa per andarsene.

Lo rincorro e poi lo supero, mi piazzo davanti a lui e mi volto per bloccargli la strada. «Ascolta, Theo. Tu sei sinceramente, *veramente* convinto che io facessi favori sessuali a Oliver in cambio del passaggio a scuola? Io, la prima della classe con un futuro brillante davanti a sé? E lui, un ragazzo figo e popolare che può avere qualsiasi ragazza voglia? Credi *davvero* che si riducesse tutto a questo?»

«Tornatene in classe. Questo non è il tuo posto.»

Ma non ho ancora finito.

«No, sul serio. Sei davvero così cretino oppure parli continuamente di sesso solo per avere la sensazione di avercelo più grosso?» Lui non risponde, così faccio un passo verso di lui. Alzo la voce. «Dico sul serio, perché sei così? Che cosa ci *guadagni*?»

«Non ti sono mai piaciuto, perché?» mi chiede furioso.

Che domanda idiota.

«E perché *dovresti* piacermi? Sei disgustoso. Il tuo unico contributo alla società è dire cose orribili.»

«Non sono sempre stato così.»

«E invece sì.»

«No, non quando mi sono trasferito qui.» Incrocia le braccia sul grosso petto. «Non in prima superiore.»

«È una scemenza.» Non ricordo una sola volta in cui Theo non sia stato un idiota…

E invece sì.

Improvvisamente ricordo.

Era davvero la prima superiore.

È stato quando abbiamo incominciato le superiori che Theo è diventato una persona orribile.

Era l'inizio dell'anno. A lezione di geografia. La professoressa Carter gli aveva chiesto di leggere qualcosa ad alta voce. Era un capitolo sul consumo delle risorse negli Stati Uniti. Theo aveva cominciato con qualche esitazione. Facendo pause prima delle parole più lunghe. Pronunciando in maniera scorretta. E la professoressa lo aveva fermato e lo aveva corretto ogni singola volta. Lo aveva costretto a ripetere.

All'inizio era stato semplicemente fastidioso perché Theo leggeva troppo lentamente e continuava a sbagliare. Ma alla fine qualcuno aveva ridacchiato. E poi anche qualcun altro. E poi ogni volta che Theo sbagliava la pronuncia di una parola, tutti ridevano di nuovo. Però la professoressa Carter non era mai intervenuta per farli smettere. Aveva continuato a far leggere Theo, e lui aveva continuato a sbagliare la pronuncia e lei a correggerlo mentre la gente rideva.

Finché Theo non aveva cominciato a sbagliare di proposito.

Pronunciava le parole in modo da dargli un senso volgare o sessuale. "Risorse" era diventato "ri-*sesso*". "Sostenibile" era diventato "*tette*-nibile". "Sfida"... be', quella non era cambiata molto.

I compagni avevano riso ancora di più, ma adesso ridevano *con* lui, e non *di* lui. Alla fine la professoressa si era stufata e lo aveva mandato dal preside. Mentre lui raccoglieva le sue cose, lei mi aveva chiesto di finire di leggere il capitolo. Ad alta voce. E io lo avevo fatto. Con dizione perfetta. Perché è così che faccio.

Adesso lo guardo mentre incombe davanti a me nel corridoio. «Ti comporti così con me perché vado bene a scuola?»

«Perché ti credi migliore di me.»

Rimango a guardarlo incapace di contraddirlo. Sì, è vero, *mi credo* migliore di lui. Ma solo *perché* lui è troppo idiota. Non c'è gara. È un orribile circolo vizioso, e perché le cose migliorino bisogna che qualcuno faccia la prima mossa. Se voglio pensare a me stessa come la persona migliore, devo comportarmi come la persona migliore.

Non so come, ma sbattendo contro tutto il passato in comune con Theo riesco a costringere la mia bocca ad aprirsi in un sorriso esitante. Non so come, ma riesco a pronunciare le parole: «Mi dispiace».

Theo mi guarda torvo. «Ti avevo detto di andare in classe.» Si volta verso la bottiglietta di senape e le molla un calcio, facendola volare in corridoio. Qua e là schizzano goccioline gialle. Theo prende lo zaino e, senza dire un'altra parola, se ne va.

Perlomeno ci ho provato.

Oliver passa con il bestione davanti a casa mia. Lo so perché sono seduta sul dondolo della veranda a sfogliare ostentatamente una delle riviste di arredamento di interni di mia madre mentre in realtà spero di vederlo. Mi chiedo se Theo gli abbia riferito la nostra conversazione.

Immagino che non lo saprò mai, perché Oliver non mi degna di uno sguardo. Non volta neppure la testa nella mia direzione.

Passa e se ne va.

TRENTADUE

Lily mi sta mostrando alcune foto del suo ragazzo punk dai capelli colore della notte quando Darbs sale di corsa gli scalini delle gradinate a due a due a tutta velocità. «Ehi!» urla quando gliene manca ancora una decina buona. «Ehi, ragazze!» Quando arriva da noi e si lascia cadere su un sedile, è senza fiato e le occorre un minuto prima di riuscire a parlare.

«Tu che cosa credi?» mi chiede Lily.

Dal momento che Darbs ha un'aria felice, provo: «Yana?»

«Può essere» ammette Lily.

Darbs annuisce e i capelli turchesi le svolazzano sulle spalle. «Indovinate che cosa ho scoperto?»

«Che alla fin fine è una militante di Cristo bisessuale come te?» chiede Lily.

«No!» Darbs è troppo felice. «Che è una soldatessa di Cristo *lesbica*!»

Non posso crederci. «Ma davvero? Dopo tutto quest'anno di scuola in cui le hai sbavato dietro? Avreste potuto stare insieme per tutto questo tempo?»

Lily le dà una pacca. «E quindi adesso voi due state insieme?»

Darbs fa una smorfia e scuote la testa. «Oh, no!»

Lily e io ci scambiamo un'occhiata. «*Ehm...*» comincia Lily.

«Sto uscendo con Ethan» spiega Darbs. «Però pensate un po', ragazze: abbiamo *pregato* insieme!»

Mi ci vuole un secondo, ma poi metto insieme i pezzi. Darbs ha trovato qualcuno che le assomiglia più di chiunque altro a scuola, qualcuno che incarna due cose che gli altri non riescono a credere possano coesistere nella stessa persona.

«È come avere trovato un unicorno» dice Darbs, e lei e Lily scoppiano a ridere.

Rido anch'io, ma la mia è una risata vuota.

Come me.

Itch è di nuovo nella tromba delle scale. A quanto pare l'ultimissima ragazza a passare da quella porta girevole che è la sua vita amorosa è Akemi Endo. Lei e Itch, appoggiati contro il muro in un angolo, si guardano negli occhi. Danno l'impressione che la scuola potrebbe esplodere attorno a loro e non se ne accorgerebbero, il che è strano. In questa ragazza c'è qualcosa di diverso, o meglio, nel modo in cui Itch si comporta con lei.

È come la guarda.

La lingua di Itch non è nella sua bocca. Le sue mani non le palpeggiano il corpo. Non si stanno neppure tenendo per mano. *Si guardano* e basta.

Sento un nodo allo stomaco, una stretta dolorosa che mi prende e poi se ne va, lasciandomi ancora più vuota di prima.

♫

Svolto l'angolo e arrivo nell'atrio principale nel momento in cui, dall'altra parte dell'ingresso affollato, Oliver sta scendendo le scale. Mi ritraggo per aspettare che esca, ma mentre lo faccio mi sento travolgere dalla tristezza. Un dolore che non è per me, ma per lui.

Oliver ha i capelli perfettamente pettinati ed è in giacca e cravatta, ma non è per questo che sono triste. È per via della cravatta. La cravatta marrone. È un "colore potente".

Sta andando a fare il colloquio in banca. Sta permettendo alla sua anima di farsi stritolare dal peso immenso del suo futuro.

Un futuro in cui non c'è posto per me.

«Che cosa?» Guardo Shaun sorpresa mentre lui ruota il volante per uscire dal parcheggio della scuola. «E quando lo ha fatto?»

«Un paio di settimane fa.»

«Ma è una cosa importante!» gli dico. «Conta un casino. Perché non me lo hai detto?»

Shaun si stringe nelle spalle. «Troppo banale.»

Entriamo nella strada principale diretti a casa mia. «Sputa l'osso» gli ordino. «Che cosa è successo?»

«Kirk era a tavola per cena. Ha detto che aveva una cosa da dire e allora è calato il silenzio. Il padre ha smesso di servire il pollo e la mamma ha intrecciato le mani e hanno aspettato. Ha detto che è stata tremenda, quell'attesa.» Shaun sorride. «Kirk ha detto che gli è uscito tutto di bocca, come un torrente in piena, che un giorno vorrà comprare una casa, magari una villetta con giardino, e avere figli e un cane, ma che non vuole una moglie. Vuole un marito.»

Anche se non ho ancora conosciuto Kirk, mi sembra di riuscire a immaginarlo. La tovaglia, le posate, il silenzio dei suoi. «E loro che come hanno reagito?»

«Kirk era convinto che si sarebbe scatenato una specie di inferno in Terra, e invece niente del genere. I suoi si sono scambiati un'occhiata, hanno sorriso e sua madre ha detto: "Grazie di averci informato, tesoro". Suo padre ha detto che avrebbe fatto meglio a migliorare i suoi voti di matematica, se voleva prendere una villetta con giardino. E basta.»

Sento le mie spalle rilassarsi. «Lo sapevano già.»

«Appunto.»

«Un po' come l'invito al ballo» gli faccio notare. «Non è 'sta gran cosa.»

Shaun scuote la testa. «È troppo tardi. Abbiamo perso la nostra occasione.»

«Ma gliene hai *parlato*, almeno? Gli hai detto la data?»

«No.»

«E allora come lo sai?»

«Ma a te che importa? Tanto tu non ci vai.» Shaun mi scocca un'occhiata. «A meno che forse tu...?»

«Non cambiare argomento. Dovresti perlomeno *chiederglie-*

lo. Non gli stai dando la possibilità di dirti di sì o di no. Non gli stai dando scelta.»

Shaun rimane in silenzio per il resto del viaggio. Quando ferma davanti a casa mia, si volta a guardarmi. «Oliver non ha invitato nessuna.»

«Oliver mi odia» lo zittisco. «Grazie del passaggio.»

Lily e io dovevamo andare al centro commerciale dopo la scuola. Dovevo aiutarla a scegliere gli accessori per il suo abito per il ballo. Aveva detto che voleva qualcosa che fosse allo stesso tempo carino e ironico, perciò speravamo di trovare degli orecchini a forma di teschio con degli strass.

Purtroppo non saprò mai quali tesori ci stavano aspettando perché, invece di fare shopping, Lily e io siamo all'ombra sotto le gradinate e lei singhiozza abbracciata a me. «Ma perché?» continua a chiedere.

«Non lo so» le dico carezzandole i dreadlock. «Non è giusto.»

Oggi il ragazzo punk di Lily ha rotto con lei… con un SMS mentre lei era a chimica. Una settimana prima del ballo. No, non è giusto per niente.

«Ma ti ha spiegato perché?» le chiedo quando finalmente si asciuga le lacrime.

«L'ho chiamato durante la sesta ora.» Rimango sorpresa, perché è quando ha lezione privata di violino, e lei non la salta mai, ma proprio mai. «Ho detto che avevo mal di testa.»

A quanto pare è quello che facciamo tutte quando abbiamo problemi con i ragazzi. «E che cosa ti ha detto?»

«Che ha bisogno di essere libero. Che le ragazze delle Juilliard sono troppo chiuse nel loro mondo ordinato. Che siamo troppo rigide. Troppo...» Si interrompe, poi ritrova il controllo. «Troppo concentrate. Dice che in amore lui vuole *anarchia.* Ma che cosa cavolo vuole dire?»

Vuol dire che è un idiota. Non lo dico a voce alta, ma la mia faccia deve essere sufficientemente espressiva, perché Lily scoppia di nuovo a piangere. L'accarezzo. Dopo un attimo tira su la testa. «Tu credi che non dovrei andare alla Julliard?»

«No!»

«Ma potrei suonare il violino da qualche altra parte. Tipo alle feste di compleanno per bambini o cose così.»

«Lily, se un ragazzo ti cambia, non puoi farci niente, ma non puoi permettere che ti faccia cambiare i tuoi *progetti.*» Evito di ricordarle che difficilmente i bambini vogliono violinisti alle loro feste. «Tu *andrai* alla Juilliard e diventerai una violinista famosa e straordinaria perché adesso hai sofferto per l'arte.» La guardo negli occhi scuri e tristi. «Quell'idiota di un punk ti ha ferita ed è uno schifo, ma fra qualche anno tu sarai in uno stadio immenso e migliaia di persone saranno *emozionate* dalla tua musica, perché la tua musica sarà piena di verità e dolore e mistero e... *Che c'è?*»

Lily mi sorride fra le lacrime. «I violinisti non suonano negli stadi.»

«E allora dove?»

«Nelle sale da concerto. Negli auditorium. Nei teatri sinfonici.»

«Be', allora lì» le dico. «Suonerai lì e spaccherai.»

Ci pensa su. Annuisce. «Vorrei solo saltare avanti veloce a quella parte» mormora poi. «La parte in cui non fa più male.»

«Lo so. Lo vorrei anch'io.»

TRENTATRÉ

Intorno a me non si parla d'altro che del ballo di domani. Alla prima ora sono Shaun e Lily. Lui l'ha convinta che il modo migliore per affrontare un cuore spezzato è tenersi occupati con altre cose, perciò adesso lei andrà al ballo con lui. Lily dice che magari si fermerà solo un'oretta, ma perlomeno non dovrà affrontare la vita chiedendosi se le cose sarebbero state diverse se fosse andata al ballo dell'ultimo anno. E quando lo dice, lei e Shaun si voltano a guardarmi con aria significativa.

Io alzo gli occhi al cielo. «Subdolo. Davvero molto subdolo.»

«E dai, vieni!» esclama Lily. «Balleremo insieme.»

«Ti lascerò scegliere le canzoni» aggiunge Shaun.

«No.» Non so come spiegare che per me il ballo equivale a un tormento. Tipo una sala speciale delle torture in cui si deve fingere di non soffrire.

È stata tutta colpa della professoressa di spagnolo. Stavo andando alle gradinate quando mi è passata davanti in tutta fretta, con un mucchio gigantesco di cartelline strette contro il pancione. Ci siamo salutate con un: *«Hola»,* e sarebbe finita lì, solo che una delle cartelline le è scivolata dalle braccia dando il via a un effetto valanga e io mi sono ritrovata in ginocchio al suo fianco per aiutarla a rimettere tutto insieme. «*Gracias*» mi ha detto. E poi: «Posso chiederti un piacere?»

Dal momento che i "piaceri" dei professori di solito sono ordini, ovviamente le ho risposto di sì.

«Dopo pranzo vieni nel mio studio. Ho delle altre cose da portare in presidenza. Ti darò un credito in più.»

«Ho già una A.»

«Hai ragione. *Bueno*.»

E così, ecco perché ho mangiato in fretta e adesso sto correndo per la scuola mentre tutti gli altri sono ancora a pranzo ed ecco perché vedo quello che sta succedendo alla meridiana. Mi fermo a guardare perché è veramente troppo strano.

Come al solito c'è il gruppo dei fighi, che mangiano, chiacchierano e ridono. No, non è quella la cosa strana, quella è perfettamente normale. Quello che è strano – no, anzi, quello che nel mio cervello non ha il benché minimo senso – è che fra loro ci sono anche Ainsley e Theo e Oliver.

Insieme.

Theo è seduto su una delle panchine con Ainsley drappeggiata su di lui. Lui le cinge la vita con un braccio e lei gli intreccia le dita fra i capelli. Oliver siede all'altro capo della panchina e quando li guardo Theo si china su di lui e gli dice qualcosa. Scoppiano a ridere tutti e due e poi Theo bacia Ainsley.

Come se non fosse mai successo niente.

Come se non importasse niente.

Niente del tutto.

Se andassi ancora a scuola con Oliver, se non ci stessimo evitando, se il mio cuore non soffrisse, correrei a sbattergli in faccia una delle mie canzoni. Mi vanterei del fatto che lui è la prova vivente che il liceo non è altro che una goccia in un secchio di emozioni e di importanza. Lui mostrerebbe la sua solita combinazione di divertimento e disappunto e io sceglierei trionfante qualcosa dei Joy Division o degli Ume o dei Wax Fang. Il giorno dopo la farei andare a tutto il volume consentito dagli altoparlanti del bestione. Oliver sorriderebbe con aria di sopportazione vedendomi dimenarmi e cantare sul mio sedile, e magari con la coda dell'occhio lo vedrei addirittura fare su e giù con la testa al ritmo della musica.

Invece dentro di me mi irrigidisco tutta. Mi volto per andarmene...

Ma non prima che Oliver butti un'occhiata nella mia direzione. Non prima che i nostri sguardi si incrocino.

Quando esco da spagnolo, lo trovo appoggiato al muro del corridoio a braccia conserte. Nel vederlo mi fermo di botto con il cuore che mi batte all'impazzata. Non sorride, però solleva appena appena il mento nella mia direzione. È una mossa che i ragazzi nei bar fanno alla televisione. È un gesto che rappresenta tutto quello che detesto. È il movimento minimo che si possa fare per salutare qualcuno.

Ma dato che lui è Oliver e dato che è andato ripetutamente

al di là delle mie aspettative, scuso il gesto. E scuso lui. Butto lo zaino a terra sul pavimento dove mi trovo, proprio davanti alla porta aperta. Alcuni ragazzi che mi passano di fianco mi vengono addosso, ma io rimango immobile, uno scoglio che affiora in un corso d'acqua.

Oliver si stacca dal muro e viene verso di me. Mi guarda dall'alto e io guardo lui dal basso e nessuno dice niente per quello che sembra un'eternità. Non mi sembra felice e non ho idea di come debba apparire io, perché dentro di me tremo e nel cervello ho un gran casino, perciò chissà come si traduce sulla mia faccia tutta questa confusione.

«Io sono un tipo a posto» dice alla fine Oliver, e aspetta una risposta. Quando non ne trovo nessuna – perché non è una domanda che richieda una risposta né un'affermazione che voglia contestare – va avanti. «Mantengo le mie promesse. Dovrei accompagnarti a scuola.»

«Sono stata io a dirti di non farlo» gli ricordo.

«Con un SMS. A proposito, grazie tante.» Si rimette a braccia conserte. «Credevo che volessi sapere che avevi ragione.»

«A che proposito?» sussurro.

«Sulla playlist. Ho riconsiderato alcune cose, e avevi ragione sulla musica che ascolto da sempre. Fa schifo. È troppo elaborata e falsa, come i Flaggstone Lakes. Anzi...» Ed esita passandosi le dita fra i capelli. «...avevi ragione sul fatto che tutta questa roba è una scemenza.» Allarga le braccia in un gesto che comprende se stesso, la scuola, tutto quanto attorno a noi. «Hai vinto tu, June. Niente di tutto questo conta. Non conta per niente.» Mi sorride, ma è un sorriso senza gioia. È un sorriso amaro, piatto, privo di vita. E mi spezza il cuore. «Chiamami se ti serve un passaggio lunedì.»

«Non lo farò» lo avverto.

«Lo so.»

Però rimane lì, a guardarmi. Non so che cosa stia pensando, perché la sua espressione è del tutto vacua. Non è l'Oliver che ho conosciuto nel corso dell'anno, quello esuberante, che si appassiona per i soufflé e il bowling e le partite di football.

Quell'Oliver – che si interessa di *tutto* – non c'è più.

Ed è colpa mia.

TRENTAQUATTRO
GIORNO DEL BALLO

Sono sola in casa, sola con la mia tristezza. La mamma è all'università e tutti i miei amici si stanno preparando per il ballo di questa sera, perciò gioco sul cellulare per un po'. Però non a *Mitica*. A quello non ci gioco più.

A un certo punto, intorno all'ora di pranzo, provo a chiamare mio padre. Non risponde e io non gli lascio un messaggio, però gli scrivo un SMS.

ciao papà, cm va?

Anche se non ha risposto quando ho chiamato, scrive all'istante.

ciao tesoro. sono alle prove, commedia nuova, ruolo straordinario. chiudiamo a luglio perciò vengo di sicuro a prenderti x aiutarti a sistemarti al college. ke cs ti serve?

Spengo il telefonino. Non so più che cosa mi serva.

Due lunghe e noiose e solitarie ore dopo, sto ripensando alla mia decisione di non chiamare mia madre quando dall'esterno giunge uno scricchiolio familiare. È accompagnato dal rombo sommesso di un motore. Quei due rumori messi insieme possono significare una cosa soltanto.

Il bestione.

Corro alla porta.

Solo che è il bestione sbagliato. Questo non è nero, è una via di mezzo fra il beige e l'oro. E la persona al volante non è Oliver: è sua madre, Marley.

I suoi capelli biondissimi sono stretti in una coda di cavallo e ha con sé un'enorme borsa firmata. Finalmente si è ricordata di restituire il paio di calzini e il pigiama che le ha prestato la mamma quando ha dormito da noi. «C'è anche un libro» mi dice.

Sorrido annuendo e faccio per prendere la borsa, dando per scontato che la sua sia solo una scappata per riportare la roba, invece lei mi passa davanti ed entra in casa. «Ti dispiace se prendo una penna? E anche un foglio?»

La seguo in cucina e le do l'occorrente per scrivere. Butta giù due righe per la mamma, poi mi guarda. «Hannah mi ha detto che questa sera non vai al ballo.»

«Non è il mio genere.»

«Dev'essere una questione generazionale. Oliver ci va per vedere degli amici, ma non mi sembra per niente entusiasta. Praticamente ho dovuto trascinarlo al negozio per prendergli lo smoking.»

A un tratto provo il desiderio travolgente di vedere Oliver

in smoking. Riesco a immaginare che aspetto avrà, così alto e biondo, genere vecchia star di Hollywood...

No. Nella mia mente richiudo la visione in una scatola con l'etichetta *Ci hai provato* e la metto via. Invece di pensare a Oliver, allungo la mano verso sua madre per prendere il biglietto. Poi l'accompagno alla porta, dove mi ringrazia. «Scusa se non ho avvertito prima di passare.»

«Non c'è problema. Buona serata.»

Chiudo la porta e guardo il biglietto che ho ancora in mano. Niente di straordinario...

Ciao Hannah,
grazie per il libro.
Sempre d'accordo per quel caffè, lunedì?
Mar

...ma per qualche ragione continuo a fissarlo. E a fissarlo. C'è qualcosa che... Non *quello* che dice, ma *come* lo dice. La calligrafia ordinata, inclinata.

Corro su per le scale e vado in camera mia, alla bacheca appesa al muro. Sollevo il biglietto di Marley e lo confronto.

Avevo ragione. La calligrafia di Marley è la stessa – cioè, proprio la stessa – di quella del biglietto che mi ha mandato mio padre per il mio compleanno. Quello che accompagnava i fiori. Quello cui mi aggrappo quando sono sola o triste o arrabbiata. Quello che credevo avesse trascritto il fiorista di qui.

Fiorista di qui un corno.

Il biglietto lo ha scritto Marley Flagg!

Marley è già uscita in retromarcia dal vialetto e sta imboccando Callaway Lane quando mi fiondo fuori di casa. Il bestione parte. So che è inutile cercare di raggiungerlo, ma ci provo lo stesso, corro per tutto il vialetto fino in strada agitando le braccia e urlando. «Signora Flagg! Aspetti!»

È l'unico modo che ho per scoprire la verità.

Lo inseguo per un paio di case prima di rallentare e fermarmi con il fiato corto. Non sono sicura se quello che mi copre il viso sia sudore o lacrime...

E miracolosamente, davanti a me, anche il bestione si ferma. Appoggio le mani sulle ginocchia e cerco di riprendere fiato mentre il macchinone inverte lentamente la marcia e la mamma di Oliver torna da me.

Sta tornando con le risposte. Risposte che so già mi spezzeranno il cuore.

«Lo ha scritto lei?» È la terza volta che le faccio questa domanda, ma Marley non mi ha ancora risposto. Siamo in piedi sul portico e le sto sventolando il biglietto del fiorista sotto il naso.

«Chiamo tua madre.» Marley affonda una mano nell'enorme borsa e ci fruga dentro.

«No.» Con un passo mi piazzo davanti a lei. «Lei è in debito con me.»

«Che cosa?» ribatte, non in modo altezzoso, ma come se fosse confusa, come se non avesse idea di che cosa sto parlando.

«Io l'ho coperta. Sapevo da mesi dei suoi problemi matrimoniali ma non ho detto niente a Oliver.»

«E lo apprezzo...»

«Ha rovinato tutto!» A ogni secondo che passa in cui non mi viene concessa la semplice cortesia di rivelarmi la verità, sono sempre più agitata. «Lei mi ha messo in una situazione difficilissima. Oliver è mio amico e non avrei mai dovuto sapere più di lui sulla sua famiglia. Ha incasinato tutto e non è stato giusto. Non è stato giusto nei miei confronti e di sicuro non lo è stato nei suoi, perciò, per piacere, mi dica perché ha scritto lei il biglietto di mio padre. La faccia finita!»

Per un attimo penso di avere esagerato e che Marley mi urlerà contro qualcosa, o farà la spia, o mi punirà. Invece fissa su di me i suoi grandi occhi blu. «Oh, tesoro.»

«Che c'è? "Oh, tesoro" che cosa?»

Marley si avvicina. Mi prende una mano e io la lascio fare, perché anche se sono furiosa, sono anche leggermente terrorizzata di sentire quello che sta per dire. «Tuo padre...» Si ferma e sospira. «Oh, tesoro, tuo padre è un tale pasticcione.»

Alla bocca mi corrono parole di protesta e di difesa, ma serro forte le labbra e le trattengo. Trattengo ogni cosa.

E ascolto.

«Non è colpa tua» mi dice Marley. «Non è neppure colpa di tua madre. Accidenti, probabilmente non è neppure colpa sua.

È solo che lui è fatto così… è uno di quei tipi che non vede mai quello che ha proprio sotto gli occhi. Lui ti vuole bene, June. Ne sono convinta, e lo è anche Hannah. Però lui… fa del suo meglio. È solo che il meglio della tua mamma è molto meglio.» Mi stringe piano la mano. «Abbiamo pranzato insieme il giorno del tuo compleanno, tua madre e io. Tuo padre ha mandato un messaggio mentre eravamo al ristorante e ha chiesto a tua madre di prendere qualcosa. Qualcosa per te.»

No. No-no-no-no-no.

«Si era dimenticato del tuo compleanno fino a quel momento.»

Finché non gli ho mandato una foto del mio armadietto decorato.

«Tua madre gli ha detto che ci avrebbe pensato lei, e poi siamo andate insieme dal fiorista e abbiamo preso il mazzo più bello che siamo riuscite a trovare.»

Papà verrà a trovarmi. Verrà a trovarmi. Ha detto che lo avrebbe fatto.

«Ho scritto io il biglietto perché tu non riconoscessi la scrittura di tua madre.»

Lui è meglio di così. Ho bisogno che sia meglio di così.

Questa volta sono sicura al cento per cento che l'umido sul mio viso non sia sudore.

«Vieni qui, tesoro.» Marley mi stringe fra le braccia. Lascio che mi culli e mi carezzi i capelli prima che mi scosti per potermi guardare in faccia. «Che cosa posso fare?»

«Voglio andare al ballo» le dico.

Marley e io sediamo un po' imbarazzate sulla panchina della galleria d'arte quando la mamma esce dal suo studio insieme con Cash. Sulla camicia della mamma i bottoni sono allacciati in modo sbagliato e i capelli di Cash sono un po' arruffati, il che è comprensibile, visto che quando Marley ha provato ad aprirla, la porta era chiusa a chiave.

Cash mi rivolge uno sguardo di scusa. «June...»

«Preferisco non parlarne» lo interrompo.

«Preferisco anch'io» dice lui.

«Be', io invece penso che *dovremmo* confrontarci in modo sano e...» interviene la mamma.

«Hannah» la chiama Marley, ma la mamma non ci fa caso. «Quando due adulti hanno una relazione, è naturale che...»

«Hannah!» ripete Marley, e questa volta la mamma sta zitta e ascolta. «Abbiamo una questione più urgente della tua vita sessuale. June vuole andare al ballo, che inizia fra un'ora e mezzo. Le servono un vestito, accessori, trucco e capelli. Le ho detto che ce l'avremmo fatta.» Mia madre fa per ribattere, ma Marley la ferma alzando un dito. «E poi, June sa tutto dei fiori e del fatto che suo padre è un po' un adorabile sfigato...»

«Marley!»

Prendo mia madre per un braccio. «Va tutto bene.»

«Mettilo nell'elenco materno delle discussioni da fare più tardi» dice Marley a mia madre. «In questo momento abbiamo una priorità: preparare June per il ballo di fine anno.»

Vedo mia madre riflettere, soppesare, decidere.

«Dobbiamo chiamare Quinny.»

«Fatto» dice Marley. «Porterà qualcosa da scegliere. Prossimo punto: trasporti. È troppo tardi per noleggiare una limousine?»

«Posso portarla io» interviene Cash. «Niente dice "ballo di fine anno" più di un pick-up.»

«In realtà Oliver ci va da solo...»

«No!» Mi esplode dalla bocca come una bomba, e tutti mi fissano. Mi riprendo. «Cioè... sarebbe strano. Ha detto che aveva già fatto programmi con gli amici. E poi ho un'idea. Dov'è il mio cellulare?»

Sono uno schiumoso frullato lavanda in piedi su una sedia al centro della galleria. La mamma e Marley e Quinny mi ronzano attorno tirando e pizzicando il tulle che mi si gonfia in vita. Per fortuna (sua), Cash è stato mandato a prendere degli hamburger. «No, basta! Non credo che sia quello giusto per me» dico slanciando le braccia in aria.

«Il prossimo!» esclama Quinny puntando ai portabiti posati sulla panchina. La mamma abbassa la zip sulla schiena dell'abito-frullato e Marley comincia a tirarlo giù. Nell'ultima ora, da quando Quinny è arrivata con i vestiti, ho perso ogni senso del decoro. L'abito lavanda è l'ottavo che provo. O forse il nono. Uno non era male, ma gli altri erano tutti o troppo vaporosi o troppo scollati o troppo qualcosa. Quinny disegna costumi per il teatro dell'università e ha un mucchio di roba interessante. Sono solo preoccupata che non abbia niente che mi vada bene di misura e che abbia l'aria di qualcosa che una persona sensata possa voler indossare a un ballo scolastico.

«Questo» dice la mamma tirando fuori un abito da una busta. «Provalo.»

Quattro minuti dopo ho indosso un vestito a pieghe blu senza spalline che pare uscito direttamente dagli anni Cinquanta.

Nel senso, dal lato sexy degli anni Cinquanta.

Sulla schiena ha uno scollo profondo, è stretto in vita e poi si allarga tutto attorno in una gonna a tutù che mi arriva appena sopra il ginocchio. La stoffa è a costine, ma non troppo lucida. «Bengalina» mi dice Quinny quando ci passo un dito sopra.

Ma la cosa migliore di tutte è che lei e Marley e la mamma sono riuscite non so come ad architettare una sottoveste che mi sostiene e funziona in modo da far sembrare che abbia le tette. È perfetto…

Solo che non è della mia taglia.

Quinny passa a mia madre un piccolo attrezzo dall'impugnatura verde. «Tu taglia, io cucio.»

E in men che non si dica, sono di nuovo per terra. Quinny riempie il vestito di spilli con la stessa velocità con cui la mamma sfila i punti. Marley mi spazzola e zittisce Quinny che continua a ripetere cose tipo: «Smettila di farla muovere», o: «Tienila ferma, Marls».

Quando la mamma e Quinny hanno finito di strappare e puntare spilli, mi aiutano a divincolarmi fuori dal vestito. Finisco seduta sulla panchina con una crinolina e la mia maglietta mentre Marley traffica con i miei capelli e vicino a lei la mamma incolla strass agli orecchini. «È comodo avere a disposizione un intero studio artistico» dice.

Io non dico niente.

La gratitudine mi ammutolisce.

Guardo la mia immagine nel display del cellulare. Indosso l'abito blu e décolleté di vernice su tacchi a spillo. Ai lobi delle orecchie pendono orecchini scintillanti, che si vedono perché mi hanno acconciato i capelli all'insù. Ho gli occhi messi in risalto e le labbra rosse. Sono una versione elegante e pinup di me stessa.

Fra me e il display appare un mazzetto di roselline e ne colgo l'aroma delicato. Cash me li porge con un sorriso imbarazzato. «Ho preso il bouquet da polso in modo che tu non debba infilzare uno spillo nell'abito di Quinny.»

Anche se nient'altro mi ha ridotta in lacrime, questo lo fa.

«No!» urla la mamma. «Ti colerà il mascara!»

«Grazie» dico a Cash, e lo abbraccio. Poi sfioro la mia immagine sullo schermo e la invio a mio padre attraverso la galassia. È accompagnata da un messaggio.

non fermarti alla superficie

Non capirà. Non capirà che, per via delle sue scelte, ha una figlia solo di nome e una serie di immagini e SMS tradotti in una relazione che in realtà non esiste. Non può neppure cominciare a capire, ed è per questo che posso perdonarlo. Perché davvero, sinceramente, lui non capisce.

Lo perdono, ma ciò non vuol dire che debba continuare a far finta di credere che verrà. Ho fatto finta per troppo tempo.

La mamma mi tira un po' in disparte dagli altri. «Ehi, Marley mi ha detto che forse avresti avuto qualche domanda da farmi.»

«Una sola» le dico. «Mi insegni a guidare?»

Sulla sua faccia si disegna un sorriso enorme. «Ma certo, tesoro.»

Il mio autista arriva più tardi di quanto sperassi, ma non mi importa. Dopotutto, è stata necessaria un po' di contrattazione per riuscire a metterci d'accordo.

«Ne sei proprio sicura?» mi chiede.

«Sicurissima» rispondo. «Tu e io abbiamo ottime ragioni per andare al ballo questa sera.»

Ci mettiamo in posa per le foto, ringrazio tutti quelli che sono rimasti coinvolti in questa scena da Extreme Makeover Cenerentolesco e andiamo.

La macchina accosta al marciapiede e salto giù prima che l'addetto al parcheggio possa aprirmi lo sportello. Ho una fretta pazzesca e non m'importa che si veda.

Da sola corro su per i gradini e da sola attraverso il vasto atrio deserto dell'albergo ed entro nella sala da ballo illuminata a festa. Al soffitto sono appesi fili di luci sfavillanti e i tavoli sono coperti da tovaglie bianche. La stanza è piena di gente che conosco da anni. Ho le orecchie piene di musica indie rock. Ma non mi sono mai sentita così sola come in questo momento, mentre faccio il mio ingresso al ballo dell'ultimo anno.

È tutta colpa mia, naturalmente. Certo, è stato un ragazzo a spezzarmi il cuore, ma la colpa è soltanto mia. Sono stata io a infrangere una promessa.

Cammino comunque a testa alta, perché ho un motivo per essere qui. Ho un grandioso gesto romantico da compiere, un discorso epico da pronunciare, un cuore pieno di rimpianti da far sanguinare a morte sul linoleum consumato.

Il mio chaperon mi raggiunge mentre scruto la pista da ballo. Qui conosco tutti, o anche se proprio non li conosco, conosco le loro facce o i loro nomi o qualche piccolo fatto che li riguarda. Nonostante tutti i miei tentativi di negarlo e di fingermi diversa, ora che sono qui devo ammettere la verità: questa è la mia gente.

Forse in fondo non sono sola.

Forse non lo sono mai stata.

E poi vedo Itch. Lo vedo fermo da un lato, a ondeggiare nel modo in cui fanno i ragazzi quando non vogliono (o non sanno) ballare. Non sta cercando me, ma è normale, visto che è con un'altra. È proprio accanto a lui, e hanno le dita intrecciate.

Questa sera niente sarà facile.

Mi volto per dire che ho bisogno di parlare con qualcuno, ma il mio chaperon è bloccato, lo sguardo fisso. «Va'» gli dico, e poi anch'io vado. Dritta verso il mio ex ragazzo.

Quando piombo su di loro, Itch e Akemi mi fissano. «Scusatemi, ma devo parlare con Itch» dico.

«Neanche per idea» protesta lui.

«Lo capisco. Non sono esattamente la prima persona con cui avresti voglia di stare stasera.»

«In realtà direi che sei l'ultima. L'ultimissima.»

«Sii gentile.» Akemi gli dà una gomitata nelle costole. Le scocco un'occhiata riconoscente e lei fa spallucce. «Sono sicura di noi» mi spiega. «E poi, devo andare in bagno.» Si alza in punta di piedi e dà a Itch un bacio sulle labbra. «Ricorda. Dai al mondo quello che vuoi che il mondo dia a te.»

È quel genere di frasi di cui solo qualche mese fa io e Itch avremmo riso insieme, ma adesso non mi sembra più che ci sia niente da ridere. Anzi, mi sembra qualcosa di molto profondo e reale. Non mi *riconosco* più.

Mentre Akemi si allontana, la musica che stava andando si affievolisce e al suo posto emerge una vecchia canzone di Elton John. Prendo Itch per il polso. «Per questa volta soltanto, ballerai con me come un liceale sdolcinato che sa stare in compagnia» gli dico trascinandolo sulla pista.

E sorprendentemente, Itch mi lascia fare. Mi metto le sue mani sui fianchi e poso le mie sulle sue spalle strette, familiari.

Ondeggiamo insieme, a distanza di braccio, i suoi occhi duri e rabbiosi nei miei. «Che c'è, June?»

«Sto per dire ad alta voce perché sei così arrabbiato, d'accordo?»

Itch non risponde, non proprio, però inclina leggermente il mento verso il basso. Un cenno di assenso quasi impercettibile.

Traggo un gran respiro. «Al principio forse ti sei arrabbiato per una serie di cose, perché è così che va quando due rompono. Quando una relazione finisce, la gente si arrabbia. Ma nella maggior parte dei casi, poi passa.» Lo sguardo di pietra di Itch non vacilla. «Però tu non hai *potuto* fartela passare, perché io non te l'ho *permesso*, perché ti ho dato la sensazione che la nostra relazione non fosse una cosa importante. Che non contasse, che forse tutta la nostra storia non avesse significato niente, visto che non valeva neppure la pena *parlarne*.»

Le dita di Itch si stringono sulla mia vita, appena appena, e per un brevissimo istante torniamo indietro nel tempo, nella tromba delle scale, e siamo di nuovo noi. Non voglio tornare così con lui adesso, ma non potrei essere più grata che sia successo.

«Un giorno ci sarà un Io adulto» continuo. «E quell'Io adulto dovrà ringraziare il Tu liceale per quella piccola parte di chi è. La futura Io adulta ti dice grazie. Grazie infinite per averla aiutata a diventare se stessa.»

Itch mi fissa e mi rendo conto che tutti e due abbiamo smesso di ondeggiare e che le mie dita gli stringono le spalle. Le rilasso e sento che anche lui si rilassa. «Dille prego da parte mia» dice Itch. «Cioè, quando la vedrai. Quando vedrai la Tu adulta, dille che le dico prego.»

«Lo farò» mormoro, e ci scambiamo un sorriso sincero… finché lo sguardo di Itch si allunga oltre me. E la sua espressione cambia.

Akemi è tornata.

Mi volto per chiederle scusa, per spiegarle che non sto cercando di fare niente di inappropriato con il suo ragazzo e che stiamo solo parlando… ma non è Akemi.

È Oliver.

È fermo a bordo pista e osserva con espressione cupa, furiosa, le mani di Itch sui miei fianchi, le mie mani sulle sue spalle. So che Oliver ha visto i nostri sorrisi e il modo in cui ci guardavamo negli occhi. Deve sembrargli l'ennesima bugia che gli ho raccontato: di avere chiuso con Itch.

Dentro di me sento salire il panico e mi scosto da Itch, ma è troppo tardi. Oliver non c'è più.

Mi volto di scatto verso Itch. «Scusami, ma devo andare.»

«Aspetta.» Nonostante la mia urgenza di trovare Oliver, lascio che Itch mi cinga con le braccia. È un abbraccio che mi avrebbe messa in imbarazzo quando stavamo insieme, ma non so come, adesso che non ha niente di romantico, è solo carino. «Se non ti vuole, è un idiota» mi dice.

«Grazie.» Mi stacco da lui nel momento in cui arriva Akemi.

«Adesso lo rivoglio» dice, prendendo una mano di Itch.

«Fai bene. Voi due siete una coppia troppo carina.»

Mi butto nella direzione in cui Oliver è scomparso tra la folla, ma mi rendo conto che le porte che si aprono nei muri della sala da ballo sono troppe. Ne scelgo una e mi trovo nel lussuoso ingresso. Un portiere in uniforme alza gli occhi al vedermi arrivare di corsa. «Posso aiutarla, signorina?»

«Ha visto passare un ragazzo?» gli chiedo senza fiato.

Il portiere scuote la testa. «Può essere più precisa?»

«Alto, biondo, molto carino?»

Sembra che ci pensi su. «Un tizio è passato, ma mi pare che avesse i capelli scuri. Doveva essere più o meno della mia statura, ma io non mi definirei alto.»

«È passato adesso?»

«No, dieci minuti fa. Forse quindici…»

«Grazie» gli dico senza pensarlo davvero, e torno di corsa verso la sala.

Un corridoio deserto. Sto quasi per tornare sui miei passi, ma poi vedo le porte dei bagni. Corro verso quella con scritto Uomini ed esito. Tutte le mie regole interiori mi vietano di aprirla. Busso e aspetto, ma non succede niente. Allungo la mano, giro la maniglia e sto per entrare con gli occhi chiusi quando la porta del bagno delle donne si spalanca e appare Ainsley.

«June, che stai facendo?»

Se con i suoi soliti vestiti di tutti i giorni Ainsley è fantastica, in questo momento è un vero e proprio angelo. La sua pelle risplende bronzea contro il luminoso abito bianco e gli occhi verdi sono più grandi e luminosi del solito.

«Sto bussando alla porta di questo bagno.» La frase più ovvia al mondo.

Mi squadra. «Credevo che detestassi i balli.»

«Infatti.» Non voglio dirle che sto cercando Oliver, perché non voglio il suo aiuto, non voglio avere niente a che fare con lei. Quel breve lampo di amicizia che ho avuto con Ainsley... non era reale.

E poi la porta del bagno si apre e ovviamente esce Theo. «Eri tu che bussavi?» I suoi occhi mi corrono su e giù lungo il corpo prima di saettare verso Ainsley. «Io farei una cosa a tre, visto che è il ballo di fine anno.»

Ci risiamo. Sempre così. Qualcuno di noi è capace di cambiare, di liberarsi della sua vecchia pelle, di andare avanti. E qualcun altro... è Theo.

«Immagino che dentro non ci fosse nessun altro?» gli chiedo.

«No, ma se vuoi andare a controllare di persona, io e Ainsley possiamo aspettarti qua fuori. O meglio ancora, potresti restare fuori tu a fare la guardia mentre noi due andiamo dentro e...»

«Ma piantala» sbotta Ainsley, e per un secondo penso che dica a me. Invece i suoi occhi puntano Theo. «Trovati una battuta nuova» gli dice prima di voltarsi verso di me. «Noi abbiamo affidato la macchina all'addetto, ma Oliver no. Ha parcheggiato nel piazzale dietro l'albergo perché ha detto che voleva poter scappare via in fretta.» Mi indica la direzione da cui sono venuta. «In fondo a quel corridoio che parte dall'ingresso gira a sinistra.» Ainsley mi vede esitare. «Ti sto dicendo la verità. Non l'ho fatto sempre, ma adesso sì.»

«Grazie, Ainsley.» Mi esce fuori con un tono sentito, e in ritardo capisco che è perché è quello che provo. «Sul serio.»

Lei inclina la testa e mi osserva come se cercasse di capire qualcosa. «La sai quella storia di tenerti vicini gli amici e ancora più vicini i nemici? Io stavo facendo quello. Solo che tu non sei mai stata una nemica, vero?»

«Solo per me stessa.»

«Mi pare giusto.» Fa il gesto di spingermi via. «Sbrigati, prima che se ne vada.»

Le scocco un'ultima occhiata riconoscente e schizzo via.

La cattiva notizia è che il parcheggio – come la maggior parte dei parcheggi – è enorme. La notizia buona è che lo è anche il bestione. Vedo la sua sagoma scura torreggiare sulle macchine circostanti e corro in quella direzione. Magari mi siederò sul cofano o qualcosa così finché Oliver non arriverà.

Tranne che quando ci sono proprio davanti, i fari si accendono e mi accecano. Il motore prende vita rombando ma io non cedo, alzo le braccia per proteggere la faccia dalla luce.

Se vuole uscire di qui dovrà investirmi.

Stallo. Mi chiedo se suonerà il clacson, perché quella sarebbe proprio una cosa da Oliver. Invece spegne il motore. Le luci si spengono e il bagliore lascia il posto al buio. Dopo un minuto scende. Non lo vedo, ma sento la sua voce.

«June, ma che stai facendo?»

Non sembra arrabbiato, come invece mi aspettavo. Sembra stanco, e forse è ancora peggio. So di dover dire qualcosa di importante ed epico e romantico, perché questo è un momento che richiede un gesto importante ed epicamente romantico, ma le parole non mi vengono. Invece tutto ciò che ho è la paura travolgente di avere già perso la sola persona che più desidero trovare.

Perciò tiro fuori qualcosa, qualcosa che non mi è sempre venuta così naturale.

La verità.

«Voglio prendere la patente.»

«Congratulazioni. Molto indipendente. Non hai più bisogno di me.»

Be', *questa sì* che non è uscita bene.

La mia vista si abitua alla mancanza di luce nel parcheggio e metto a fuoco Oliver davanti a me. Ha gli occhi duri. Freddi. Arrabbiati.

«No, stammi a sentire. Doveva insegnarmi mio padre.» Cerco di spiegare, le parole mi graffiano ruvide la gola. «Doveva essere questa cosa divertente che avremmo fatto insieme, come suo padre aveva insegnato a lui, nei parcheggi e nelle strade di campagna. Continuava a dire che sarebbe venuto, ma poi c'era sempre un motivo per cui non poteva e io continuavo a comportarmi come se non importasse. Perché avevo bisogno di fare finta che fosse vero. Perché altrimenti mi sarebbe importato davvero tanto che lui non facesse mai quello che diceva avrebbe fatto. Che io rimanessi sempre delusa. Che mi facesse sentire come se *io* non importassi. E, Oliver...» Traggo un gran respiro e lo lascio andare tutto di botto. «...invece importava. Avevi ragione tu. Importava tutto. Quello che ha fatto tuo padre e quello che il mio non ha fatto. Tutte le tradizioni e i momenti e le scelte. Tu che accetti quello stupido stage in banca che tutti e due sappiamo ti schiaccerà l'anima. Ainsley e Itch. Tutto quanto.»

Mi fermo e aspetto, ma a quanto pare il mio discorso non è abbastanza epico o romantico, perché Oliver non mi prende fra le braccia. L'unica cosa che fa con le braccia è incrociarle davanti al petto. «Grande rivelazione» mi dice. «E ottimo tempismo, dal momento che proprio poco fa ho visto te e Itch *importare* moltissimo l'uno per l'altra.»

«Stavamo solo *parlando*, lo sai benissimo.»

«E come potrei saperlo?» Il suo sguardo è feroce. «Non mi hai detto quando hai rotto con lui. Perché dovresti dirmelo, se vi foste rimessi insieme?»

«Oliver.» So di sembrare disperata, ma non mi importa. «Per piacere. Ne abbiamo già parlato.»

«È stata il massimo delle prese per il culo.» La sua voce è glaciale. «Eravamo amici, ed era fantastico, e poi ho pensato che forse eravamo qualcosa di più che amici, ma non volevo rovinare tutto. Io stavo con Ainsley e tu con Itch e sembrava che fosse perfetto. Nel senso che non avremmo rovinato tutto cercando di avere qualcosa di più di un'amicizia, anche se sapevo – *lo sapevo*, June – che tu e io insieme eravamo qualcosa di molto più speciale e interessante di noi con qualcun altro.»

Lo fisso a bocca aperta. Non è solo arrabbiato. È furioso. «Oliver...»

«Non ho finito. Quando non ti sei neppure degnata di dirmi che avevi rotto con Itch, è stato allora che ho capito che era tutto un film che mi ero fatto io, che in realtà non c'era niente. *Eravamo* davvero soltanto amici come avevo continuato a fingere con Theo per tutto il tempo. E così mi sono adattato. Perché tu mi piacevi davvero – *davvero* – come amica. E anche perché altrimenti il mondo non avrebbe avuto senso.»

Non ero pazza. Tutte quelle cose che sentivo fra di noi: erano *reali*. Apro la bocca per dirglielo, ma lui è un fiume in piena.

«E poi c'è stata la festa di Kaylie, quando ho creduto che fosse cambiato tutto, quando ti ho baciata come avrei voluto baciarti da *mesi* e...» Esita. Deglutisce. Si riprende. «E improvvisamente sembrava che al mondo andasse tutto *bene*.»

«E *andava* bene» lo interrompo. «Era...»

«Era una stronzata!» tuona. «Solo tequila e stelle e nostalgia...»

«Avevo bevuto un bicchiere soltanto!»

«...e io sono stato il primo ragazzo che ti è capitato a portata di mano!»

«Non è vero!»

«Che cosa non è vero?» Oliver mi si avvicina. La luce dell'albergo gioca su di lui e adesso lo vedo nello smoking. Ha un'aria classica. Elegante. Sofferente e bellissima. «La parte in cui mi hai spezzato il cuore o quella in cui hai fatto finta che non fosse mai successo? Non ho idea di *che cosa* tu stia cercando di dire. Che cosa stai cercando di dire, June?»

Gli ho spezzato il cuore.

Gli ho spezzato il cuore.

No, è il *mio*, il cuore che si sta spezzando. Si sta rompendo, si sta sgretolando in un numero infinito di minuscole schegge, e se aprirò la bocca per dire anche solo una parola, voleranno via e taglieranno tutto quello che c'è intorno. O forse solo me. Io sono l'unica cosa che verrà squarciata.

Un anno fa, un mese fa, una *settimana* fa, questa paura sarebbe stata sufficiente a farmi stare zitta, ma ormai è cambiato qualcosa, e quel qualcosa è Oliver Flagg, e devo dirglielo.

«Che cosa?» Lo sento in queste parole. Lo vedo nella rigidità della sua bocca, nel modo in cui la parte superiore del suo corpo si sporge verso di me. È *speranza.*

E così rispondo. Rispondo con una speranza altrettanto forte.

«È questo il momento.» Non ha molto senso, perciò mi spiego. «Non è la sera della goliardata, Oliver. È *questa sera.*»

«Che cosa è questa sera?»

«La sera a cui tornerò, quella che mi ripeterò in continuazione nella mente come una canzone.» Sorrido fra le lacrime. «Quella in cui ti dico la verità.»

Sta davanti a me in un modo che mi fa tornare in mente il cervo che abbiamo spaventato andando a scuola. Ho paura che se facessi la mossa sbagliata, se dicessi la cosa sbagliata, potrebbe scappare via e non lo rivedrei mai più.

«Quale verità?» mi incalza.

Faccio un passo lento, guardingo, verso di lui. Allungo una mano per toccarlo. Quando gli faccio scorrere le dita sul braccio e le stringo dolcemente attorno alle sue, avverto la tensione dei suoi muscoli sotto la giacca dello smoking. Apro la bocca, e mentre parlo tutte quelle piccole schegge di cuore si rovesciano fuori. «La verità è che questa è la cosa più stupida che abbia mai fatto, mettermi a nudo subito prima che cambi tutto e le nostre vite si ribaltino e il tempo finisca, ma devo farlo, perché finalmente ho capito che ci sono cose che non si possono controllare, e una di queste è il mio cuore e il fatto che lui ti ama totalmente, senza il minimo dubbio.» Ci fissiamo e vedo i suoi occhi spalancarsi. Nel caso in cui non fossi stata perfettamente chiara la prima volta, glielo ridico. «Ti amo.»

«Questo l'ho capito» sussurra. Un angolo della sua bocca si sta sollevando, appena un po'. Lo prendo come un segno incoraggiante, ma anche se non lo fosse, sono andata troppo in là per fermarmi.

«Ed è importante» continuo. «È importante perché *tu* sei importante e io ti amo.»

Le parole rimangono sospese fra di noi. Il mio cuore cessa di battere e il mondo cessa di ruotare e ogni stella scintillante in cielo si immobilizza in una capocchia luminosissima di luce incandescente.

E poi Oliver sorride, e lo sento dappertutto, come se mi stesse toccando dappertutto. «Be', ovviamente anch'io ti amo» mormora. «E adesso che si fa?»

Le minuscole schegge del mio cuore si ricompongono in una risata. La risata rimbalza sul cofano del bestione e riecheggia in tutto il parcheggio.

«Ora si va al ballo» gli dico.

Sto entrando al ballo dell'ultimo anno, in pista, dove sembra che tutti quelli che conosco stiano saltellando su e giù sulle note di un qualche remix dei Beatles. È come ai mille balli del liceo a cui non ho partecipato, tranne che questa volta *partecipo*, e lo faccio tenendomi per mano con Oliver Flagg. Le nostre dita sono intrecciate, come avrebbero sempre dovuto essere. Mentre ci facciamo strada in mezzo a quel manicomio, vediamo Darbs. Lei ed Ethan Erickson si tengono per mano e ballano in gruppo con Lily. Vicino a loro, Yana Pace balla con una ragazza con le paillettes rosse.

Oliver mi fa fermare in mezzo alla folla. Un paio di persone ci scoccano un'occhiata, ma sembra che lui non ci faccia caso, perché a quanto pare io sono l'unica cosa a cui fa caso. Anzi, i suoi occhi mi stanno osservando attentamente. «Sei davvero stupenda» mormora.

«Grazie.» Sembra strano dire a un ragazzo che è bello, perciò faccio scorrere un dito sul bavero del suo smoking. «Tu sembri una spia.» Un sopracciglio schizza in su, perciò cerco di spiegare. «Una spia internazionale. Una bellissima, affascinante spia internazionale che ha questa cosa che fa impazzire tutte le ragazze e... che c'è?»

Mi sorride, quel sorriso accecante dritto nei miei occhi. «È un altro di quei momenti» mi dice.

«Che momento?» chiedo, anche se credo di conoscere la risposta.

«Quello in cui ti bacio.»

«Sono quasi certa che tu abbia ragione» rispondo, e il mio cuore accelera. Voglio *così tanto* che mi baci, ma sono anche un po' terrorizzata... di come mi farà sentire. «Non abbiamo bevuto tequila...»

«Bene» sussurra lui, e poi la sua bocca si posa sulla mia. Avevo ragione a essere terrorizzata, perché il bacio di Oliver Flagg disintegra il mondo intero. Ogni cosa attorno a noi scivola via e non rimane altro che il suo contatto e il suo sapore. Non mi importa di chi ci guarda o di chi è sorpreso o di quale professore potrebbe venire a ordinarci di smetterla. Oliver è *tutto*, ed è ancora meglio di quando eravamo sul cofano del bestione, perché questa volta non sto facendo finta. Questa volta sono solo io.

Con lui.

Ed è così reale.

Dopo un momento (d'accordo, dopo un paio di momenti), Oliver si ritrae e mi guarda. Sospetto di avere la sua stessa espressione: un po' spaventata, un po' esaltata, molto innamorata. «Faremo più di questo» mi promette. «Quando non avremo un pubblico.»

«Non vedo l'ora.» Però posso aspettare, perché intendo assaporare questo ballo fino all'ultimo istante.

Oliver mi fa scivolare le mani sulle braccia, intreccia di nuovo le dita alle mie. «Ehi, indovina una cosa.»

«Pensi di scambiare il bestione con un veicolo più piccolo e che consuma meno?»

«Oh, giusto. Avevo dimenticato che non sei proprio capace a indovinare.» Si china su di me e mi sfiora di nuovo con le labbra. «Ho avuto quello stage estivo alla banca...»

Ho un tuffo al cuore. «Oliver...»

«...e l'ho rifiutato. Invece farò un corso di falegnameria in una bottega di State Street. Mio padre non ne è entusiasta, ma al momento è preso ad affrontare la situazione con la mamma, perciò ha dovuto adattarsi.»

Lo guardo felice e poi mi scosto. «Devo fare una cosa. Aspettami qui.»

Lascio Oliver sulla pista da ballo e corro alla cabina del deejay, dove butto le braccia al collo di Shaun. «Vedo che ti stai divertendo» mi dice lui dopo avermi staccato dal suo corpo.

«Anche tu.» Gli ficco in mano il mio cellulare. «Ho una richiesta.»

Shaun scocca un'occhiata alla canzone che scorre sul mio

schermo. Alza gli occhi al cielo. «Che cosa ne hai fatto della vera June?»

«Lo so, vero?» Gli sorrido e lui mi sorride. Non l'ho mai visto così felice. Deve sentirsi come mi sento io.

Un minuto dopo sono di nuovo in pista con Oliver. Dopo avermi baciata un'altra volta, mi indica la cabina del deejay. «Chi è quello con Shaun?»

Seguo il suo sguardo. «Oh, è Kirk. Mi ha accompagnata lui.»

«Forte!»

«*Molto*» rispondo, e poi dagli altoparlanti dell'albergo esce la canzone successiva, quella che ho richiesto io. Sentiamo una batteria potente seguita da una chitarra altrettanto potente. Anzi, è decisamente il pezzo di batteria e chitarra più potente che abbia mai solcato le onde radio.

«Sul serio?» esclama Oliver molto soddisfatto.

«Sul serio» gli assicuro, e poi gli passo le mani sul petto e sulle spalle per potergli intrecciare le dita dietro il collo. Lui mi cinge la vita con le braccia e mi deposita un altro bacio sulle labbra mentre dagli altoparlanti esce *When It Matters*. «Ascolta, hai appena vinto» gli dico. «Hai vinto la playlist.»

«Ho vinto qualcosa di meglio della playlist.»

«Sei super sdolcinato» ribatto, e lui mi sorride felice.

«Ma adesso sei tu quella che mi sta abbracciando in modo sdolcinato.»

«Hai qualcosa contro i miei abbracci?» gli chiedo.

«Oh, no, mi piaci sdolcinata» dice, e riprendiamo a ondeggiare, come Itch e Akemi, come Shaun e Kirk, come tutti gli altri. Perché anche se questo momento è sdolcinato e strano e antiquato, significa qualcosa.

Conta.

ESTATE

EPILOGO

«Lo sai che non dovrei far entrare i ragazzi nella mia stanza» dico a Oliver subito prima di spingerlo dolcemente sul mio letto. Ci si siede sopra e mi prende in grembo.

«E non dovresti neppure fare lega con ragazzi dei college rivali, e invece eccoci qui» mi fa notare.

«Fare lega a distanza.» Gli sfioro le labbra con le mie. Mi piacerebbe fare qualcosa di più, ma abbiamo un lavoro che ci aspetta. «Direi che dovremo fare qualche eccezione a queste regole.»

«Lo apprezzerebbe anche Shaun.»

«Io con Shaun faccio lega in modo diverso» gli dico.

«Be', lo spero proprio.» Oliver ricomincia con i baci, ma io mi scosto e salto su.

«Dopo» gli prometto. «Adesso vieni, alzati.»

Fa un gemito, però si lascia tirare in piedi.

Quando facciamo l'ultimo giro al piano di sotto, la mamma e Cash stanno ancora bevendo il caffè in cucina. Devono averci sentito pestare i piedi sui gradini, perché Cash ci urla se siamo davvero *sicuri* di non avere bisogno di aiuto.

«Sì, sono sicura» gli dico, subito prima che lo scatolone mi cada dalle braccia e finisca per terra con un tonfo.

«Permettimi» mi dice Oliver con un terribile accento British. Sbuffo ma lascio che aggiunga la mia scatola a quella che stava già portando. Le solleva entrambe – con i muscoli che fanno un mucchio di cose sotto la maglietta – e si accorge di come lo sto guardando. «Che c'è?»

«Sto solo apprezzando il fattore Oliver Flagg» gli dico, e allora ci sorridiamo.

Usciamo e posa tutte e due le scatole sul pianale stracarico del furgone di Cash, quindi assicuriamo tutto con un telone. «Devi salutare tua madre?» mi chiede.

Scuoto la testa. «L'ho già fatto, e comunque passerà al dormitorio più tardi.»

«Spero che sappia che in *quella* stanza i ragazzi sono ammessi» mi informa Oliver, poi scrolla in fretta la testa. «No, mi correggo: non *tutti* i ragazzi, solo uno.»

«Decisamente uno soltanto» gli assicuro. «Quello che sarà a sole tre ore di distanza.»

«Ma che verrà a trovarti spessissimo.» Oliver si china su di me per un rapido bacio… che questa volta si trasforma in un bacio molto lento. Si scosta quanto basta per dare un'occhiata alla casa – non ci guarda nessuno – e allora mi spinge contro il furgone per fare con calma.

Non importa da quanto tempo sto con Oliver, quando mi bacia in questo modo – così profondo e deliberato – dimentico ogni altra cosa. Mi sciolgo e basta.

Quando ci stacchiamo, gli sorrido. «Alla fin fine potrei anche lasciar portare tutto in dormitorio a te, perché in questo momento ho le ginocchia troppo deboli.»

«Sì, sono così anche le mie.» Tira fuori dalla tasca le chiavi di Cash. «Pronta?»

Oliver apre la portiera del guidatore e io salgo a bordo. Sono grata a Cash perché ci lascia usare il suo furgone per trasportare la mia roba, però è ancora più ostico del bestione. Oliver ci fa il giro attorno per andare a sedere al posto del passeggero al mio fianco. Mi porge le chiavi e, mentre avvio il motore, mi dà un colpetto al braccio. «Sei sicura che non vuoi che lo faccia io?»

Sta scherzando, e sa che lo so.

«Lo farei, ma tu non sai guidare con il cambio manuale.»

«Potresti insegnarmi.» Oliver si sporge per baciarmi il collo. Cerco di scacciarlo, ma non mi sforzo moltissimo. «Dovrei perlomeno poter scegliere la musica» mi mormora all'orecchio.

«Come vuoi.» Gli indico il cruscotto, con una vecchia radio scassata senza jack o collegamenti wireless. «Ma non credo che la nostra playlist possa girare qui.»

«Va bene lo stesso» mi dice Oliver con un ultimo bacio. «La playlist non mi serve più.»

Accende la radio e gira fra le stazioni finché non trova una canzone pop che non conosco. «Ma è orribile» gli dico.

«Tremenda» concorda.

«Alza il volume.»

Lo fa. Esco in retromarcia su Callaway Lane e ingrano la

prima. Premo l'acceleratore e il motore va su di giri. La sua potenza diventa la *mia* potenza: era sempre là, aspettava solo che la vedessi.

Lascio la frizione e imbocchiamo la strada, felici di ascoltare una canzone qualsiasi.

PLAYLIST DELL'ALBA*

Emotional Resonance, *When It Matters***
Air Supply, *Making Love out of Nothing at All*
Violent Femmes, *Gone Daddy Gone*
Whitesnake, *Here I Go Again*
Iggy Pop, *Cry for Love*
Cutting Crew, *(I Just) Died in Your Arms*
Warrant, *Heaven*
The Clash, *London Calling*
The Ramones, *I Wanna Be Sedated*
Aerosmith, *Angel*
Pansy Division, *Luv Luv Luv*
Bon Jovi, *I'll Be There for You*
Ume, *Chase It Down*
Alesana, *This Is Usually the Part Where People Scream*
Def Leppard, *Love Bites*
Wax Fang, *Hearts Are Made for Beating*
Carly Simon, *You're So Vain*
Survivor, *The Search Is Over*
Nico Vega, *Bang Bang*

* Sono tutte canzoni realmente esistenti.
** Tranne questa.

RINGRAZIAMENTI

Un grandissimo grazie:

a chiunque stia leggendo questo libro adesso. Tu sei il motivo. Grazie.

Alla mia eccezionale agente, Lisa Gallagher, per la sua passione, il suo sostegno e il suo entusiasmo infiniti.

A Chelsea Eberly, per le sue pazzesche capacità editoriali e per il dono della collaborazione. Questo libro è nato da un'alchimia magica in cui una persona dice una cosa e l'altra ne dice un'altra, e poi ne trovano una terza *completamente* diversa che è molto meglio delle due originali. È successo spessissimo, ed è una cosa straordinaria e straordinariamente divertente.

A Michelle Nagler, che mi ha lasciato parlare delle mie idee e mi ha ascoltato, e poi per avere corso il rischio.

Ad Alison Kolani e a Barbara Bakowski del copyediting, a Jocelyn Lange dei diritti sussidiari, a Heather Palisi del design e a tutti i collaboratori dei settori vendita, marketing e pubblicità della Random House Children's Books, che sono troppo numerosi per poterli indicare singolarmente ma che hanno fatto un lavoro eccezionale.

A Barrett Gregory, per la divertente sessione fotografica e per gli splendidi primi piani.

A Elise Allen e a Nina Berry, scrittrici e amiche fantastiche che hanno sottratto tempo ai *loro* libri per leggere le mie prime pagine.

A tutto lo staff impegnato nella stesura della dodicesima stagione di *Grey's Anatomy*... con un ringraziamento specialissimo ad Andy Reaser per "IPDC", il party deve continuare.

A Sara Rae Dodson, la prima vera adolescente in carne e ossa ad avere letto questo libro, perché lo ha fatto a rotta di collo, con riflessioni intelligenti e una sincerità intrepida.

A Nicole Desperito, che si è unita alla mia confusionaria tribù, leggendo le prime bozze, aiutandomi a portare ordine al caos e permettendomi di imparare insegnando.

Agli innumerevoli amici e famigliari che sono i miei sostenitori, la mia distrazione necessaria e i miei amori.